中传学者文库编委会

主　任： 廖祥忠　张树庭

副主任： 蔺海波　李　众　刘守训　李新军　王　晖
　　　　　杨　懿　柴剑平

成　员（按姓氏笔画排序）：

　　　　王廷信　王栋晗　王晓红　王　雷　文春英
　　　　龙小农　付　龙　叶　龙　刘东建　刘剑波
　　　　任孟山　李怀亮　李　舒　张绍华　张　晶
　　　　张根兴　张毓强　林卫国　郑　月　金　炜
　　　　金雪涛　周建新　庞　亮　赵新利　徐红梅
　　　　贾秀清　高晓虹　隋　岩　喻　梅　熊澄宇

中传学者文库

主编／柴剑平
执行主编／龙小农　副主编／张毓强　周建新

百年中国文学管窥
逢增玉自选集

逢增玉 著

中国传媒大学出版社
·北京·

图书在版编目（CIP）数据

百年中国文学管窥：逄增玉自选集 / 逄增玉著 . -- 北京：中国传媒大学出版社，2024.8.

（中传学者文库 / 柴剑平主编）.

ISBN 978-7-5657-3713-8

Ⅰ . I209.6

中国国家版本馆 CIP 数据核字第 2024H73E22 号

百年中国文学管窥：逄增玉自选集
BAINIAN ZHONGGUO WENXUE GUANKUI: PANG ZENGYU ZIXUANJI

著　　者	逄增玉	
责任编辑	沈　悦	
封面设计	锋尚设计	
责任印制	李志鹏	
出版发行	中国传媒大学出版社	
社　　址	北京市朝阳区定福庄东街 1 号	邮　编　100024
电　　话	86-10-65450528　65450532	传　真　65779405
网　　址	http://cucp.cuc.edu.cn	
经　　销	全国新华书店	
印　　刷	北京中科印刷有限公司	
开　　本	710mm×1000mm　1/16	
印　　张	16.25	
字　　数	242 千字	
版　　次	2024 年 8 月第 1 版	
印　　次	2024 年 8 月第 1 次印刷	
书　　号	ISBN 978-7-5657-3713-8/I · 3713	定　价　81.00 元

本社法律顾问：北京嘉润律师事务所　　郭建平

总　序

　　媒介是人类社会交流和传播的基本工具。从口语时代到印刷时代，再经电子时代至今天的数智时代，媒介形态加速演变、融合程度深入发展，媒介已然成为现代社会运行的基础设施和操作系统。今天，人类已经迈入媒介社会，万物皆媒、人人皆媒，无媒介不社会、无传播不治理。今天，无论我们怎么用力于信息传播的研究、怎么重视信息传播人才的培养都不为过。

　　中国传媒大学（其前身为北京广播学院）作为新中国第一所信息传播类院校，自1954年创建伊始，即与媒介形态演变合律同拍、与国家发展同频共振，努力探索中国特色信息传播人才培养模式、构建中国信息传播类学科自主知识体系，执信息传播人才培养之牛耳、发信息传播研究之先声，被誉为"中国广播电视及传媒人才摇篮""信息传播领域知名学府"。

　　追溯中传肇始发轫之起源、瞩望中传砥砺跨越之未来，可谓创业维艰而其命维新。昔日中传因广播而起，因电视而兴，因网络而盛，今天和未来必乘风破浪、蓄势而上，因人工智能而强。在这期间，每一种媒介兴起，中传均吸引一批志于学、问于道、勤于术的

学者汇聚于此,切磋学术、传道授业,立时代之潮头,回应社会需求,成为学界翘楚、行业中坚,遂有今日中传学术研究之森然气象,已历七秩而弦歌不断,将传百世亦风华正茂。

自新时代以来,中传坚守为党育人、为国育才初心,励精图治、勠力前行,秉承"系统治理、创新图强、交叉融合、特色发展"的办学理念,牢牢把握高等教育发展大势、传媒业态发展趋势,瞄准"智能传媒"和"国际一流"两大主攻方向,以世界为坐标、以未来为向度,完成了全面布局和系统升级,正在蹄疾步稳、高质量推动学校从传统高等教育向未来高等教育跨越、从传统传媒教育向智能传媒教育跨越、从国内一流向世界一流跨越,全力建设中国特色、世界一流传媒大学。

中国特色、世界一流,在于有大先生扎根中国大地,汇聚古今、融通中外;在于有大先生执教黉门,学高为师、身正为范;在于有大先生躬耕杏坛,敦品积学、启智润心。习近平总书记更强调,高校教师要立志成为大先生,在教书育人和科研创新上不断创造新业绩。中传广大教师素来以做大先生为毕生职志,努力成为新时代"经师"与"人师"的统一者,做真学问、立高品行,践履"立德树人"使命。

2024岁在甲辰,欣逢中传建校70华诞,学校特邀约部分学者钩玄勒要、增删批阅,遴选已公开刊发的论文汇编成集,出版"中传学者文库",意在呈现学校在学科建设、科学研究、服务行业实践等方面的最新成果,赓续中传文脉,谱写时代新声。

文库汇聚老中青三代学者,资深学者渊渟岳峙、阐幽抉微;中年学者沉潜蓄势、厚积薄发;青年学者踌躇满志、未来可期。文库与五十周年校庆所出版的"北广学者文库"相承接,大致可勾勒中传知识生产薪火相传、三代辉映之概貌，反映中传在构建中国特色新闻传播类、传媒艺术类、传媒技术类学科体系、学术体系和话语体系方面的耕耘与收获，窥见中国特色信息传播类学科知识体系构建的发展脉络与轨迹。

这一构建过程，虽筚路蓝缕，却步履铿锵；虽垦荒拓野，亦四方辐辏。一批肇始于中传，交叉融合、具有中国特色的学科，如播音主持艺术学、广播电视艺术学、传媒艺术学、数字媒体艺术学、政治传播学等，从涓涓细流汇入滔滔江河，从中传走向全国，展现了中传学者构建中国自主知识体系的学术想象力和创新力。文库展示的虽然是历史，实则是呈现今天；看似是总结过去，实则是召唤未来。与其说这套文库的出版，是对既有学术成果的展示，毋宁说是对未来学术创新的邀约。

回首过往，七秩芳华。我们深知，唯有将马克思主义基本原理与中华优秀传统文化相结合，才能推动中华学术创造性转化和创新性发展，推动中国自主知识体系的构建。我们深知，唯有准确把握媒介形态演变的脉动、深刻认知媒介形态变革所产生的影响，才能推动中国信息传播类学科自主知识体系的构建与时俱进。

展望未来，星辰大海。我们深知，以人工智能为代表的产业和科技革命正迅疾而来，媒介生态正在加速重构，教育形态正在全面重塑，大学之使命与价值正在被重新定义；我们深知，唯有"胸怀国之大者"、面向世界科技前沿、面向经济主战场、面向国家重大需求，才能确保中传始终屹立于中国乃至世界传媒教育发展之潮头。

如何应对人工智能带来的深刻变革，对中传而言是一场要么"冲顶"、要么"灭顶"的"兴亡之战"。我们坚信，不管前方是雄关漫道，还是荆棘满途，唯有勇敢直面"教育强国，中传何为？"这一核

心命题,奋力书写"智能传媒教育,中传师生有为!"的精彩答卷,才能化危为机,奋力开创人工智能时代中传智能传媒教育新纪元。

功不唐捐,芳华七秩;风帆正举,赓续创新。

是为序。

第十四届全国政协委员,中国传媒大学党委书记、教授、博士生导师

目 录

上编　作家作品重读与阐释

鲁迅的多元中国观与其启蒙思想和文学的装置 …………………… 003
《祝福》主题与鲁四老爷形象考论 …………………………………… 022
《伤逝》主题与人物形象的复合性与鲁迅的思想装置 ……………… 032
时空意识与老派市民家国观念的更生和嬗变
　　——以老舍小说《四世同堂》为中心　　048
老舍短篇小说的叙述视角与功能 ……………………………………… 062
史诗、传奇与浪漫
　　——端木蕻良小说诗学研究之一　　075
艾芜《百炼成钢》与工业文学的书写及问题 ………………………… 091
草明文学道路与业绩的历史审视 ……………………………………… 108

下编　文学史风景与漫步

对启蒙现代性的自反与质疑
　　——现代文学叙事中的"五四"反思与批判　　123
"九一八"国难与东北抗战文学中长篇小说 ………………………… 139

当代文学中的"九一八"国难叙事及其征候 ………………… 155

革命时代的城市和工业风景

——论东北解放区城市和工业题材戏剧创作 …………… 168

东北解放区文学制度生成及其对当代文学制度的预制 ………… 186

文化殖民主义与东北沦陷时期的话剧生产及其装置 …………… 203

中国现代文学史书写范式的若干问题 …………………………… 218

多媒体时代的文学形态与文化价值担当 ………………………… 239

后　记 ………………………………………………………………… 246

上 编
作家作品重读与阐释

鲁迅的多元中国观与其启蒙思想和文学的装置*

一

鲁迅的中国认识及其知识判断，是与他的人生道路和知识结构的养成密切相关的。在清末开蒙读书以后，年少的鲁迅对于四书五经为代表的传统文化，谈不上有什么反感，只是不喜欢死硬背书，以及古书里的明显违反人性的虚伪的孝道，出于个人志趣和性格，他喜欢活泼的带有插图绘画的书籍，① 对于家中用人长妈妈给自己弄来一本绘图本《山海经》，他永生铭记，② 喜欢民间的社戏，这些书籍带给他一个与高台教化的儒家典籍及其说教不一样的中国和中国文化形象。因为祖父的科场案件而使家道中落和父亲生病，出入于当铺的少年鲁迅过早地、现实地感受到社会的冷暖，"有谁从小康人家而堕入困顿的吗？我以为在这路途中，大概可以看见世人的真面目"。③ 这些趋炎附势的"世人"，与鲁迅在自己家里和外婆家乡接触到的闰土一类乡民的朴讷厚道截然不同，这也是少年鲁迅最早不仅从书本里，而且在现实中认识到中国与中国人的不同。在晚清救亡图存、实业救国大潮中进入南京矿路学堂、学得了科学知识后，又对于中国的中医的非科学性（医者意也）和看到的中

---

* 本文原载于《广东社会科学》2021年第3期，收入本书时，略有改动。
① 周作人. 鲁迅的故家 [M]. 北京：人民文学出版社，1981，63-66.
② 鲁迅. 阿长与山海经 [M] // 鲁迅全集：第2卷. 北京：人民文学出版社，2005：250.
③ 鲁迅. 呐喊·自序 [M] // 鲁迅全集：第1卷. 北京：人民文学出版社，1981：415.

国社会对妇女从身体到道德的歧视摧残,有了愈加明确的"负面"认识,为治疗父亲那样的患病而被中医误诊致死的中国人、为救治中国妇女的小脚、为把科学引进中国以使中国进步的思想认识,成为鲁迅东渡日本学医的最初动机和目的。① 而这样的思想认识,标志着青年鲁迅对于中国和中国的传统与文化,已经形成了若干负面的、否定性的价值判断,这样的价值判断也导致他开始形成对于中国思想文化环境下民族性、国民性的偏于负面的认识。"鲁迅在弘文书院的时候,常常和我讨论下列三个相关的大问题:一、怎样才是最理想的人性?二、中国国民性最缺乏的是什么?三、它的病根何在?"② 这种对中国国民性的负面性的认识,固然有证据表明受到日本人涉江保翻译的《支那国民性》一书的影响,但如上所述,更多的是鲁迅自少年到青年时期的人生经历和读书求学经历带来的思想认识的变化,即对中国的政治制度文化、思想精神文化中比较严重的压抑性传统,及其对中国社会及人民的负面影响,看得越来越严重,逐渐形成批判性思维。正是这种思维,导致他做出了弃医从文的人生事业道路的选择,这种选择的背后是他作为先觉的思想家早熟地形成的、超出一般政治家和反清革命者的思想装置:既如一般留学生和革命者那样具有强烈的民族主义和爱国主义的救亡思维,甚至其中不乏种族革命的若干因素,同时更具有以现代性为内涵的启蒙国民性的思想诉求,而且认为这是拯救国家和民族危机的基础和前提,即他在《文化偏至论》里提到的"立人"然后"立国"的思想。

　　带着这样的思想诉求回国的鲁迅,在社会实践中逐步形成和完善了自己对于中国社会现实与思想国情的认知,换言之,他是从青少年时代的读书留学、家庭与社会观察的局部视角开始,逐渐形成了关于中国的历史、文化、制度、社会、现实的一整套的、全面的知识话语体系和认知图谱,是鲁迅从自己的思想发展和社会实践中生产制造的关于中国的知识和价值判断。

　　这种关于中国的认识和话语体系的核心,是认为近现代的中国已经从所

---

① 鲁迅.呐喊·自序[M]//鲁迅全集:第1卷.北京:人民文学出版社,1981:416.
② 许寿裳.亡友鲁迅印象记[M].北京:人民文学出版社,1981:19.

谓天朝大国的世界中心滑落到边缘，是已经落后于世界现代性文明的、僵死的旧文明，是在西方列强的帝国主义侵略和文明示范作用的双重夹击下，被迫地启动现代性变革却又不改中学为体、西学为用思路和理念的中西杂陈、古今混淆的"夹生中国"：

> 中国社会上的状态，简直是将几十世纪缩在一时：自松油片以至电灯，自独轮车以至飞机，自镖枪以至机关枪，自不许"妄谈法理"以至护法，自"食肉寝皮"的吃人思想以至人道主义，自迎尸拜蛇以至美育代宗教，都摩肩挨背的存在。①

在这里，"自松油片以至电灯，自独轮车以至飞机，自镖枪以至机关枪"，指的是物质文化和文明；"不许'妄谈法理'以至护法"，概括地指出的是政治与法律制度文化，"'食肉寝皮'的吃人思想以至人道主义，自迎尸拜蛇至美育代宗教"，无疑指的是思想精神文化。就是说，近代以来不断面临民族国家"阽危"和被边缘化、弱势化的中国，在物质文化、制度文化和精神文化三大层面，都进入和处于矛盾夹生与分裂的状态，是在一个表面的时空体之内从物质到思想对立矛盾、分裂分化、隔膜异质、多面多样的中国，简言之，中国是一个自然时间虽然相同、但价值时间根本不同，自然空间虽然同一，但价值空间形态迥异的矛盾复合体，几乎可以把在历史发展、物质文明、精神文明、社会结构、阶级机构形态上差异巨大的中国，划分为若干个都叫中国的"国度"。

在众多的文章里，鲁迅经常地、不断地表达这样的认识。作为思想家的鲁迅，他的思想是丰富而复杂的，已经有学者论述过鲁迅在五四前后的反封建思想、中间物意识、交织着绝望与希望的反抗精神，以及这样的思想认识对其小说创作的内化和影响。在这里，我们会发现在鲁迅的思想里，鲜明地存在着由他的生活与思想产生的对于多样性、多元性、差异性、对立性、矛

---

① 鲁迅.热风·随感录·五十四［M］//鲁迅全集：第1卷.北京：人民文学出版社，1981：344.

盾性、分裂性、隔膜性的中国认知和知识—价值体系，一种中国社会存在同时/异质、共在/对立、并置/分殊的鲁迅式的观察、思考、认识中国的方式和思想装置。当然，在这种总体性认识和思想装置中，鲁迅的思维特征使他不是像一般哲学家思想家那样，只进行概念的抽象、演绎和形而上学的阐释论证，而是结合具体的现实社会现象和思想现象，进行有总括有分论的事实描述与分析，包含着非常丰富的来自现象的扫描和价值判断。

二

第一，在这幅关于中国的知识图谱中，占据比重最大最多的，是他在留学期间和回国工作特别是参与新文化运动后，以来自欧西的现代性思想和价值观为参照形成的对于古今中国的三种基本认识：以专制制度为表征的家国一体的国家性质、以儒家思想为表征的中国文化、二者规训下构成的落后国民。在五四新文化运动中以及其后，在树立个人主义为核心的个性自我（立人）与树立现代性的民族国家（立国）诉求、以人本主义为核心的现代化与物质和现代化的关系抉择中，鲁迅从以绝对个人主义和人本主义为核心的现代性启蒙立场出发，首先从时间维度把古代与现代的时间链条即时间性抹去和"同质化"，即把几千年文化文明的历史和时间定型化与固化，视为一个没有时间进化的自我循环的闭环结构体。

> 秦汉远了……元人著作寥寥。至于唐宋明的杂史之类，则现在多有。试将记五代，南宋，明末的事情的，和现今的状况一比较，就当惊心动魄于何其相似之甚，仿佛时间的流驶，独与我们中国无关。现在的中华民国也还是五代，是宋末，是明季……"地大物博，人口众多"，用了这许多好材料，难道竟不过老是演一出轮回的把戏而已么？①

---

① 鲁迅. 华盖集·忽然想到·四［M］//鲁迅全集：第3卷. 北京：人民文学出版社，1981：17–18.

德国哲学家黑格尔从普泛性的世界史模式和意义出发，认为按照历史进化论的观念考察，中国的历史没有时间性和内质上的改变，中国不过是一个个制度和文化性质相同的封建王朝的彼此轮换和循环，是没有辩证发展的、自我否定和文明更新的自我重复，只有自然性时间更替而没有价值时间延伸的国家，①即中国的历史虽然很漫长却是不具有世界史意义的重复循环的历史，具有几千年历史和文明的中国只是一个停滞的帝国，缺乏真正的历史进步和发展。鲁迅在发表关于中国认识的留学阶段和参与新文化运动时期，并没有系统读过黑格尔和西方史学对于东方和中国历史的论述，但他却表达了与他们基本一致的中国历史和文明观。

第二，在鲁迅对于中国传统和国家的认识中，还有一个鲁迅式的思维和表达症候：把时间空间化并将其形象化，自然时间虽然没有停滞、但社会价值时间停滞不变的固化和封闭的中国及其传统，鲁迅用了一系列比喻性空间形象来予以描绘：自我循环没有进化进步的封闭性中国是"铁屋子"，中国的文明是"安排给阔人享用的人肉的筵宴"，即吃人宴席，中国不过是安排这人肉的筵宴的厨房……"大小无数的人肉的筵宴，即从有文明以来一直排到现在，人们就在这会场中吃人，被吃，以凶人的愚妄的欢呼，将悲惨的弱者的呼号遮掩，更不消说女人和小儿"。②《狂人日记》里的狂人发现的中国吃人的历史的物化形态是"陈年流水簿子"，佃户们住在"狼子村"，传统思想笼罩下的故乡是"荒村"，停滞僵化的传统中国是唱不完老调子的"老中国"……这样的思维和话语也出现于五四时期很多新文化先驱者身上，如李大钊把传统中国比喻为"白首中国"，未来中国比喻为"青春中国"，③将自然生命的时间标量与国家的新旧面貌衔接起来作为空间表征。在鲁迅和五四新文化同仁的这种将中国历史和传统予以空间化"象形"即空间"物象化"的思维和表征中，那些被创造和制造出来的空间化形象和物象（能指），基本是负面的和"贬义"的，是负价值和"黑暗"价值。这种负价值和黑暗价值的空间形象，

---

① 黑格尔.历史哲学［M］.王造时，译.上海：上海书店出版社，2006：117-137.
② 鲁迅.坟·灯下漫笔［M］//鲁迅全集：第1卷.北京：人民文学出版社，1981：216-217.
③ 李大钊.青春［J］.新青年，1916，2（1）：13-24.

无不与中国的传统和历史关联，也就是说，时间性的历史和传统的"意义"与这种负价值的空间形象表征的"意义"是一致和同构的。为何将中国的历史与传统这些属于过去的时间中的存在物空间物象化？因为空间化和物象化表征的是固定的、物化的、静止的乃至于僵化的，空间化的目的和结果就是将时间性的传统赋予其固化、静止和僵化的意义，换言之，使时间性的传统与固化的空间化物象的意义得以连接。

第三，只有自然时间的流逝迁转而没有价值时间变化的、几乎古今一体、老调子永远唱不完的中国，这空间化的"铁屋子"和吃人的厨房与宴席之所以长期存在和绵延，是得益于中国社会几千年的贫富和官民存在严格差序等级甚至两极分化对立的社会与国家结构，治人者和统治阶级有意打造的等级森严贫富对立的社会结构，即经济和社会中的贫富、官民等级差序，是保证上述的尊卑等级的家族与社会制度和思想专制统治有效性的物质基础。有人曾经用从进化论到阶级论来描述鲁迅思想发展的历程，其实鲁迅在五四时期对中国社会差序格局和多面性的论述，就已经包含较为鲜明的阶级论色彩，如谈到中国文明和中国是人肉筵宴和厨房的前提："我们在目前，还可以亲见各式各样的筵宴，有烧烤，有翅席，有便饭，有西餐。但茅檐下也有淡饭，路傍也有残羹，野上也有饿莩；有吃烧烤的身价不资的阔人，也有饿得垂死的每斤八文的孩子。"① 治人者和被治者、煤油大王和北京捡煤核的老婆子、阔人与穷人、《红楼梦》里的焦大和林妹妹、朱门酒肉臭与路有冻死骨，是鲁迅多有阐述的中国社会一向存在的基本阶级和社会结构，晋惠帝对于人民的饥饿发出的"何不食肉糜"，就典型地代表了这样的尊卑等级、阶级结构巨大差异的社会，上与下的巨大隔膜和毫无交往。如此的阶级社会结构不仅带来上层与下层、统治与被统治阶级之间物质生活的巨大差距和两极分化，也造成彼此之间在思想和价值世界完全殊异和难以"共鸣"理解："因为古代传来而至今还在的许多差别，使人们各各分离，遂不能再感到别人的痛苦；并且因为自己各有奴使别人，吃掉别人的希望，便也就忘记自己同有被奴使被吃

---

① 鲁迅. 坟·灯下漫笔 [M] // 鲁迅全集：第 1 卷. 北京：人民文学出版社，1981：216-217.

掉的将来。"①

而为了这样的"分离"和"差别"的永久化和合理化，鲁迅在《春末闲谈》等一系列文章中，揭露了治人者和统治阶级如何制造意识形态并向人民长期灌输、麻醉和愚昧化的"骗术"。马克思在《德意志意识形态》中指出："统治阶级的思想在每一时代都是占统治地位的思想。这就是说，一个阶级是社会上占统治地位的物质力量，同时也是社会上占统治地位的精神力量。"②统治阶级为维护自己统治合法性，而制造作为精神鸦片和欺骗术的意识形态，并强调由于掌握了物质生产资料，所以统治阶级也就掌握了精神生产的资料，以此把统治阶级的思想灌输给被统治阶级，而由于既没有自己的物质生产资料因此也没有自己精神生产资料的被统治阶级，往往把统治阶级的思想当作自己的思想，在精神和意识形态上被"同化"和"污染"了。鲁迅的思想与此极为接近，也认为几千年的上层封建统治者有意为之的、思想上将人民分为上智与下愚、制度安排上尊卑有序且等级森严、意识形态上进行教化与麻醉和专制性思想统治的结果——统治阶级的"统治术"和"治绩"，使两极对立贫富分化的社会结构的长期存在及其差序格局，成为中国社会从上到下普遍接受和认同的、几乎不可撼动的"事实"和合理性存在，而没有宗教信仰只有实用理性的中国人更容易接受"存在即合理"。就是说，从古到今一以贯之的社会贫富、阶级差距的巨大，是中国社会的基本结构和常态，它造成并一直固化上下尊卑社会的物质与精神的鸿沟和隔膜，使统治者安于吃人而被统治者安于被吃，被吃者对他人的被吃与痛苦无动于衷和麻木不仁，并且在统治者安排的差序格局中还有可能爬到上一阶级去奴役别人，吃掉别人，被治者还存在成为吃人者的转换希望，由此中国社会的吃人现象屡代不绝，吃人的筵宴和厨房长盛不衰。这是鲁迅悲剧性感受到的中国"铁屋子"难以打破的原因。即便鲁迅被动员后参与了"掀翻这筵宴""打碎这厨房"的五四新文化启蒙，并号召青年们参与其中，但另一方面"铁屋子"和"老中国"所

---

① 鲁迅.坟·灯下漫笔[M]//鲁迅全集：第1卷.北京：人民文学出版社，1981：216-217.
② 马克思，恩格斯.德意志意识形态：节选[M]//中共中央马克思恩格斯列宁斯大林著作编译局.马克思恩格斯选集：第1卷.北京：人民出版社，1995：98.

赖以存在的物质、制度与精神世界的差序与隔膜，社会制度和文化结构中吃人者和被吃者存在转换机制和希望、奴隶不是想推翻奴隶主而是自己有朝一日争当新奴隶主的思想状况，也使鲁迅的"铁屋子"和其他寓时间性传统于空间物象的表征，内含了对以思想启蒙和新文化改造中国的无效性的悲剧认识：铁屋子和人肉筵宴厨房难以打破是悲剧；里面昏睡和被吃的人民难以唤醒是悲剧；即使唤醒了部分人，但他们并不期待他人都醒来而是自己逃出继续建造铁屋和人肉筵宴、自己当奴使他人的新吃人者和主子，是更大的悲剧。这样万难打破的、不断轮回的、重重悲剧笼罩的中国认识和知识及其价值观，带来了鲁迅以及一代五四新文化运动先驱者的以"唤醒"为目的的启蒙诉求和文学表达、鲁迅式的既参与启蒙和新文化运动、但内心里又先天地知道启蒙悲剧结局的文学主题和叙事美学风格。

第四，鲁迅对中国多样化的认识，还包括由于中国社会政治与经济、文化与文明发展阶段的差异，所导致的中心与边缘的不同层次的中国的存在。古代中国至唐代以后政治经济中心的南移，使得中国在文学、书法、绘画乃至饮食文化都有南派与北派的区隔，近现代中国更由于帝国主义的入侵、殖民统治下都市的出现、古老帝都的存在和广大欠发达内地的分野，使中国实质上存在着京海构造、都市与乡村构造、东部与西部构造……对于这样的由于政治与经济发展不平衡导致的社会结构差异巨大的不同的中国，鲁迅也从中心与边缘、地域与空间、文明阶段与结构等多角度进行过描述，不断表达和深化他对中国社会与文明存在巨大差异性和隔膜性的认知和评价，这样的认知及表述在他前期的杂文中所在多有，不胜枚举。甚至到了鲁迅思想发展时代性转变的后期，他在《中国新文学大系·小说二集·导言》中，论及蹇先艾和其他乡土小说作家的作品时，也承认他们从五四发源地的北京远眺"老远的贵州"和故乡而写下的小说，能将乡间的生死、泥土的气息和那里的风情与人民生活的异样展示出来，都市中国及其思想与偏远的外省乡村，俨然是两个在空间地域、时间和时代发展上截然不同的世界。[①] 他自己身处新

[①] 鲁迅.中国新文学大系·小说二集·导言[M]//鲁迅全集：第6卷.北京：人民文学出版社，1981：245-250.

文化运动中心的北京和上海，但他的小说写作却表现"相隔两千余里"的南方故土水乡，开创了他所说的身在都市而写作乡村的启蒙主义的乡土文学，并且在30年代以后不断鼓励和推荐那些描写边陲、内地乡村的青年作家的作品，如左翼青年作家叶紫、东北作家群的写作，几乎都得到他的大力举荐，因为他们写出了不一样的广大的中国。确实，中心和边塞内地的差异，使得中心区域的中国成为新文化、新思想、新文学的发源地，并对广大的边地内地形成强大的吸引力和"召唤结构"，启蒙主义的乡土文学和抒情浪漫主义的乡土文学、边地边塞文学，都源源不断地为现代文学提供人生想象和异域风情，提供作家和作品的资源，丰富着现代中国文学的地域文化空间和人生风景，呈现了中国的广大性、地域性和异样性，构成了现代文学中心与边缘的另一种结构版图。

在为东北作家的小说写序言时，鲁迅仍然愤慨于中国社会结构和人们，在民族危机到来之际"一方面是庄严的工作，一方面却是荒淫与无耻"，与南宋小朝廷在外族入侵即将灭亡之际依旧在残山剩水之间寻欢作乐一样，"真也好像说着现在的中国"，[①] 现在的中国及其人们的社会存在和思想世界，仍然古今一体，时间的流逝并未带来思想和价值的彻底改变。如果说，由于阶级和阶层鸿沟的差异，中国社会在民族危亡之际仍然耽于"荒淫与无耻"和"隔江犹唱后庭花"的，是达官贵人和上流阶级，那么在为萧军《八月的乡村》写的序言中，鲁迅也指出了天津北平的市民，对同属中国的关外的沦陷与战斗并不关心，以至于拒绝来自东北的流亡者租住房屋，把这些"亡省奴"拒之门外。此种现象，说明上中下的中国人民，政治经济地位存在鸿沟般的差距，思想精神结构也是对同一种现象存在认同差异，都是炎黄子孙却缺乏民族、同胞和国族的同一性认识。安德森在其著作中曾经描述和指出，对于同一事物的逐渐关心和认同，是欧洲和亚非拉地区的人们产生民族同一性和后继的民族主义的基础。[②] 而社会结构和文化结构号称"文明五千年"的中国，

---

① 鲁迅.田军作《八月的乡村》序[M]//鲁迅全集：第6卷.北京：人民文学出版社，1981：286.
② 安德森.想象的共同体：民族主义起源分布[M].吴叡人，译.海：上海人民出版社，2011.

却仍然有文化同一性认同而无民族同一性认同，同胞之间缺乏真正的关怀而是各个为自己，"人不为己天诛地灭"，鲁迅对此是愤慨和痛心的，这些在他看来都是治人者长期治人的"治绩"，害得国民性一盘散沙，有己无国，国中有国，结果就是国将不国。为此他在逝世之前写作的《立此存照（三）》里，还"希望有人翻出斯密斯的《支那人气质》来。看了这些，而自省，分析，明白那几点说的对，变革，挣扎，自做工夫，却不求别人的原谅和称赞，来证明究竟怎样的是中国人"，改掉"安于'自欺'，并由此想'欺人'"的讳疾忌医之国民性。①

当然，鲁迅后期思想的变化，也使得他在看待中国及其社会和文化时，知识价值体系和认知结构也在发生着变化，更多地具有了历史辩证法的全面性。在《中国人失掉自信力了吗》一文中，他认为国难当头，一些中国人相信国联能够帮中国，国联不可信，就"改为一味求神拜佛，怀古伤今……它可以令人更长久的麻醉着自己"，"中国人现在是在发展着'自欺力'"。但另一方面，他也看到和指出"我们自古以来，就有埋头苦干的人，有拼命硬干的人，有为民请命的人，有舍身求法的人……虽是等于为帝王将相作家谱的所谓'正史'，也往往掩不住他们的光耀，这就是中国的脊梁……说中国人失掉了自信力，用以指一部分人则可，倘若加于全体，那简直是污蔑。"②对于中国人自信力的有无，鲁迅认为不能只盯住上流社会和上层阶级，以及作为他们的意识形态表征的历史书写和文化传达，即不应该只盯住上层的中国，而应该更多地向下层的中国和百姓中看视与寻找。这样的思想与话语，鲁迅前期在《学界三魂》里，就已经指出：中国及中国人在"官魂"和"匪魂"之外，还有最可宝贵的"民魂"和脊梁③，而这些在等于是为帝王将相作家谱的所谓正史里是看不到的，唯有在为正史所忽略的野史和民间，才能看到民族的脊梁和抗争不屈的民魂的存在，这实质指出了中国存在着官、学、民的

---

① 鲁迅.立此存照：三 [M] // 鲁迅全集：第6卷.北京：人民文学出版社，1981：625–626.
② 鲁迅.中国人失掉自信力了吗 [M] // 鲁迅全集：第6卷.北京：人民文学出版社，1981：117–118.
③ 鲁迅.学界的三魂 [M] // 鲁迅全集：第3卷.北京：人民文学出版社，1981：207.

三种社会层级结构与思想结构，存在着"正史中国"和"野史中国"的区别，存在物质、制度、思想等所谓"上等人"中国与社会和文化，也存在底层和民间的所谓"底层中国"及其社会和文化，上下尊卑、贫富官民由于统治阶级意识形态的"灌输"和细腰蜂式的"毒化"，而存在思想精神的同一性，也存在阶级性的巨大差异，"阔人"和官人的中国与穷人的中国的各个方面，都是异质异态的。在这多样态多层次的中国的各个"世界"中，表征人民思想精神的国民性及其思想文化状貌（鲁迅前后期的思想虽然都承认并运用这一词汇），更多地与具体的阶级性、集团性等结合起来，国民性大词中具有了内部的结构分层，而不是浑然一体的共相。这使得鲁迅后期的中国概念知识及认知装置，既赓续了前期的思想资源，也具有了时代性的变化和新质，更为全面和辩证。

三

在进行小说创作之际，鲁迅主要是以他从留日时期到五四前后形成的关于中国及其文化文明的批判性思想装置，作为文学写作的思想资源的。其中，中国是铁屋子、人民是在铁屋子里昏睡的庸众这一对传统中国和文化本质的认定，是中国认知系统里的核心价值理念，由此，才导源出鲁迅在中国观察时的多元、分裂、并置、差异化的知识与认识，即如前所述的中国是从物质文化、社会制度、精神文明都存在巨大内部差异的"分裂共同体"，是将世界和中国数世纪的社会与文明混杂共融的怪异的"时空体"。[①] 这同时而异质、共在而异态、同一又殊相、统一又分裂、俨然是好几个中国同时存在的国度，在启蒙者鲁迅看来，其最大的问题和悲剧，就是由此导致的物质文明与精神文明、社会形态与思想状态的巨大差异和鸿沟，造成了中国内部各个世界彼此间的"异在"和隔膜。在五四新文化生成的新文学中，隔阂或隔膜，

---

① 巴赫金.小说的时间形式和时空体形式［M］//巴赫金文集：第3卷.白春仁，晓河，译.石家庄：河北教育出版社，1998：274.

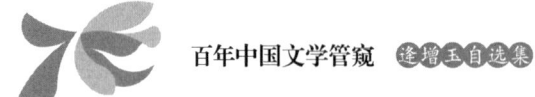

曾经是一个普遍主题，如五四时期著名作家之一的叶圣陶的一本小说集，就叫《隔膜》，不过叶圣陶小说表现的隔膜，主要是不同阶层人们之间由于物质环境和生存环境带来的生活与情感的互不了解与理解。鲁迅认为在中国内部彼此对立和殊异的环境中，不仅不同物质与精神层级的世界和人们之间普遍存在着对立和分裂，鲁迅在小说《故乡》里称其为"厚障壁"，而且同一阶层的人们之间也存在思想的"厚障壁"。可是由于中国无所不在的厚障壁和隔膜的存在，以及这厚障壁的固化和难以打破，势必阻碍和断绝了各个被厚障壁隔断的空间与群落里的人们的交往，而交往被鸿沟阻断和难以进行，又反过来加深和固化了厚障壁与隔膜的存在，使得中国内部的殊异和分裂更加扩大，铁屋子更加牢固，人民的昏睡与嗜睡症更加严重，这就是五四新文化运动和思想启蒙运动必须面对的思想舆情与国情。

　　这样的中国知识和思想认识作为背景和资源，通过写作者鲁迅的中介和转化而投射于小说中，就应然地衍化为小说的叙事世界和叙事模式，并由此带来了相应的美学格调和征候。我们看到，从鲁迅的第一篇小说《狂人日记》开始，鲁迅小说就形成了同时而异质、共存而异在的世界，这个中国名义下的各个不同的世界，不论在城市还是乡村，都存在着富人与穷人、统治者与被统治者的阶级与阶层差序，更存在着少数的知识者、觉醒者与昏睡愚昧的人民大众的分野。苏联文艺理论家巴赫金在研究陀思妥耶夫斯基的小说诗学时发现并指出，陀思妥耶夫斯基小说里存在着由不同的主人公和人群构成的世界，每个世界里都存在着自己独有的思想及话语体系，每个世界里的人物都按照自己世界的思想在言说和行动，每个世界里的主人公和人物与别的世界里的人物，实质上都在进行对话和交流，当然这种交流包含着同意与反对、接受与拒绝、对话与驳斥、自我独语与互相交流等复杂关系，而它们本质上都构成了对话关系。每个世界的话语与声音及其互相构成的对话关系，在总体上形成了小说复杂的众声喧哗式的复调和交响合奏中的不同的母题群落，这些群落构成了主题——每个世界的人们都表达自己的思想、从而构成思想的对话交流和复调。同时，每个世界的思想话语都是独立的且与其他世界的思想话语构成平行和平等关系，彼此不分轩轾。鲁迅的小说表现的同一中国下分裂异质的不同世界和存在,也都形成自己的思想话语体系,但是,它们之间却并不是平等的关系,而是存在被视为高位的文化和思想与低位的文化和思想,而且这主体与非主体、高位与低位的思想文化的位置和关系是固化的,彼此各自成为独立世界且没有交往和对话,或者表面有对话而实际各说各话,有相同的语言符号但没有共同语法和信息。

当然,在鲁迅的启蒙主义小说中,也存在主人公的人生跨界旅行和文化旅行。思想和文化旅行的目的是思想交往交流,交往和交流的目的是通过语言对话达到了解并形成共识。但是,在鲁迅小说中,几乎所有的跨文化旅行和交往、交流的目的都没有达成,都以无法交流和对话而告终,文化旅行者和交际者纷纷陷入对话中断与失语,甚至陷入跨文化交际学所说的"文化休克"和焦虑。而无法交流对话的原因,就是他在理性文章中表述的中国,存在物理性的时空同一和实际上的时空分裂和完全异质,双方话语的符号、语码相同(能指相同),但语义和所指完全悖谬。这种异质的时空和语义的歧义,使得双方无法交流,而语言是思想的直接现实,这无法进行文化交流的现实的思想世界,就是鲁迅描绘的各种各样的思想"厚障壁",它存在于中国社会的各个阶级、阶层,使得各自的思想世界存在巨大的无法跨越的鸿沟,阻断了跨越交流和文化思想的旅行对话,最终导致"无声的中国"永远是"老调子没有唱完"。

鲁迅小说的这类跨文化旅行者和交际者,主要是具有启蒙主义使命的知识分子,他们通过思想的或现实的旅行,欲对现实世界和群众的精神世界有所介入、改造和作为。《狂人日记》里的狂人作为最先觉醒和立志改造中国与国民性的启蒙者,在自己的思想世界与身处的现实世界之间,欲图进行思想启蒙性质的跨越和交流,交流的方式是先"看"后说,看到了中国历史的吃人事实后,用说的方式对周围的世界和人们进行提醒和劝告。但是,彼此之间的"厚障壁"和无法跨越的鸿沟,导致狂人的所有语言和劝说都无法传播出去,无法被异质思想世界的人们接受,因为彼此的思想世界和思想派生的话语,内涵与意义都是对立异质的,没有起码的对话基础和可能,所以在不断的思想和话语的被拒绝、碰壁之后,狂人只能在现实世界的强大压力下,从精神世界重返现实世界,"赴某地候补"。

而鲁迅在《故乡》《祝福》《在酒楼上》《孤独者》《头发的故事》等小说中,更为具象和写实地表现了志在对人民进行启蒙的知识分子思想与行为的悲剧。《故乡》中从现代性都市回到故乡的叙事者和小说人物,毫无疑问是西方现代性知识分子,这从他与豆腐西施杨二嫂对话中的叙述语言细节中可以得知,杨二嫂嘲笑他"仿佛美国人不知道华盛顿,法国人不知道拿破仑"——封闭中国小镇乡村的小市民与乡民的杨二嫂,是根本不可能知道拿破仑和华盛顿的,这样的间接引语方式表达的是叙事者和返乡人物的"我"的知识结构和身份——从故乡走出了解世界的现代知识分子。他的回乡历程,现实的层面是将母亲和侄儿接走,卖掉老屋的一切,永别故乡;而在现实层面之下,他以游子身份回乡与离乡的过程,也是一个受过现代教育的发达都市的知识分子在故乡的一次跨文化交际的经历及其失败的过程,是发现厚障壁的无所不在及其不可打破的悲剧:他与农民闰土重建乡土过去的记忆陷于失败,闰土拒绝承认共有的少年记忆,认为那是农家少年的少不更事和唐突冒犯,现实中对方是"老爷"才是真实存在;小市民豆腐西施杨二嫂出于贪图占便宜而强调她与回乡知识者有共同记忆:"我还抱过你",但被回乡者拒绝,而杨二嫂对回乡者的"阔了""有三房姨太太"和"八抬大轿"的现实谎言里,没有丝毫真实信息,但又包含着传统中国社会和乡镇民众对人物事物价值性评价的思想真实——读书做官、升官发财、衣锦还乡,却与回乡者兼叙事者的"我"的现实处境和思想世界根本对立,所以他们的对话只能中断和限于失语与"文化休克"——"无话可说"。《祝福》中的回乡者兼叙事者和主人公之一的启蒙知识分子"我",同样面对的是同一时空的现实世界而思想世界迥异:与鲁四老爷的对话表明鲁四身在民国而思想停留在晚清,且对已成明日黄花的"康梁"新党大骂反对,且又是半吊子儒家与道家混合而成的冬烘先生,于是很快回乡者与其"话不投机";与祥林嫂的对话也由于彼此思想世界的巨大鸿沟而无法进行,"回乡者"之"我"只好"唉嗫着"和无话可说,一走了事,对话同样陷入了这样无法跨越思想"厚障壁"的困境,即无法交往与交流的休克状态。而《在酒楼上》和《孤独者》等小说中,主人公吕纬甫和魏连殳等人之所以从五四时代大潮退潮后重归老路，或者陷于巨大的荒原般的孤独中，根本原因也是他们的启蒙主义思想和理想在现实世界中陷入失语与休克：他们为之呐喊战斗、希望唤醒的人民根本不接受他们的思想，鸿沟和厚障壁阻断了跨越与交流，像狂人一样，他们所传播的思想由于没有受众接受而导致传播无效和失效。

这种普遍的启蒙困境和文化思想交流的休克，除了传统造成的社会各阶层物质状况与思想状况的分裂、对立、隔膜和多种国情与舆情的存在之外，还与五四启蒙主义的内在矛盾性结构有关。五四启蒙根本上属于救亡图存的工具性运动，启蒙知识者构筑的启蒙是一个与老中国、与传统的思想文化资源彻底割裂的工具主义的启蒙观，他们制造了一套观念世界和启蒙知识系统，将本土传统视为垃圾和陷中国社会于危机的万恶之源。但是，这些被视为垃圾和毒物的传统和地方文化资源，却是直到五四时期仍然被广大中下层大众尊奉的"国粹""民粹"和乡邦文化，启蒙者可以说这是他们被统治和灌输毒化的结果，可是一直处于物质生活困苦中的大众由于没有自己的精神资料，他们必然以这些为生活和观念的价值。这样，就势必导致启蒙的少数精英没有自己的群众，话语与民众暌隔两造，以他们自己的力量要启发物质和精神诉求都与他们的思想话语完全陌生群众，几乎是难以完成的，就像鲁迅自己说的，如一箭射入大海。群众也不把少数启蒙精英当作自己的精神导师和领袖，这样一来，少数五四启蒙精英集团与他们要启蒙的大众之间，历史性、必然性地分属于不同的物质世界和精神世界，彼此存在互不理解甚至互相对立的巨大鸿沟——启蒙者鲁迅是最早发现这一问题及其悲剧的，所以他的小说几乎都是表现启蒙者与群众之间的鸿沟和"厚墙"的，表现启蒙者的必然失语、对话中断、无奈离去和寂寞孤独的，这些精神界战士没有找到走出孤独的奥秘和桥梁。这个问题被中国化马克思主义政治力量，将传统文化的道德资源即儒家正义与马克思主义的阶级翻身解放的观念相结合，通过社会实践满足大众摆脱贫困成为历史和社会主人的诉求而成功"唤起工农千百万"，故此这样的思想和主义得以唤醒和动员群众且为群众所接受，其召唤结构通过民众认同得以实现了目标。而五四的启蒙精英集团与大众的现实物质世界和观念世界都是分殊和异质的,二者的南辕北辙、无法对话和难以沟通的内在矛盾,必然导致启蒙的落幕和退场。不是救亡压倒启蒙,而是启蒙的内在矛盾导致缺乏对群众的召唤力和影响力而"失语"与休克。《在酒楼上》中,吕纬甫的人生如绕了一个圈子回到原点,教授先前反对和打倒的"子曰诗云",按照传统的地方文化习俗给妹妹迁坟,显示出传统和民间地方思想文化资源对启蒙的"挽救"和"纠偏",以及它们的强大力量,是鲁迅所说的"老调子没有唱完"。

问题是为什么老调子在中国永远唱不完?对鲁迅提出的现象和话语应该不仅仅是重复,而是应该接着鲁迅的话讲:老调子不完、老中国永在的原因何在?根本原因是老调子和传统悠久强大,已经成为本土和地方的文化思想资源和价值行为系统,具有强大的文化支援功能和价值导向功能。所以启蒙的一时狂欢之后吕纬甫的走老路,教子曰诗云,是必然的——那些传统只是表面受到一点冲击,如吕纬甫的砸庙拔神像的胡子之类,社会和民间根本还是传统的地方的信仰价值体系和资源在维系运转,依然会有巨大的力量。这种力量,启蒙者可以把它们视为落后愚昧,而它们却是到处存在的本土资源和力量,它们实际上在抵制和校正五四启蒙的"偏颇"。它们不仅让吕纬甫人生又回到原点,也让涓生之类的五四新青年,不得不向现实和传统低头。你可以按照启蒙主义观念认为这是非善之物或历史之恶,但正如黑格尔所言,一切现实皆合理,一切合理皆现实,它们的合理性就在于它们悠久绵延,持续存在且一直统合故乡、农村与"老中国"。

五四启蒙完全丢弃传统和本土的地方性资源,视之为粪土垃圾,这种态度的偏激性和非理性不仅不是西学现代性的启蒙道统,而且是违背西学传统的。西方的启蒙不是排斥传统,而是看到基督教文明的危机而进行改造和转化,改造的途径之一是马丁·路德的因信称义和神权在民间,之二是知识分子从陷入危机的基督教和希伯来文化回归古希腊文化,文艺复兴其实就是文化复兴,复兴西方传统的希腊文明和过去,从传统寻找复兴资源,不是彻底抛弃宗教,而是把包含了宗教在内的本土资源,作为再造文明的基石。而在中国,本国民众接受已久的传统被抛弃而没有在其中寻找资源和创造性转化,外来的西学现代性启蒙者一来还没有真正搞懂，看看五四启蒙者的文章就知道他们是激情多于理性，与欧洲启蒙者们既有知识分子的哲学思考和"百科全书"般的理性阐述，也有诸多伟大作家的作品的支撑，完全不是一个等级；二来以之启蒙和唤醒那些只有传统和地方民间资源而不懂得西学为何物的民众，他们何以会接受？民众了解、亲和与尊奉的被抛弃如粪土，民众完全陌生、无法理解的被倡导，如此启蒙民众焉能有效果？何况，在面对被启蒙者视为落后愚昧、只有本土地方知识和思想资源的民众时，在鲁迅小说中那些受过西学的科学文明教育的、来自都市的知识分子回到故乡时，还表现出一种居高临下的启蒙救世主心态和姿态，《故乡》中的叙事者兼主人公之一的"我"，就嘲笑豆腐西施杨二嫂像个"细脚伶仃的圆规"——陷于传统和内地闭塞乡镇的农民和市民，是不知道也不懂得现代科学及其工具圆规的，她之被比喻为"圆规"，正是现代性知识分子及其拥有的现代性知识给予他们的一种现代性西学和文明的高傲，与后来的"拿破仑""华盛顿"等话语一样，启蒙者明显地以这种现代性知识的骄傲俯视和傲视故乡落后的人民。可问题是，故乡、前现代中国的人民固然因为缺乏现代性知识、科学与文明而显得在现代性意义上愚昧落后，可以被不动声色地"被比喻"和被讽刺，但是他们也拥有传统的和地方的强大的文化思想资源，因为他们不知道也不理解西学现代性知识与价值，所以他们也不会接受回乡的现代性知识分子的启蒙话语，没有与知识分子对话的欲望和"被说"的欲望，是两股道上跑的车。他们也没有共同的历史和历史记忆，回乡者试图与闰土重建过去的回忆，也被闰土婉拒了。现实无法进行对话，重建记忆也不可能，所以只好也是必然地告别和永别故乡。现代性知识分子的高傲性现代性思想文化，在故乡不但不能骄傲下去，反而被祥林嫂式"粗笨"的劳作下层人民连续的三个问题和问话彻底击倒，"唉唔"答不上来，只好狼狈地失语遮掩和退场。现代性知识和话语的骄傲成为被拒绝和被反讽的对象，这是巨大的启蒙悖论。老调子的永续存在和启蒙的失语离去，现代新型启蒙话语难以进入传统和地方思想文化长期存在和治理的故乡、故国，难以战胜老调子，难以保持现代性知识话语系统的高傲而是被"反讽"，是鲁迅小说中启蒙知识分子与故乡和现实中国既无共

同记忆,也无交流交往,只能黯然离场的深层原因,也是鲁迅小说表现启蒙又揭示启蒙必然在中国失败的叙事悲剧装置的内涵。

不仅现代性知识分子启蒙者与群众之间存在诸多思想的高墙障壁,各自成为孤立的世界而无法沟通对话,就是现代性知识分子内部也存在有形和无形的厚障壁,知识分子内部也存在不同的思想世界。《伤逝》中的五四知识青年涓生与子君曾经有共同的思想话语资源:易卜生,娜拉,雪莱,泰戈尔……但是当传统和现实的巨大力量打碎了他们浪漫的、乌托邦的"粉红色之梦",他们的思想世界产生了分裂:子君幻想用过去的爱的记忆挽救即将解体的家庭,而涓生的新青年皮袍下露出的一度被时代新潮掩盖的老中国的男性中心主义、以子女玉帛为牺牲的观念却死灰复燃并采取了行动,拒绝重建回忆挽救婚姻,无情抛弃子君并用美丽的谎言加以掩饰。《伤逝》表面是写一对五四新人的爱情婚姻理想的破灭悲剧,骨子里却是新青年在压力下由于没有社会基础和"无根"而呈现的思想分裂的现实和必然,而不仅仅是如鲁迅在《娜拉走后怎样》谈到的妇女解放须以经济解放为前提。那只是显性的方面,而更重要的方面是时代新青年思想的分裂:他们在成为时代新青年之时,其对个性主义和个人解放的理解掌握就存在严重的认识局限,远远没有达到鲁迅在《文化偏至论》里推崇和倡导的、尼采式的绝对自我和超人的精神强度,以主观的"我执"作为高于一切的"自性"、判断一切的价值标准且超越一切世俗束缚,绝对不从精神世界的绝对高度下降和屈从于一切现实的外在的"他执",这是鲁迅提倡和设计的新青年应该具有的精神人格结构即"新神思宗"。但在现实世界及其传统的强大压力下,从来没有达到"新神思"思想高度和强度的、以子君和涓生为代表的五四新青年们,就不可避免地发生了思想的分裂,貌似新青年而彼此的思想精神世界已经严重撕裂为两个世界,实际也已经出现了思想的厚障壁和鸿沟。这种分裂的精神世界加上现实的困难,也无法沟通和交流解困,只好以子君的重返传统家庭与牺牲死去,作为解放和解体的代价。

在鲁迅小说的整体世界里,这种思想分裂对立、存在不同的世界因而出现普遍性的无法交流对话的思想文化休克现象,不仅发生在知识分子与民众之间，也广泛出现于几乎所有阶级、阶层的人们之间，如《药》里写的为拯救民众的革命者与民众的思想话语的对立和隔膜，《祝福》里的祥林嫂与柳妈们和鲁镇的看客与听众们之间的互不理解，《阿Q正传》里写的地主与农民、革命者与农民、农民与农民之间，普通民众与《离婚》里的绅士和《明天》里的名医（伪医）之间，《孔乙己》里旧时代落寞乡村知识分子与农民和底层社会之间……几乎无所不在地存在彼此隔膜对立的现实世界和思想世界，彼此之间都没有真正的交往、交流和对话，各式各样的铁屋子、厚障壁、高墙、思想鸿沟一直存在且无法"破壁"、跨越和建立通达的精神桥梁。故此，就鲁迅小说本身而言，《呐喊》尚有呐喊和狂人的出现，到《彷徨》里，就只有启蒙的悲凉，启蒙的热情和战斗性一直在下降，就如鲁迅描写的婚后的子君一样——这类小说在五四大潮落潮和自己对启蒙的悲剧性认识达到顶峰之后，无论从内还是从外，都无法继续书写，故此，只能通过《故事新编》向神话和历史里寻找寄托，或者在古人和神话人物如眉间尺身上，寄托猛志常在、战斗不止的精神，或者在大禹等神话人物身上，寻找中华民族的脊梁，或者把五四战斗时代对代表传统腐朽思想的冬烘先生的批判，转化为对他们的历史嘲讽和对西化的知识分子的漫画化与"妖魔化"。鲁迅小说对启蒙主义的诉求同时又包含的对启蒙的质疑和颠覆的主题和叙事装置，与他对社会、国情和多元化中国的认识与价值判断，存在深邃的精神联结。

2019年6月4日于北京

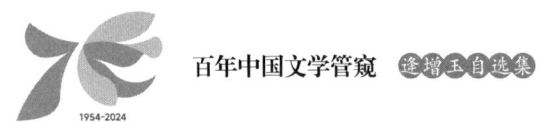

《祝福》主题与鲁四老爷形象考论*

鲁迅小说《祝福》中的鲁四老爷，是造成农村劳动妇女祥林嫂人生悲剧的主要人物之一，因此被历来的研究者和评论者认为是典型的封建卫道士，是鲁迅和整个五四新文化阵营所大力批判的以儒家为核心的中国传统思想道德的代表性人物之一，如鲁迅在《高老夫子》《肥皂》里写的高尔础和四铭一样，而鲁四老爷相比而言表现得更为凶恶和狰狞，他是直接用封建礼教"吃人"的刽子手之一，与《药》里面的刽子手康大叔貌异而质同。

这样的评价具有与小说内容相符的合理性，因为在小说开场对鲁四老爷书房环境和人物的交代性描写中，就用叙事者的口吻说他是一个"讲理学的老监生"，在与叙事者"我"寒暄之后"即大骂其新党。但我知道，这并非借题在骂我：因为他所骂的还是康有为"，接着写到了鲁四老爷书房里作为应过科举、读过四书五经、信奉程朱理学的"物证"：书案上摆着"一部《近思录集注》和一部《四书衬》"，还有"一堆似乎未必完全的《康熙字典》"。注意，鲁迅在写到鲁四老爷书房案头的《康熙字典》时用的词汇是"一堆"而不是"一部"，这一字之差对于注重细节和缜密、追求完美的鲁迅而言绝非随意。

通过这些直接的介绍性描写和对书房环境与书籍的间接性描写，小说揭示出的鲁四老爷似乎与以往论者的评价一样，是一个从小读儒家经典、信奉程朱理学、按照传统儒生"学优则仕"的人生模式得到入读"国子监"资格、准备科举应试的典型儒家中人，小说没有写明他是否参加过科举，或者科举

---

* 本文原载于《江汉论坛》2012年11期，收入本书时，题目略有改动。

考试失败如小说《白光》里的陈世成，或者因科举考试取消而丧失机会……总之是未能入仕而只好回家做乡下地主。这样一个长期待在乡下、尊奉礼教纲常的封建地主当然思想保守顽固，所以当着回乡探亲的侄儿"我"大骂新党和康有为。众所周知，康梁在晚清发动的戊戌变法，是为挽救国家民族危机而进行的在保全帝制和皇权、保全大清和国体基础上的维新行为，典型的"中体西用"思维和模式，其发动变法维新的思想理论也没有根本否定儒家和传统，只不过是以实用主义立场、从我注六经为现实服务的角度对传统经典进行了新的解说，所以康梁被称为"保皇党"，在当时和百日维新失败后一直被激进者称为"保守派"甚至"反动派"。但就是这样不触及封建制度和传统思想文化根本、实质上是保全和延长其生命的维新，在鲁四老爷这样的乡下封建地主看来都是大逆不道，他愤愤大骂，可见其守旧的顽固和极端。当然，也可能是康梁的维新变法影响清廷取消科举考试、导致鲁四老爷这样的"监生"失去应试入仕的机会导致他大骂不已。正是这样的极端守旧和遵循儒家理学与"祖制"，所以他才对不守妇道、新寡不久就出门求职的祥林嫂嗤之以鼻，面带蔑视，不拟留用；对祥林嫂婆家前来抢人、将其卖掉重嫁以换得嫁资的行为虽然不满——这些微不满是祥林嫂婆家未经上门协商就敢在河边硬抢、冒犯了他的权威，但也只是说了声"可恶，然而……""然而"而已，这"然而"背后的逻辑就是按照礼教和宗法，祥林嫂婆家有权将属于"子女玉帛"、自家私产的守寡儿媳抢走卖掉；同样按照祖制和礼教对不得不用、非常能干的女佣祥林嫂蔑视轻侮，视她为"不洁之物"，在年关祭祀时不许她触碰祭器；最后在祥林嫂年老力衰之际将她扫地出门。鲁四老爷的大骂新党、书房环境、对祥林嫂的言行作为，无不表明他是顽固守旧的儒教地主，用封建伦理绞杀和吃掉祥林嫂的"封建杀人团"的称职一员。历来论者对这一点的认同和评价自有道理。

然而正如西谚"细节处有魔鬼"，细读小说，会发现这个书房摆着儒家经典和理学教义的儒林中人，是一个表面恪守儒教理学而实际上对之一知半解的"伪儒"，即鲁迅一向痛加批判的"伪士"，是五四时期被陈独秀、李大钊等人大肆抨击的"乡愿"和"冬烘"；书房里"一堆似乎未必完全的《康熙字典》",说明他读古书的能力有限且很少翻阅,所以是"一堆"而不是严整的一部,一部工具书都不完全、不经常使用而是散乱地"堆"在一起,足以说明鲁四老爷对"国学"经典的根底之浅和用功不勤。《近思录集注》和《四书衬》是属于阅读四书五经、宋明理学等儒家经典的入门引导书,且鲁四老爷自幼及老读的都是这么一点儒家典籍,真的是"多乎哉,不多也",这无声地说明鲁四老爷对儒家理学所知的有限和程度的浅薄,与鲁迅在《高老夫子》中写的那个一心维护孔教、充当封建卫道士的高尔础一样,对新学抵触反对,对旧学也无造诣和根底,也符合鲁迅在《估学衡》等杂文中对维护旧学者的一贯认定。

其次,鲁四老爷"老监生的身份",更进一步说明他是滥竽充数的"伪儒"。监生是国子监学生的简称,国子监是明清两代的最高学府,照规定必须是贡生或荫生才有资格入监读书。清代国子监的学生分称监生和贡生。监生有四类:恩监、荫监、优监、例监。乾隆以前对监生加以严格考试,后来仅存虚名,一般未入府、州、县学而欲应乡试,或未得科举而欲入仕做官者,都必须先行纳捐取得监生出身,但不一定就在监读书。从鲁四老爷书房的寥寥书籍、书籍的程度和"堆"在那里不常翻阅的情况可以判断,他的监生资格绝非通过严格的科举考试取得,十之八九是花钱买来的,即所谓"捐班"。取得监生身份和资格而未能科举高中或得到官职,而是继续在乡下做冬烘,这样的经历和生活环境,只能使得他既顽固守旧又孤陋寡闻、愚昧无知。前述的他与小说中省亲回乡的侄子辈见面大骂新党和康有为,既说明他的保守愚顽,对一切新事物不加辨别地反对排斥,更说明他的冬烘乡愿:被革命派视为保皇守旧的康梁早已经成为明日黄花,已经不是什么新事物而是"过去时",是已成云烟的陈年旧事,鲁四老爷却还将其当作新事物且"大骂"不已,由此可见他愚昧无知到了什么程度!

但是,事情还不止于此。作为老监生的鲁四老爷尽管对儒学所知有限、读书有限、学养不厚,还只是处于基本的入门阶段,但其若能将信奉的儒教和理学坚持到底、毫不妥协和冥顽不化,真的做到一句顶一万句,而且都落实到行动者中,那也还算是"有根"、是儒家礼教传统的忠实执行者和孝子贤孙。然而，在他那里，事情和原则却不尽然。按照儒教理学的准则，女人本来就是难养的小人和不洁之物，女人的身体和生理更是秽物所在，所以三纲五常的中心就是限制女人的身体、思想和行动的自由。可是，对于新寡而不守妇道和礼教、上门求做女佣的祥林嫂，儒林中人的鲁四老爷的第一反应是发自内心的厌恶，揆诸儒门礼教，祥林嫂的行为无疑是"道德不正确"，犯天理而逆伦常，因而是不能雇用的。可是好女工难雇，试工期间祥林嫂又着实能干，于是鲁四老爷虽然皱眉但还是同意四婶将其留用，表现出"原则性和灵活性的统一"。卫道守旧的鲁四老爷原来也不是一位"坚持理想和信念"、在原则问题上毫不动摇的名教真儒。

为什么鲁四老爷会如此变通，其信念与行为存在背离呢？这首先当然是儒家的入世和实用主义的必然结果。除了已经作古的圣人可以在孔庙吃冷猪肉、不食人间烟火之外，大多数现实中的儒门后人还是脱离不开"人道"的藩篱和宰制，饮食男女，人之大欲，圣人不免。何况儒家讲究事功和实用，孔夫子为了克己复礼的理想和现实的官职尚且奔走于他认为僭越礼制、予以谴责和蔑视的列国君侯，后世儒门弟子、理学传人自然也可"现实主义"地活着和行事。比如儒教理学蔑视女人，将女人视为不洁之物，是导致人作奸犯科，甚至祸国殃民的祸水，女人的身体更是腌臜之物，旧时代女人的衣物特别与生理周期有关的东西皆不能出现于公开场合而只能在背人之处暗藏，可是这不影响帝王的三宫六院，也不影响士大夫妻妾成群。联系到鲁四老爷，原本学到的都是儒学和理学的皮毛，既有花钱买到的"假学历"，读书有限又不业精于勤，完全说是伪儒不太妥当，轻才小慧一小儒倒是符合他的实际。这样装门面、端着架子的乡愿地主，从儒家的实用主义出发，对祥林嫂精神蔑视而现实雇用，也自在儒家情理之中。

但是，若从小说描写的细节和深层意义考察，并联系到鲁迅兄弟在五四时期的整体文化立场、思想和言论，就会看到在鲁四老爷如此实用和变通的背后，还与身上和头脑里存在的另一种东西有关，那就是道学气，而这种东西与鲁四老爷的关系，为历来论者所忽略。

谓予不信，还是回到小说开场的书房描写里。除了儒家典籍和《康熙字典》，小说还写道鲁四老爷书房墙壁上挂着"朱拓的大'壽'字，陈抟老祖写的；一边的对联已经脱落，松松的卷了放在长桌上，一边的还在，道是'事理通达心气和平'……"接下来就是对《康熙字典》等儒家典籍的描写。

这段完整的对于鲁四老爷书房的环境描写，是小说叙述者、鲁四老爷的侄子"我"进入书房看到的，如果从叙述者视线的过程和层序上看，进入书房首先看到的是陈抟老祖书写的"朱拓的大'壽'字，"其次是以朱熹《论语集注》的批注话语集成的那副对联的上联（上联是"品节详明德性坚定"），最后是对案头书籍的描写。

文学中的风景就是人物心理的映衬，环境就是人物性格的外化，朱熹著述、儒家典籍、《康熙字典》等表明鲁四老爷是儒学中人，或者说当年为了举业而学习过科举考试的必读书目，并由此而成为监生和儒家道统的表面的坚定信奉者和卫道士。但是叙事者进屋首先看到的陈抟老祖的字迹，却又表明鲁四老爷对道家亦有了解和兴趣，身上难免沾染了传统读书人普遍存在的儒道互补的知识结构和志趣，或者至少表面地具有这样的士林风范。

陈抟老祖何许人也？史书记载，他是五代宋初人，老子故里亳州真源县（今河南鹿邑县太清宫镇陈竹园村）人，少读经史百家，过目成诵，本有大志，然"数举不第"，后遂纵情于山水，隐居武当山九室岩，移华山云台观等地，精研易经，创道家养生术和太极图，又精棋艺书法，书写"福寿"二字，独具特色，为后世所推崇。今安岳、大足、潼南、峨眉山、华山、山东蓬莱仙境等全国各地，皆保存了陈抟书写的"福寿"二字石刻，此二字独具特色，受到世人赞叹。从五代至宋初多有帝王邀其出山入世，皆辞不就，终生隐居并得享高寿。简言之，陈抟继承汉代以来的象数学传统，并把黄老清静无为思想、道教修炼方术和儒家修养、佛教禅观会归一流，著述甚多，对宋代理学有较大影响，后人称其为"陈抟老祖""睡仙"、希夷祖师、儒师道祖等。

鲁四老爷书房的陈抟老祖写的字，作为构成书房环境的一个小道具，与其他的小道具（辑录朱熹语句的对联、儒学典籍和《康熙字典》等）共同展示着鲁四老爷生活读书的环境，并实际上用这种环境内在地揭示着鲁四老爷的人格思想。那幅陈抟老祖的字，一者说明鲁四老爷与所有老中国的乡下地主一样，希冀长命百岁、寿星高照（据云陈抟寿数过百），挂此字不过图个吉祥和希望，同时这种带有偶像崇拜的类巫术行为也具有心理和行为的隐喻性联想与转移的功能，一般的原始巫术和民间仪式多具有这样的性质和功能。二者，也内在表明和揭示出鲁四老爷对陈抟字迹书法的爱好，如前所述，陈抟精于书法棋艺，所写寿字自来有名且传播于中国民间，鲁四老爷不过是按照习俗民风例行公事而已。三者，则是鲁四老爷对陈抟代表的道学养生之术的一定的了解、亲炙和崇尚。陈抟少年有志却屡试不中，这一点对于只是"监生"未能"应试"或"高中"的鲁四老爷而言，可能难免"心有戚戚"，陈抟的屡试不第退隐山林对于鲁四老爷也是一种安慰和心理补偿。更主要的是，陈抟是"儒师道祖"，其思想学说兼容儒释道，尤对于宋代理学有所启发并传承。大略而言，宋明理学既有存天理灭人欲的儒家压抑性礼数和规范，也有来自道家哲学的达观养性之学，所以小说里叙事者看到的辑录朱熹语句的对联，与陈抟的思想精神有类同之处，即表达的就是儒道互补的精神，通达万物之理之道，自然心平气和、修德重品。当然这对联也包含一定反讽意味，是对小说此后展开的鲁四老爷悖逆天理人道、乖张失措心性和行为的反讽。不过，不论如何，陈抟书法遗墨这一个小细节和小道具，还是表明鲁四老爷身上多少沾染了一些道家的东西，对道学有一定的了解、习得及接受，如果说中国传统知识分子类多儒道互补型，那么作为这一类读书人中属于末流、轻才小慧之徒的鲁四老爷，带有一定的儒道互补的味道，换言之是主儒副道的话，也是符合小说的环境与人物的真实性和规定性的。

众所周知，鲁迅小说里特别重视细节和小道具的作用，许多重大的主题和诉求往往就是凝聚于一件小事、一个细节或小道具中，比如人血馒头、辫子、茴香豆等。《祝福》中鲁四老爷书房如此的陈列和布置及其构成的特定环境，不仅内在地、无言地揭示出鲁四老爷的人格与性格，揭示出他的思想、知识和价值观的构成与特点，而且对于小说此后将要展开的情节、对于借祥林嫂的人生命运演绎小说主题，都具有不可忽略的意义。可以说，正是鲁四老爷这种表面严格地恪守儒教纲常、礼教道德而实则对于儒学修养不深、程度有限，同时又沾染道学的皮毛，即思想上儒道杂陈而又学养不厚，两方面皆属于轻才小慧未能通透，所以他对于祥林嫂的讨厌又雇用、雇用又防范、多次雇用后最终将其赶出家门致其沦为乞丐的行为，是只学得儒教纲常压抑轻视妇女的一面，而未能深悟儒学还有仁者爱人、己所不欲勿施于人的大爱精神，只学得儒学、理学的实用主义，未领会其中超越性的"老吾老以及人之老"的泛爱义理，小说借此有揭露所谓儒学及"伪儒"虚伪性之意。

同时，鲁四对于道学也只是学得养生长寿的"技"，和无可无不可、此亦一是非彼亦一是非的表层人生态度，这种态度和思想也是他对于祥林嫂既讨厌嫌忌、又多次雇用的原因之一。也就是按礼教纲常的要求不应该雇用守寡而不守妇道的不洁之人，但儒家实用主义和道家的无是非理念，却又使他边嫌恶边雇用祥林嫂这位"不洁"但能干的女人。假如鲁四老爷严守儒学礼教，儒教的品性坚定志节贞刚，原则问题上不动摇，不聘用祥林嫂，祥林嫂的人生命运在那样的整体社会环境中不会有根本的改变，但亦可能不会遭受鲁四老爷的小环境中的悲惨待遇。假如鲁四老爷道学修养深厚，通达万物之道之理，就会如朱熹语句集成的对联所言的那样，因事理通达而至心气平和，不会像对祥林嫂那样充满嫌恶暴戾之气，行为不会那样两面派和乖张失衡。儒家道家的对于宇宙万物的天地仁义、慈悲悯怀的精神，他都不具备。就像书房环境（写环境就是写人）里那副辑录朱熹语句的对联只剩下半副所隐喻的一样，鲁四老爷于道学儒学都是"半吊子"，这半吊子的描写在小说写到叙事者"我"和鲁四老爷都知道祥林嫂除夕死亡时，又被作者间接地揭示出来：

> 晚饭摆出来了，四叔俨然的陪着。我也还想打听些关于祥林嫂的消息，但知道他虽然读过"鬼神者二气之良能也"，而忌讳仍然极多，当临近祝福时候，是万不可提起死亡疾病之类的话的；倘不得已，就该用一种替代的隐语……

"鬼神者二气之良能也"出自宋代张载的《张子全书·正蒙》，也存于《近思录》。张载是著名的北宋哲学家，理学创始人之一，他的理学儒教吸收杂糅了道佛的若干思想，认为宇宙的本原是气，万物不过是气的衍化，对天、道、性、心等概念进行了严格的区分，并提出"民胞物与"的思想。表面恪守儒教理学的鲁四老爷，其实对这种杂糅儒道思想的理念也是"读过"而并不坚守，所以对待祥林嫂死亡的消息是迷信忌讳，很现实主义。如此细节再次说明鲁四老爷对待什么都是两张皮，半吊子。就是这样的半吊子——半儒半道、亦儒亦道，却又对儒道都未能深通义理坚持到底并落实到行动中的思想行为，才是他对待生之祥林嫂和死之祥林嫂如此恶劣的主因，也是导致他成为摧残和"吃掉"祥林嫂的无主名和有主名的"吃人团"元凶之一的原因，是小说揭露和批判的主要对象。

通过鲁四老爷的书房环境进而对其人的思想行为的如此描写和定位，是与鲁迅在整个新文化运动和启蒙呐喊中的整体思想一脉相承的，只是我们过去没有以一斑去窥全豹。人们一般的印象是鲁迅在五四时期"打倒孔家店"的反传统潮流中，通过《现代中国的孔夫子》《我之节烈观》《春末闲谈》《灯下漫笔》等大量犀利的文章，并通过小说，对儒家文化、纲常名教及其他"国粹"，进行了彻底的批判扫荡，是新文化阵营中批孔反儒的猛将和旗手，故有人称鲁迅是全面彻底反传统的。是否全面反传统姑且不论，鲁迅在确然发表大量批判儒家意识形态的扭曲性、虚幻性和压抑性文章的同时，其实对道学也发表了很多质疑和批判的言论。1918年8月20日给许寿裳的信中曾说："前曾言中国根柢全在道教，此说近颇广行。以此读史，有许多问题可以迎刃而解。"① 同年11月在《新青年》5卷5号发表的《随感录》中，他将道士、仙人与儒生、戏子等同看待，"我们几百代的祖先里面，昏乱的人，定然不少：有讲道学的儒生，也有讲阴阳五行的道士，有静坐炼丹的仙人，也有打脸打把子的戏子。所以我们现在虽想好好做'人'，难保血管里的昏乱分子不来作怪，我们也不由自主，一变而为研究丹田脸谱的人物……"鲁迅认为这些昏乱的思想和"助成昏乱的物事"（儒道两派的文书）都应该在破除之列。② 1927年12月发表于《语丝》的《小杂感》中又说："人往往憎和尚，憎尼姑，

---

① 鲁迅.致许寿裳[M]//鲁迅全集：第11卷.北京：人民文学出版社，1981：353.
② 鲁迅.随感录·三十八[M]//鲁迅全集：第1卷.北京：人民文学出版社，1981：313.

憎回教徒，憎耶教徒，而不憎道士。懂得此理者，懂得中国大半。"①从鲁迅1918至1927年间发表的对道学道教的言论文章，可以看出在进行他认为的传统糟粕性文化批判中，不止矛头指向儒学礼教，也对准道教道士。

为什么中国"根柢"全在道教（文章里紧接着谈到偶阅《资治通鉴》而知道中国是吃人民族），为什么说中国人恨一切真正的宗教教徒而不恨道士？综上所述大概可以如此归结鲁迅的认识：第一，道教是对吃人儒教的帮闲和麻醉，就像马克思指出基督教是精神鸦片一样，扭曲人民对真正的社会现实的正确认识，而导向虚幻、麻醉和自我欺骗；由此造成鲁迅所说的国民亘古如斯的昏乱，并由思想精神的昏乱导致社会和民族的整体昏乱孱弱。第二，佛教、伊斯兰教、基督教在形成传播的过程中，都出现过鲁迅称道的敢于"舍身求法"、主义坚定、以血肉碰钝了钢刀的领袖和信徒，都有超越性的、形而上的终极价值追求，而中国的文化语境和国情，则把道教从一种本来具有超越性的宗教哲学演变为、俗化为追求个人长生不老、延年益寿的炼丹方术，甚至成为包含采阴补阳等腌臜东西的等而下之的封建迷信，缺失直面人生、舍身为民的坚定的主义和信仰，并由此导致无是非、无判断、无真理、无信仰、无操守、无终极价值的油滑和狡狯，既暗弱民魂又极端功利实用和利己自私。这样迷信自私、欺骗和毒化人民并很有效的道士方术，成为导致中国和人民愚昧病弱的"根柢"，也是人们不恨"道士"的原因，因为人人身上都有道学的毒素并耽毒为乐，人人都以油滑自私、逃避责任、追求一己至福和得道升天为人生真谛。鲁迅对道学的这种认识，不仅在理性论述的文字里，还在小说《出关》里对老子的表面超拔而实质无是非、无坚守、无特操的思想行为，予以形象挞伐。这是否符合老子的真实思想和面目则是另一回事，因为鲁迅写历史小说原也不追求历史真实，而是借古讽今，以古言志而已，写老子的目的就是表达自己对道学的否定态度。

鲁迅对道学道士的这种态度和认识，当然会流露在小说里，不仅出现于历史小说，也表现于《祝福》这类集中表现启蒙主义诉求的小说。而在造成

---

① 鲁迅. 小杂感［M］//鲁迅全集：第3卷. 北京：人民文学出版社，1981：532.

农村妇女祥林嫂悲剧的诸种原因中，作为"杀人团"和刽子手成员之一的鲁四老爷，虽然儒道的修养有限，但他的儒道兼有、儒家之礼教为表且凶恶狰狞、道学既帮忙又帮闲的油滑功能，共同地表现于他对祥林嫂的全部行为和态度中，共同地参与了对祥林嫂的"吃"与"杀"。这样的一个鲁四老爷的面目和形象，是鲁迅所要塑造和刻画的，而且以细节和曲笔刻画得很成功。离开了对鲁四老爷的这种形象特征的认识，对《祝福》主旨和祥林嫂人生悲剧的索解，就会失之于表面与片面，难达内奥和"根柢"。

最后须提及的是，鲁迅对于道教的这种认识和评价，对没有坚贞执着的信仰和"主义"、对任何事物都两面三刀、是非不辨、阳奉阴违、油滑无骨、表里不一、模糊马虎的"道学气"，对中国国情和国民性里的如此"国粹"，五四时期新文化阵营胡适、李大钊、陈独秀、鲁迅、周作人等人，皆以自己的文字文章表达了批判的共识，成为新文化和启蒙思想的有机组成部分。

2011 年 8 月 17 日

《伤逝》主题与人物形象的复合性与鲁迅的思想装置*

自鲁迅小说《伤逝》问世以来,对其倾向与主题,基本有两种认识,一种主流的看法是鲁迅借涓生与子君的爱情,表达五四一代觉醒青年在社会压力下的个性解放、妇女解放和婚姻自由的追求被碰碎的悲剧,即做梦和梦醒了无路可走的悲剧。这种观点由于有小说基本情节的支撑,更有鲁迅在1923年于北京女师大所做《娜拉走后怎样》对青年男女特别是时代女性如何对待婚姻解放的讲演,其中对于经济解放与婚姻解放关系的论述,认为没有经济与社会解放和自主,出走的娜拉不是堕落就是回来的著名论断,似乎是对《伤逝》主题的最直接的最生动的解释。第二种观点来自周作人,他认为鲁迅是借《伤逝》的男女爱情的悲剧悲悼他们兄弟失和,这种观点很长时期只是周作人的一家之言甚或一厢情愿,但近年来有不少人也逐渐接受这种看法。

我认为《伤逝》的主题倾向中,其实包含了上述的两个方面,即一方面是借男女的爱情的悲欢离合,表现五四时期婚姻解放、个性解放的时代性悲剧——历史的必然要求和这个要求在时代压力和困境中难以实现的悲剧,表达鲁迅对五四思想启蒙和妇女解放等时代主潮的矛盾性认知,这是小说显性的、写实的、主要的倾向和主题;另一方面,在小说的深层内蕴和隐喻象征的层面,又确实内含了鲁迅对于兄弟失和的痛惜——以涓生手记的形式,痛快淋漓地让负心汉直接地表达自己对背叛往昔的悲悼、忏悔,是一份涕泪交

---

* 本文原载于《鲁迅研究月刊》2017年第9期,收入本书时,题目有改动。

零的"罪己诏"。周作人认为表层悲悼忏悔与子君的爱情悲剧，实质是哀悼兄弟失和，并通过忏悔解脱心灵痛苦和压力、摆脱精神负累而寻找新的生路的涓生，是鲁迅自己形象的投射。周作人虽然没有明言，但话里话外都是这个意思。但我认为，在痛悼兄弟失和这个小说主题的深层里，鲁迅笔下的涓生实质是周作人思想与行为的投射或寄寓，而子君的形象，却寄寓或包含了鲁迅自己的影子，包含着鲁迅对自我的反思和批判。当然，这些寄寓、象征和批判，又无一不与鲁迅五四前后的思想装置有关。

一

《伤逝》里子君的形象，从小说叙事学的角度看，不是被客观的或全能的叙事者叙述出来，而是被叙事者兼主人公的涓生，以手记的形式、以主观的视角讲述出来的。因而这个形象不可能是客观呈现的、完全的真实存在，而是为了自己的忏悔和赎罪、从涓生的视角和主观思想与情感需要而被言说和塑造出来的，是涓生视角下的子君，认识到这个叙事学的问题，对理解小说的主题与内蕴是非常重要的。

从涓生的叙述中，人们看到了五四高潮时期的子君，是一个大胆叛逆父母之命媒妁之言、追求婚姻爱情自由的时代解放者形象，她的"我是我自己的，他们谁也没有干涉的权利"曾经被很多论者称为代表了一代五四青年的最大胆的个性与妇女解放的宣言，她阅读代表新思潮的雪莱、易卜生等人的作品，敢于走出象征封建主义父权制的父亲的家庭，在自由恋爱婚姻自主的大潮中与涓生恋爱并组建了小家庭。但是子君及其不少五四青年的叛逆和解放到此结束，满足于个人爱情的胜利和小小家庭的安乐，结果，在接踵而至的五四大潮的退潮期，在救亡与革命成为主潮而启蒙被历史重新压抑和遮蔽的后五四时期，在社会性整体歧视和压迫的困窘中，思想和行为没有再前进一步的子君，被那个曾经向他跪地求婚的涓生，那个不再爱她也没有能力爱她的男人，以非常冠冕堂皇的借口"休妻"，不得不重回父亲的家门而寂寞死去，成为五四一代如她一样的青年在五四后普遍没落、梦醒了无路可走的

时代性悲剧的代表和缩影——不单是鲁迅，新文学的其他作家及其创作，在五四落潮以后，较为普遍地叙写经历了五四解放大潮洗礼的男女青年在后五四时代的落寞、焦虑、痛苦，以及在新的政治与革命大潮中随波逐流懵懵懂懂的行为，以及没有更好的命运与结局的人生历程，含蓄地表达了对五四启蒙大潮的功过得失的个人反思。茅盾、丁玲的早期创作，以及革命文学作家蒋光慈的部分革命文学作品，普遍地表现和表达了这样的历史内容与思想内容。从这个意义上看，《伤逝》的确是那个时代文学合唱中的一个声部，当然，是声音、曲调和音质都较为独特的忧伤的咏叹调。

不过，尽管是涓生这个爱过又抛弃子君的男性视野中的形象，从涓生的叙述构成的子君形象里，还是能够发现鲁迅通过涓生的叙述对子君人生轨迹与悲剧命运的多层次的思考和寄托，托物言志中包含着远比迄今为止的研究和结论更为丰富复杂的寓意与隐喻，而不是简单地表现一个五四时代青年女子的爱情悲剧——那样的主题与话题，是时代的共鸣，也是很多作家都曾经表现和意识到的历史内容。

比如，一般的研究都揭示了在五四个性解放、婚姻自由时代潮流中子君曾经的大胆叛逆和自由恋爱胜利后的精神世界的退化、满足于小家庭安逸不思进取、在环境压力下的屈服和随波逐流。但是，为什么会如此？除了外在的环境变化与压力，曾经勇敢反抗的子君的最后落寞与屈服，与她自己的内在精神世界即"内面"、与那个时代倡导的以自由解放为标的的思想精神、特别是鲁迅理解和倡导的"精神界战士"应有的思想精神的高度内涵，到底存在怎样的联系？也就是说，子君思想与行为的过程与结果是否具有更为内在的原因？联系鲁迅五四前后对于个人主义、对于启蒙思想、对于精神界战士的精神世界应该具有的内涵来看，就会发现，子君只是得到时代精神的表层而没有达到和把握真正的时代思潮的内奥，这恐怕是她悲剧的深因。

那么，鲁迅认为的属于精神现代性的、被五四作为思想启蒙大纛的个人主义——而个性解放和婚姻自由等，不过是个人主义这个思想根柢派生出来的比较外在的属于操作层面的次生思想——应该具有怎样内涵和深度呢？在早期留日时期写下的《文化偏至论》里，鲁迅比较全面地阐述了来自欧西的、属于19世纪新神思的个人主义思想精神的精髓。第一，在个人与世界的关系上，个人是绝对的主体，不是人为世界而存在，而是世界为人而存在，个人是天地人关系中的绝对主体和中心；因此，不是个人为世界服务而是世界为人存在和服务，客观世界不能作为衡量人的尺度、规则与标准，而人是衡量判断世界的规则和标准。第二，既然人是世界的主体，所以在主观世界与客观世界的关系中和尊卑中，主观之存在与意志判断世界和客观的价值尺度，"惟以主观为准则，用律诸物"，主观之心灵界比客观之世界更为本体和重要，是判断世界真理性的唯一标准，"真理准则，独在主观，惟主观性，即为真理，至凡有道德行为，亦可弗问客观之结果如何，而一任主观之善恶为判断焉"。在人的主观世界中，个性、自我、人格、意志等"内曜""内部生活"即人的主体性和"自性"，才是"造物主"和"至高之道德"，真正的个人主义是"以己为中枢，亦以己为终极"，不论是客观真理善恶的判断还是与社会和他人、与众庶的关系准则，一切以自我为中心和绝对律令，即"朕由己出"，客观世界的概念、范畴、道德、善恶判断都失去了存在的价值，人是世界和存在（包括国家、社会、他人、物质与制度和精神文明）的绝对主体，"以自有之主观世界为至高之标准而已"。第三，这种绝对化的主观性与主体性构成的个人"内曜"，不论是丹麦哲学家克尔凯郭尔的否认客观的主观性，还是德国哲学家斯蒂那的唯我论、叔本华的唯意志论和尼采的超人，或是鲁迅认为的19世纪和20世纪的新神思的核心价值，围绕这种核心价值派生出的个人主义的外在层次的思想行为的具体表现，一是在个人的价值选择和生活选择上，"掊物质而张灵明"，即"去现实物质与自然之樊，以就其本有心灵之域；知精神现象实人类生活之极颠，非发挥其辉光，于人生为无当"。[①]二是在对待社会与他人关系上，"任个人而排众数"，既不以多数人的意志为意志而是坚守和执着于个人"内曜"的真理性和唯一性，也超越和蔑视"众庶"的"纤弱颓靡"与庸众的愚弱暗昧，更不"屈己从人"。第四，以个人主义为价值核心的思想和精神，才是近代以来"内密既发，四邻竞集而迫拶"

---

① 鲁迅.文化偏至论[M]//鲁迅全集：第1卷.北京：人民文学出版社，1981：53-54.

的中国急需的西学的根柢,"尊个性而张精神"的思想的才能够"立人"然后救国立国强国,对于救亡立国的追求,不应该本末倒置捡拾西学的支流末叶火热牙慧——金铁路矿和富有代表的物质现代化、国会和众治为代表的制度的现代性,而应该"首在立人",而立人的内容和目标就是化,也即上述西哲论述的个人主义的"内曜"。如果没有"立人"或者所立之人没有达到"新神思"的标准,那么任何思想精神运动不会成功,更不可能完成救国立国的历史重任。第五,立人的任务若要实现,追求建立现代性个人主义思想精神结构、达到"内曜"标准和层次者,除了目标的远大高蹈外,还须有摩罗诗人的那种纠缠如毒蛇执着如怨鬼、不畏路途漫漫充满艰难险阻,而上下求索、矢志不渝、坚忍不拔的强大意志力与人格。

按照鲁迅对个人主义和个性解放的新神思的要求衡量,子君在五四时代的初期的大胆追求个人幸福和自由恋爱,强调自己的事情自己做主,不受外在干涉的思想行为,接近或者达到了个人主义"内曜"的局部,即个体的自由与自主。但是,由于中国社会生活的整体性落后,也由于五四时期思想文化界在提倡西学时的整体性浅薄——比如倡导和追求以工业文明为代表的物质现代性,以民主自由为代表的制度现代性,以欧西启蒙运动和文艺复兴以来的自由平等为代表的精神现代性,包括胡适大力倡导的个人自由,也还都是鲁迅在《文化偏至论》里指出和批判的、他认为已经过时过气的"旧神思"而非思想新宗,不属于鲁迅论述的20世纪的"新神思"。当新文化和启蒙运动的先驱者胡适、陈独秀等人以此作为新思潮发起新文化运动时,鲁迅其实在内心里是认为他们倡导的东西已经落后于20世纪,属于旧的思想武器,这是他一开始拒绝参与其中的真正深层的原因。换言之,胡适等人提出的现代性与鲁迅理解的现代性已经在内涵上存在着很大的差别,他们认为新的东西在鲁迅那里早已经认为是旧货且加以评判否定。鲁迅被钱玄同拉着被动参加新文化运动之际,他已深知他与他们之间的思想世界是存在代差和沟壑的,确实如鲁迅自己所说,他是为了使得他们不惮于前驱,替他们呐喊助威,但呐喊的声音内涵里却是不同质的思想诉求。鲁迅的这种思想世界构成了他精神世界的独异和卓绝,也构成了他的孤独和寂寞,所以不只是在五四大潮退去之后鲁迅又一次成为两间余剩的过河卒子，在高升和退隐之间独自彷徨，如《孤独者》中的魏连殳，如无物之阵的战士，实质在新文化运动开始之初的怀疑和拒绝、被动参加之后的呐喊战斗之时，他也是孤独和寂寞的。

鲁迅的新文化战阵的战友和同志们不了解他的精神世界和思想风景，低于他的思想世界，而那些被这样的新文化先驱们倡导的思想精神唤醒的五四青年，就更低于鲁迅的思想世界，更难达到他理解和追求的启蒙思想的高地。故此，像子君和涓生那样的五四青年，他们汲取和受感染的五四新思想已经不是新神思而是"陈旧于殊方"的旧神思，并且由于经历、资历、学识和见识的限制，他们的接受和理解水平也达不到五四新文化先驱们的思想认识水平，因此他们连五四先驱们倡导的表新而实旧的神思也未全面掌握和贯彻，只是汲取了西方现代性思潮早期阶段的思想的部分旧沫和浮萍而已，是思想上尚未长大的女孩和男孩，与欧西的最新潮的神思隔着一个很大的阶段。这不只是涓生子君等个别时代青年的思想状貌，而且是整个五四被启蒙和唤醒的时代青年普遍的思想装置。鲁迅只愿意为前驱们呐喊几声而不愿意做前驱，是他认识到所谓五四前驱们的思想已经落后于 20 世纪的新思潮即新神思；鲁迅被动参加了启蒙但时时抱着怀疑乃至悲观绝望的态度，是他认识到用这样的思想唤醒的一代青年，接受的是已经过时的思想，而且连这样与新神思有很大距离的所谓新思潮，他们接受的也只是部分而非整体，是浮萍而非根柢。故此一代被启蒙思潮唤醒的时代新青年能够新到什么程度，会有怎样的思想状貌和行动能力，启蒙会给中国带来多大的变化，能够改变多少，鲁迅确实是怀疑和存在着"思想阴影"的，他是带着难以告别的这样的"鬼气"和"阴影"参加新文化运动的。况且，子君等人受到的已经属于旧神思的个人主义价值观为核心的启蒙思想，是外来传入的而非内生本土的，缺乏本土思想传统和资源的强大支撑——鲁迅在《文化偏至论》中描述的中国社会和思想界以往对个人主义思想和哲学的误解，就说明中国传统文化和思想资源里个人主义的稀缺，因此，五四时代的子君们通过阅读西方文学哲学而接受的个人主义，是局部的而非整体的，是表层的而非深层的，是欧洲文艺复兴时期人文主义的而非新神思的现代主义范畴的，而且中国传统思想积习形成

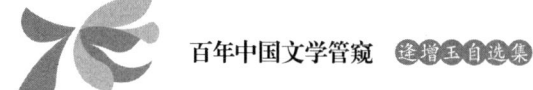

的强大的实用理性的惯性思维，使他们虽然说出了自己的一切自己做主、父母他人和社会无权干涉的时代宣言，但尚未达到"朕由己出"、个人为世界立法和一切判断与行为准则主体和中心的纯粹"自性"，反而过多地把个人主义实用化、实践化为争取个人的婚姻解放和自由——个人的思想与行为的自由只是个人主义哲学与精神的外在层次或较低的层次。由于认识、理解和接受个人主义的肤浅与偏执——当然这不能简单归罪于五四子君们，而是历史和环境的缺失与落后所造成——所以五四时代的子君们在把个人主义实用化为个人婚姻自由行为自主的同时，又自然地没有达到个人主义新神思的另一个层面：捨物质而张灵明。由于没有把张灵明、昌内曜、立自性彻底建立在捨物质的认识论的基础上，子君在实现了个性解放的第一个目标即婚姻和爱情的自主后，很快就陷入了精神世界降低、满足于小家庭的二人世界、养猫狗以寄托、同敌意邻居争比的"物质"的包围和陷阱中，不再追求灵明的张大发扬而陷于物质化的家庭与生活，即鲁迅痛斥的"灵明日以亏蚀"。同时，这样的满足于物质化生活而放弃更为强大的精神世界的追求和建设，内曜当然不会强大到真正的"任个人而排众数"，自由建立小家庭后的子君和涓生，当然会受到整体上落后的生活环境和周围人们的嘲笑，这些代表了众数和"众庶"的落后的环境力量与舆论压力，使得子君根本没有能力排击和超越，反而为众数压倒和困厄——精神压力越来越大，反抗之心越来越小，最终竟至于屈服。若果真正理解和达到了个人主义的思想精神高度和任个人的超人境界，真正具有了摩罗诗人般的绝大的坚忍不拔的精神，是不会向物质和众数的如此低俗的压力屈服的。最后，当生活与环境的压力使得涓生和子君的家庭解体、子君面临被自己过去所爱的人冠冕堂皇地抛弃时，达不到个人主义内曜思想精神和人格强力的"屈己从人"，就成为必然的选择，抛弃曾经的思想追求和行为实践，向传统势力投降和葬送自己，走向失败和死亡。这种启蒙觉醒后的屈服或屈己，是鲁迅小说里普遍存在的知识者的精神现象和共相：狂人、魏连殳、吕纬甫等，皆成为梦醒无路、屈服沉沦、回到老路、孤独绝望的时代牺牲者。

由是，将小说里子君的形象与行为与鲁迅早期对于个人主义思想的阐述加以比照，就会发现以往学界对子君人生道路和悲剧结局原因的揭示，如婚后子君的精神世界下降不再前进、满足于个人的小小幸福且将这小小幸福当作人生全部不再与旧世界斗争、自甘于家庭主妇生活和平庸琐碎等，固然有一定的道理，但是，第一，这只是涓生在二人世界遇到困难行将解体、为了合理合法地抛弃子君而叙述出来的，是涓生讲述出来的婚后的子君逐渐平庸落后的形象，涓生眼里的子君形象是不是完全真实，真实程度有多大，是令人怀疑的。第二，正因为是涓生主观化叙述出来的子君，所以他看到的讲到的子君婚后平庸化、只想靠当年的爱情幻象依赖和抓住涓生维系日渐脆弱的家庭的现象和过程，都只能是涓生的眼光看到和感受到的平面化和表面化的，而子君婚后思想行为之所以然的原因，同样平庸化的涓生是看不到的。而作品借助涓生的叙述，实际在涓生叙述的子君形象行为的背后和深层，把子君的也是五四一代青年在个性解放时代的追求和梦碎的悲剧的深因，寄寓其中，那就是，表面一度轰轰烈烈的五四启蒙者对他们引进、呼唤和倡导的西学，追求个性解放者对个人主义的思想精神和人格要求的内涵内曜，都没有真正理解、内化到自己思想血肉和人格结构中，故此也没有真正身体力行。一定意义上，不论是高张启蒙主义大纛的五四先驱者，还是追求个性和婚姻解放的被西学唤醒的青年，虽然比只知竞言和倡导金铁富裕、国会众治、武事洋务者等"轻才小慧之徒"对西学的理解和追求更为高明和进步，但也普遍地没有达到新深思即世界新思想的高度和深度，只是捡拾了新神思的枝叶就自矜满足而未能再前进一步，对个人主义等作为思想武器的理解、掌握，也还停留在"轻才小慧"的层次，因此只能在时代大潮的实践中把个人主义作为批判的武器而未能进行武器的批判，未能提供和信奉真正的具有启蒙现代性的个人主义价值观并身体力行地实践贯彻到底。

这是鲁迅写作此篇小说、通过涓生讲述的子君形象表达的基本主题和小说的创作主旨，也是子君代表的五四一代"解放"青年在个性解放道路上的真正的悲剧。

然而，在这个显性的主题和主旨下面，子君的形象"所指"中是否也隐含着鲁迅与周作人兄弟失和的"暗线"和"索隐"呢？换言之，子君形象及其悲剧的中心所指是对五四青年个性解放和婚姻自由诉求与实践的肤浅性、片面性、脆弱性的批判揭示，那么兄弟失和事件的隐含所指在牺牲者子君身上，是如何体现出来的呢？联系兄弟失和事件中鲁迅自己的行为和小说叙事中的子君的行为，就会发现二者在精神行为中的同构性：把现代性的西学带来个性解放和爱情追求，不切实际地过分理想化和主观浪漫化，把自己的幸福完全寄托在二人的爱情和对爱情的信仰，寄托在他人的忠诚和不忘初衷上，无私奉献，期望对方投桃报李地也如此对待自己。小说里涓生叙述的婚后子君在感觉涓生已经"爱情疲劳"和厌倦自己后，要求涓生不断地"温习"他们从前的初恋情景，期望涓生借此而温故而知新，永葆二人爱情的新鲜和"常青"，期望以此为维护爱情和家庭的救命稻草，就表明了子君的这种对永葆爱情常青的执着和过分的理想化，而既没有个人主义范畴的合理的利己主义，也没有了解人性会随时变化和爱情基础的多样化、复杂化，以纯粹感情维系的爱情的简单化与易碎化。而当爱与家庭遭遇困境面临解体、自己将要被抛弃和牺牲之时，一度那么大胆叛逆父亲与传统束缚的子君却又完全不像解放了的青年，而立马回归了传统道德礼法下"弱女子"和小女子的角色，离开二人的小家庭而回到父母之家，对涓生始乱终弃的行为和一度叛逆的父系男权社会，均无反抗之言和行为，完全屈服、退让和牺牲自己。子君如此的行为，与鲁迅在兄弟失和事件之前对弟弟无微不至的照顾和长子人格带来的甘于奉献和自我牺牲，在精神和行为结构上确实表现出令人惊讶的同构性和相似性：提倡个人主义和摩罗诗人"立意在反抗，旨归在动作"的强大抗争精神的鲁迅，却像子君全心全意维系小家庭一样以牺牲自我维系兄弟怡怡的大家庭，对历史和人性的阴暗面都深知的鲁迅，如子君期望小家庭和爱情永远常青一般，希望通过自己的长子大哥的牺牲精神维护大家庭的长盛不衰和其乐融融，明知不可为而为之，最后也如子君一样被扫地出门。因此，周作人一再说此篇作品具有他人不知而他深知的借五四青年爱情悲剧言兄弟之意,是有道理的。子君的形象与行为,未免不有鲁迅兄弟失和之痛撞击后的寄托与隐喻,是经常解剖别人但更时时解剖自己、咬啮自己血肉的鲁迅,通过子君形象性格和行为悲剧的自我批判和"影子的告别"。

二

涓生是《伤逝》里的小说叙事者,又是主人公之一,在他充满悲情的叙述中,他呈现出了他眼中的,也是他想要人们看到的子君形象,也呈现了他自己的形象——想要通过忏悔和遗忘摆脱抛弃子君带来的心灵痛苦的孤独者形象。涓生为什么对子君始乱终弃?他的叙述和以往的研究者都认为,是婚后生活压力和困境的到来——他们的大胆自由结合不被当时的家庭与社会所接受,相反,遭到敌意和排斥并最终以涓生被解职的方式完成了社会落后势力必然采取的报复,没有了经济来源的纯粹自由恋爱建立的小家庭必然一步步趋于解体,也就是涓生所说的,爱情必须有所附丽。当然,这也是鲁迅在《娜拉走后怎样》中一再强调的,妇女解放和个人自由的前提和基础是庸俗的"钱包",没有经济独立和经济自由的支撑,空洞高蹈的个人自由与解放都是空中楼阁。还有就是如前所述的涓生讲述的婚后的子君的平庸化、低俗化和家庭妇女化,不再像自由恋爱时的有思想、爱读书和勇于追求,只是满足于小家庭的庸常生活且死死抓住涓生当年的"爱",这使得本身因为失业而陷于困顿、身心俱疲的涓生日益进入审美和爱情疲劳,终至下决心自救而抛弃子君。涓生叙述的如上原因既有为自己开脱之意,也非完全编造,而是具有一定的真实性——尽管是他讲述出来的真实性。

而这些抛弃子君的原因,倒是客观地呈现出涓生的思想精神境界的复杂性,即个人主义内曜及内涵在涓生身上体现出的肤浅性与阴暗性。首先,涓生的思想行为表明他与子君对以个性和婚姻解放为代表的个人主义的理解和接受,有同一性的一面,但未能真正地超越物质世界、众数代表的世俗世界和现实社会的藩篱,没有了解和掌握个性的解放不仅仅是物质与身体层面被

压迫和束缚状态的解放，更要超越个体的身体与精神、外在的社会物质与众庶构成的"无主名的杀人团"的压迫和拘执，进入不以物喜不以己悲的、属于大自由的"判断力"与意志力境界，同时具有与物质化和世俗化环境搏斗到底的绝大的摩罗精神。恰恰因为没有这样的真正个人主义意义上的自我与自由精神，所以他们才会在婚后接踵而至的整体性社会压力下缴械投降，从时代的精神高度下降到常人即庸人状态。

其次，涓生在自由恋爱胜利后进入生存与爱情疲劳、准备抛弃子君时的冠冕堂皇的说辞，即两个人困在一起都要灭亡、各自放手才会有新的出路云云，是极其虚伪的，因为他知道冲出父亲家庭的子君已经一无所有，作为叛父者和家庭的逆子牺牲和丧失了一切名誉地位与物质资源，赶走她只能使她走向深渊。但涓生还是要这么做的行为的背后，既暴露了他对启蒙主义和个人主义思潮理解运用的偏至性——即以自私自利、保全自己为要义的庸俗化的个人主义，包括尼采的超人哲学里也确实有为了绝对自我可以鞭打女人的糟粕，也暴露了鲁迅所警惕的传统封建主义男性中心观念的借尸还魂，以及新时代中老调子的深重和难以退场、新青年西装下内置的旧时代的皮袍的阴影。涓生在危难时刻可以拿子君为牺牲和渡过危机的工具，这有千年封建主义思想道德中的男权主义在作祟，也就是鲁迅一再提出和批判的王朝更替、国有危难之际，中国社会和文化里的封建主义男性中心观念就会粉墨登场，可以毫不惭愧地牺牲女人，用牺牲女人的身体和名节保全自己的名誉和利益。如此一来，涓生的作为，就显示出五四新旧过渡时代的新人的特点：对新学与西学即欧西现代性思想价值并未真正熟稔，或偏至地将其异化和为我所用，而负面的传统文化与道德却潜藏在新思想与行为的内层，不时地露出马脚或中国的陈旧"小脚"。这是涓生身上体现出的异于子君的新旧参杂的思想面貌——相比而言，子君尽管未能达到新学和个人主义的内曜，却全身心地投入她理解的解放大潮，并且在失败后如烈女般地为她曾经热烈拥抱的新思想殉葬，成为新思潮的烈女般的牺牲品。

再次，中国社会的语境和接受者的个体差异，使得外来的思想价值很容易在接受和传播中变形和异化,为接受者各取所需和庸俗实用化,鲁迅、钱锺书等现代知识分子都曾经用各自的语言描述了外来思想在中国的异化现象,这是中国近现代思想界的普遍情形。涓生在与子君一道接受时代共鸣的个性解放思想并实践化的同时,从涓生的描述和忏悔来看,他不仅是自由爱情的施动者、追求者和实践者,还明显地在行为中表现出比子君对个人主义思想价值理解接受的深入化和庸俗的实用化。个人主义价值观中的深层所强调的自我至上、唯我独尊、世界为我而存在和服务,而我不为世界和世俗而拘执却可为之立法立则立标准的绝对自由,本来是要求达到这种精神和状态的个人,注重精神的绝对高度和自由,不受任何物质的和客观的"他执"与束缚和拘执。但是,鲁迅在提倡个人主义时一再担心的将个人主义庸俗化为自私自利的中国化变异和曲解,其实在涓生身上还是发生了。这个既与子君一样没有达到个人主义精神高度与深度、没有超越物质与众庶构成的质化环境的拘执的男性,显然却把个人主义的绝对自我和高于一切的"自性",与庸俗个人主义的为了自我可以牺牲他人的自私性,混同起来——追求子君时可以下跪求婚奉为女王,用易卜生、雪莱等摩罗诗人的作品和时代的解放思潮鼓励子君冲出父系男权社会的束缚,投向自己的怀抱;而当遇到困厄之际,就把个人主义思想哲学的"朕由己出"的超越现实物质世界与主客观纠缠的内曜,化为保全自己牺牲他人的自私自利的"我执"。小说里作为曾经鼓励二人勇于挑战旧世界和追求解放的思想精神资源,既有雪莱、易卜生等人的作品,也有泰戈尔的作品。而且这些都是当初在二人自由恋爱、每当子君来到涓生的破屋里时,涓生用以对子君侃侃而谈以启蒙子君思想的,事情也确然是在被涓生启蒙后,子君往往精神亢奋,并最终说出"我是我自己的"那段豪迈之语。如果说雪莱、易卜生等人的作品是"立意在反抗"的摩罗精神的话——反抗社会的不义和倡导妇女权利,那么泰戈尔的作品与思想则很多是倡导和表达泛爱主义——对自然万物、对弱小者和儿童、对妇女与母亲的人道之爱,这也是五四时代精神和启蒙主义思想的共相:既有大胆叛逆和挑战传统与成规的自由解放的精神,也有泛爱论思潮,既有西学,也有东学,东西杂陈、兼收并蓄是五四思想的时代性征候。作为五四启蒙主义阵营火炬手之一的周作人，其时既与乃兄鲁迅一样提倡个人主义的思想与文化文学，也大力通过翻译和著述提倡包括对幼小者、受压迫者、世界和社会边缘者的人道主义与泛爱思想，提倡与鲁迅思想同气相求的"自己背着因袭的重担，肩住了黑暗的闸门，放他们到宽阔光明的地方去；此后幸福的度日，合理的做人"①的自我牺牲主义和利他主义。鲁迅五四之前和留日时期写作和倡导的个人主义，那种真正现代性的个人主义的绝对自我、唯我独尊理念和价值是面对庸常世界而提出的，一方面具有过于绝对的超人性和对大众的蔑视，容易造成自我与周围大众世界的对立，另一方面，绝对的自我和超人的蔑视庸众，是就总体的个人与社会的关系而言，是对过于注重物质而精神遭到弃置（灵明日益污化）的世俗世界的偏至，即为19世纪日益追求物质现代化的思想与现实进行校正纠偏而涌现的新神思。这种思潮里的个性与个人的至上与独尊，是注重每个个体的自由与解放、超越与尊严，是每个自由个体的联合构成的社会整体的精神自由与解放，也即把人的精神现代性放在国家与民族现代性的首位，超越物质现代性与制度现代性的偏至，并非要解放的自由的甚至超人的个体，建立在牺牲他人的基础上，简言之，至上的个人主义并非要排他或以牺牲他人为前提。而在五四时期和五四以后，鲁迅早年提倡的个人主义思想，在如上所述的并非绝对利己主义的基础上，又有所变化，自己的生活经历与社会实践，使得他的个人主义思想哲学里更多地添加了利他主义和自我牺牲的理念——自己"因袭重负肩住黑暗闸门"和进化的阶梯与中间物的思想。他早年论文里在提倡个人主义时既反对人的"质化"，又提倡个人至上中的"绝义务"的思想，在五四时期及其以后，也出于现实主义的实用理性精神，就像逐渐抛弃进化论思想一样，逐渐扬弃，在一如既往地强调"立人"和个人主义之际，也注重具有精神主体性的个人与现实、高蹈的精神追求和个人解放与现实政治和物质处境的关系。理想主义和现实主义的关系，"绝义

---

① 鲁迅.我们现在怎样做父亲［M］//鲁迅全集：第1卷.北京：人民文学出版社，1981：140.

务"的精神界战士与利他主义的必须承担义务甚至自我牺牲的关系。前者使鲁迅在表现子君悲剧的时候描绘了她既没有达到个人主义的去"质化"、排众数的思想高度,也指出了没有物质与经济解放的自由,却在物质化功利化环境里单纯追求解放的不可能;后者使鲁迅在涓生的形象里揭示了他既没有达到个人主义去质化超众数的精神战士的韧性,又偏至地把"绝义务"依然作为处理与环境和他人、亲人之间关系的准则,显示出与时代和现实脱节的自私自利——个人主义的末端行径。而总是处于"冰与火"两级对立思维的鲁迅的思想装置,使鲁迅在作为启蒙旗手高张个人主义同时,也在不断地随着时代与现实环境的变化而对物质与众庶、对我性至上的"绝义务"理念发生着变化,越来越重视现实的政治、文化与环境对人的解放和个性自由的重要性,重视自我发展与承担历史和道德义务关系的重要性。"因袭重担""肩住闸门"和"中间物意识"就是这种利他和自我牺牲精神的形象表达。与鲁迅从留日到归国阖家而居、一直兄弟怡怡的周作人,对鲁迅的这些思想是了解同意且有精神的同构性和同一性的,甚至周作人从翻译到写作都更为集中地表达了五四新思潮的包含对妇女与儿童尊重与解放、对弱小民族和个体的同情与温爱的精神旨归。但是,思想的巨人与行动的矮子是五四时期思想界对俄国思想文学中某一类人的共鸣概括,其实中国五四时期提倡新文化新道德的先驱者身上,也或多或少地存在这样的知行不合一甚至分离的现象,言行与知行一致即使在五四时期也未必成为所有新学和现代知识者的人格思想的范式。周作人与鲁迅的失和分道以及其后来的失节行为,皆表现出这种言行、知行的两张皮现象。对这一点,鲁迅在失和后是痛切地感受到并为之痛惜和痛恨。故此,鲁迅在杂文《牺牲谟》里,对那种极端自私自利的、以各种冠冕堂皇的欺骗伎俩和口实欺骗他人牺牲、只要求他人做出牺牲的行径,予以辛辣嘲讽;在小说《伤逝》中,我们才会看到涓生接受新思想并以之教诲子君,当需要女性挑战社会传统与成规、自由解放投到他怀抱时,他是热烈的鼓噪的,当受到压迫陷入生存之困时,他却既没有达到新思潮蔑视和超越物质与众庶构成的环境进入超人式的决绝,又没有摩罗精神的抗压挑战力排黑

暗,更没有以泰戈尔式的泛爱和利他精神与伴侣同舟共济奋战到底,而是表现出一遇困厄就牺牲他人以自保自救的利己主义,对他人"绝义务"的毫无承担。而涓生的言行和由此构成的形象,既是鲁迅要通过小说表达的对五四启蒙主义何以夭折和沉沦、何以使得自己又经历了"荷戟独彷徨"痛苦的反思,揭示五四青年个性与婚姻解放的时代性悲剧及其原因,也是通过涓生的言行表达兄弟失和中对周作人的知行分离、自私利己的愤慨与批判,同时也是对自己早年提倡的"绝义务"的个人主义思想的一种自我清理与批判。在这个意义上,小说里的自述者和叙事者涓生,实质上是作者拟想中的叛兄者的形象替身,具有现实中的周作人的影子,而小说里涓生在牺牲了为他奉献一切的子君后的忏悔与述说,骨子里还是为了解脱自己的负疚感和罪责感,这种希冀忏悔后得到解脱、洗刷罪名的行为,既表现了涓生的可怜与可悲,也表现了他的更大的自私和可悲:牺牲他人是为了救自己,牺牲他人后的忏悔还是为了解脱自己。当然,这个小说中的涓生以手记的形式写下自己的忏悔和请求宽恕,表明他还并未彻底良心泯灭;然而"手记"的个人性和私密性,又表明他的忏悔是不希望公开和为人所知的,是他个人的心灵奥秘。如此一来,涓生的形象及其"手记"的形式,明暗里包含着作者赋予这个形象和叙事者的无法言明的寄托:希望他对被牺牲者有所忏悔,哪怕不能言明,希望他还能保有一丝良知和人性,不至于自私到毫无人性。联系到鲁迅在兄弟失和之后的痛苦和对周作人的那种既是兄弟又超越了兄弟的政治大义的关切,希望他不至于昏(糊涂)到连政治与民族气节都没有,就更能看到涓生形象蕴含的复杂性的思想内涵与生活包容。

兄弟失和事件在鲁迅心灵中留下巨大的阴影,以至于很长时间都是他的心灵之痛,并反映和潜存在他的写作中。他为此专门写作了一篇题为"弟兄"的小说,揭示在兄弟怡怡的背后,其实已经有危机的影子,人类的自私性与阴暗性就潜存于高尚利他行为的深层,在每个表面的、表层的、理性的利他利人自我奉献与牺牲的背后,都存在着难以察觉的自私自利的阴暗心理。同时,在《失掉的好地狱》《颓败线的颤动》《影的告别》等作品里,都隐约可见鲁迅的悲愤和痛楚。《伤逝》的主题和主旨是如前所述的借男女青年的婚恋悲剧表达对五四启蒙思想解放大潮何以落潮、五四的包括个人主义的启蒙主义本应具有的思想高度和神思内曜何以难以在中国被接受和落实的反思,但它的暗线和副题里,又的确包含着兄弟失和事件的影子及鲁迅对此的痛楚与批判,并把周作人的所作所为寄寓到涓生的形象里。因此可以说,《伤逝》反映、反思和悲悼的是五四个性解放时代青年婚恋自由的悲剧,也是兄弟失和的悲剧,周作人读此篇小说的感受,并非自作多情和向壁虚造。

时空意识与老派市民家国观念的更生和嬗变*

——以老舍小说《四世同堂》为中心

一

安德森在其名著《想象的共同体——民族主义的起源》一书中，论及了欧洲与世界各地的现代民族主义和国家观念的起源，其中谈到时间的同一性和空间的同一性，是欧洲民族主义的起源之一。在工业革命以前的前现代社会，欧洲各个公国和国家内的乡村农民，没有统一的世界观和时间观，有的是地方世界、田园和庄园空间，对更为广大的外部世界是不知道也不想知道的。而时间观念也是自然性和地方性的，按照四季变换、日出日入安排生产和生活，而每个地域、地方的自然时间是有差别的，没有一致共同的时间观念和意识。是工业革命、工业化和城市化逼迫农民离开土地和乡村、地方，变成工业人、城市人，按照工业化和城市化要求的时间同时工作和休息，强迫性地造成和形成统一的时间意识，同时脱离乡村和田园的迁徙和都市化、工作要求的调动和派遣，也造成他们生活地域和空间的扩大、见识的扩大和地理观念的扩大，这种时空世界与观念意识的变化和统一化，以及工业生产和生活的均质化、单一化带来的"事件"的一致化，既造成了马克思主义强调的阶级和阶级意识的诞生，也造成了民族的共同性征候和认同，以及工业

---

* 本文原载于上海《社会科学》2018 年第 3 期，收入本书时，略有改动。

化必然带来的殖民扩张的帝国意识和民族意识。钱锺书在小说《围城》写那些中国留学生乘坐轮船回国途中，一位来自法国的士兵，本来只是法国的一位原本没有什么地位的普通乡巴佬，但是一旦被派往海外殖民地任职，便马上具有了高人一等的殖民者的民族帝国的意识和可笑的自豪感。安德森也讲到帝国的派遣如何使那些原本在国内毫无共同感的殖民地官员和军人具有了民族意识和认同感，而那些殖民地带有原始性、地方性、分离性的人民，他们不仅原先没有共同的时间和空间意识，即便是对同一个河流、森林的空间认识和命名也不一致，更没有统一的时间意识。是殖民者的统治和对地理空间的统一命名和土地占领与划分、按照统一时间处理事务的要求、报纸新闻带来的对共同事件的一致性关注、通过某种语言进行阅读和教育的实行，在慢慢培育被殖民人民共同的时间和空间意识、民族共同体意识和国家意识。民族和国家意识正是在共同的时空体意识、语言和事件的共同性掌握与关注等方面，次第形成和发展的。

以此种视角来关注老舍小说中的守旧的、老派的，甚至落后于时代的市民形象，也会惊奇地发现，在他们身上，之所以保守落后和极端缺乏民族意识，只知道有家、家族而没有国族和国家意识，是与他们的时间和空间意识的滞后，存在着相当的关联性和同构性的。

《骆驼祥子》里的祥子，原本在乡村务农，他的世界就是乡村田野，进城后拉车，最远的也就是到了城外远郊，再远的地方都没去过也不知道。更可怕的是城市生活不仅没有带来他世界和空间观念的扩大，反而使他由生活世界形成的空间世界更其狭小和窄化，他遗忘了广大的乡村，受到虎妞的"骗睡"和被怀孕"逼婚"后，一度六神无主的他想一走了之，逃到城外和乡下。可是在京城里转了半天的祥子，坚决不想离开北京、北京的胡同街市和北海的白塔，因为他的世界就是北京，北京城就是他全部的世界和空间。而在时间上则是一天天拉车、挣吃喝，他看到最远的那一天就是能够独自有车拉车。一个普通车夫的生活，再无远大的理想，当然也不会去想更远的时期，他的脑袋和心思不是干这个的。

《离婚》里的张大哥代表的旧市民亦复如此，人生最有意义的事情就是活在北京，城里有几所可以自住和出租吃瓦片的房子，在这样的房子里娶妻生子，全部的时间意识就是生命和种族的延续，当父亲和爷爷或老太爷，儿孙满堂，这是他们世界里最大的时间长度。全部的空间就是北京和家、衙门，只有家的意识而几乎没有国家和民族意识，甚至虽然是衙门职员，也只知有官府衙门而没有国家。用老舍的话说，北平人的理想都不大，时间和空间世界及其意识都是那么狭窄短视，都是那么惊人地平庸和平凡。当然，这些人主要是老北京市民。

这些人里最典型的，是《四世同堂》里的祁老太爷。一辈子勤俭持家、谨慎做人、礼数周全、经历了清末拳匪之乱和民国军阀混战的祁老人，从生活经验里得出的结论，正是几乎所有老北京人的认识：北平是块福地，而小羊圈胡同及祁家宅院，就是福地的福地，"北平城是不朽之城，他的房子是永世不朽的房子"，他一辈子的空间世界，就是北京城里的小羊圈胡同及胡同外的寺院和戏院，连北京城外的地界，他都很少去，也不愿意去。至于北京城外的外省外界，更广大的中国的地理地界，他既没有去过也不大知道和关心。而他的时间意识和长度，就是三个月，当年北京城闹义和团洋人进城的庚子之乱，祁老太爷的法宝是用装石头的破筐顶住大门，三个月后就平安无事了。"庚子年，八国联军打进了北京城，连皇上都跑了，也没把我的脑袋掰了去呀！八国都不行，单是几个日本小鬼还能有什么蹦儿？咱们这是宝地，多大的乱子也过不去三个月！"到了民国："直皖战争有几个月？直奉战争又有好久？啊！听我的，咱们北平的灾难过不去三个月！"这样的生活经验就成为祁老太爷牢不可破的时间意识，所以当日本人侵入北平后，祁老太爷的办法是照旧，关上和顶上大门，预备三个月的粮食和咸菜，不让家里人出门，也把祸事乱子挡在门外，他以为这次也和庚子之乱一样，三个月后就会没事，会一如既往地过上太平岁月，吃饭喝茶，听戏做寿，遛弯买兔儿爷。这也是老北平人共同的空间意识，不论是善良的还是邪恶的北平人的生存空间和意识空间，都离不开北平，他们连上一次城外和天津都觉得是很大的风险，因此一生都局限于自己的北平五城，北平的胡同和院子和屋子。可以说，老舍用《四世同堂》的名字表现北京的城与人，既是抗战期间艰难时世下的北平市民众生相的浮世绘和写实，也包含了意味深长的象征："四世"或"几代"是最长时间维度，堂是家与家族，也是堂屋院舍，是生活的空间和世界，在一个胡同或院子的堂屋里，四世或几代人阖家居住代代繁衍，就是老北平人最大的理想，更远的时间，更大的空间和世界，不是老北平人所关心和操心的，他们的脑袋里和生活里也装不下那么多那么大的"世事"，他们也不愿意操那份闲心，他们的全部时间和空间世界的范围和表征就是"四世同堂"、几世同堂。日本要占北平了，祁老太爷最操心的是自己能不能过八十大寿！"他只希望能在自己的长条院子里搭起喜棚，庆祝八十整寿。八十岁以后的事，他不愿去想……"

近代以来的北京，经历了戊戌变法、庚子之乱、辛亥革命、张勋复辟、袁世凯称帝、二次革命、新文化运动、五四运动、清废帝离宫、五卅运动、军阀混战、北伐革命、国民政府成立等一系列事变、动荡、变革和事件，这些巨大性事件几乎无一不在刺激、唤醒和培育民族国家意识，不断巨变的时代、外患与内祸纷至沓来的社会变迁，都极大地刺激和唤醒了中国人的时间意识与空间意识，改变了在天朝大国梦幻中沉睡已久的中国人的中国观与世界观，从开眼向洋看世界到学习和接受西学，从洋务运动、戊戌变法到辛亥革命，从新文化运动到改造国民性，从文学革命到政治革命，从五卅运动到九一八事变，一连串的外患内乱都在唤醒和制造中国人的民族和国家认同，把历史上具有文化同质性的泛中华观念，改造和制造为现代的民族国家意识，强化着民族主义的思想和激情，救亡救国就是近现代中国思想与政治的主旋律和最强音。但极其奇怪的是，没有太大理想而又处于古文化极其烂熟的首善之区的北平老派市民，却没有被这一系列具有内在一致性的事件刺激出、制造出和唤醒出共同的民族国家意识，北平和中国的历史文化那么悠久漫长，而他们的目力和眼光、见识和视距却是那么短近，普遍的短视甚至近乎盲视；北平城作为统领和辐射全国的都市，它的存在与兴衰都直接与京城外的广大的中国息息相关，百姓的生活好坏也与城外的中国城乡的荒歉与丰收、物产与运输、太平与动乱密不可分，按理他们应该开眼向外看中国，视野比较宽阔，有皇城百姓的天下意识，可是实际什么都没有。为什么会如此呢？鲁迅在批判国民性的愤激中,指出这是在皇朝帝国的古老礼教文化制造的打不破的铁屋子里昏睡太久难以觉醒,是尊卑等级安于奴隶的治人者长期毒化麻醉的结果;老舍也在《二马》《猫城记》等小说里,认为是使中国人"出窝老"的老中国文化传统和精神迷叶,长期浸润导致的恶果,也是马克思引述黑格尔话语所表达的旧市民社会使人变成"精神动物的世界"①的结果,如若老北平人长期安于"四世同堂",后果就是变成《猫城记》里的猫国子民。

二

日本帝国主义的铁蹄践踏了中国,日本人占领了北平,对这样一场近代中国遭逢的最大的外寇入侵和巨大的国家民族灾难,以祁老人为代表的老北平人还糊涂地以为像过去一样,顶上大门,准备好三个月的粮食和咸菜,就能应付过去。这样可悲的对于灾难的认识和短视无知的时间意识,在现实面前当然会被碰得粉碎。三个月后日本人没有走,而是待了八年,这样长的时间已经远远超出了祁老人和老北平人心理所能承受的灾难时间长度。在这样长久的时间里,祁老人的三孙子远走了,儿子受尽侮辱后自杀了,最喜爱的重孙女妞妞饿死了,邻居家钱诗人的儿子死了,钱诗人离家下落不明了,车夫小崔死了,小文夫妇死了,时间的每一天的延长都连接着苦难、灾难,都令人难以忍受还得忍受,时间似乎成为侵略者的帮凶,具有了苦恶的性质,每一天的日子都是一种苦恶的延长,而过日子就成为一种"抗恶",具有了一种与侵略者及其帮凶的作恶潜隐地对抗的质素,漫长日子的绵延,就有了比试民族忍耐力和抗恶力的善的性质,这是一方面。另一方面呢?老舍痛心地写道,在这漫长的家国苦难中,北平的大多数人民太能忍耐了,抵抗的是少数,大多数北平人是在接踵而至的连串苦难中苦熬撑着,几千年的文化造就了善良且柔顺、平和却懦弱的北平的国民性格。而法西斯野兽能占领这么久,

---

① 马克思.致恩格斯:1862年6月18日,书信141[M]//马克思恩格斯全集:第30卷.北京:人民出版社,1975:252.

就表明他们不是简单的长毛和洋人,而是武装到牙齿的现代化的强盗,是帝国主义的侵略者——祁老人不会有长孙瑞宣的知识和见解,不会说帝国主义与法西斯主义这样的大词,但能这么长久地占领风水宝地的北平的野兽,祁老人和老派市民也知道了他们是现代世界和时代的帝国主义野兽,而不是一开始他瞧不起的日本小鬼子。这时代怎么会出现这样的野兽,怎么会变成这样,他们不知道,他们知道的是时代变了,时间长了,也感到咱们那么大的中国,那么好的北平会被他们占领践踏得那么久,说明咱们国家虽然跟日本人处于同一个时代,但同样的时间里咱们没有人家发展得那么强大,时间没有站在中国一边,咱们的北平和中国是落后了,弱势了。也就是说,在日本侵略者占领北平的长久的灾难岁月里,祁老人和老北平人从生活的日复一日的苦难中感受了国家的"不强"和落后——他们从前是没有这样的意识的,从前只觉得北平和中国什么都好,什么都不缺,坐井观天的老大和天下中心的统治阶级的意识,也渗透在老派中国人、北平人的心理意识中。

与时间意识相关的落后与先进、现代与传统、文明与野蛮的意识,就在灾难岁月的艰难时世里滋生在祁老人一类老北平人心里。中国的历史与文明是悠久漫长的,老北京城就是最好的说明,可是这么长久文明和"有文化的"国家,却被打败和占领了;日本人从老北平人的角度看,是没有好的和野蛮的,可是他们现在的军队和武器却是比中国的强,所以他们一时半会地会打败中国,占领北平。被野蛮而强悍的军队和国家践踏占领的惨痛事实,占领后的远远超过三个月的苦恶岁月和日子里一次次的家族灾难,邻居的遭难,侵略者的造恶,使得祁老人一类的老北平人,隐约地知道打晚清到现而今的时间里,"有根"有文化的中国和没文化"无根"的日本两国,发生了不一样的事情和变化,这样的事情和变化才使得中国大而弱而"落势",日本国小而强而"得势"。同时也就知道了看似日落日出的时间的"意义",知道了需要在比三个月更长久的时间里,强忍着过苦日子。每一次家庭和邻居家的苦难使得他们几乎崩溃,几乎感到忍到头了无法再忍下去了,可是老中国文化和北平文化的那种过去只有负面价值的、造成国民性麻木苟安和"出窝儿老"的忍与韧——忍中就包含着韧——使他们只能继续忍与熬,在忍与熬中默默

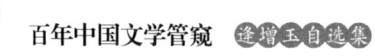

抵抗着、消磨着时间和岁月中的"恶与苦",使漫长苦难的岁月"恶"与"抗恶"的性质发生有利于后者的变化,让岁月和时间、让苦难中的熬与忍、忍与韧拖垮侵略者,磨尽他们的势与力。质言之,是侵略者的到来和占领的苦难岁月,唤醒和拉长了祁老人等老北平人的时间意识,是苦难岁月的灾难和对苦难的忍受和煎熬,使他和他们开始懂得、逐渐懂得了时间与时代、日子与岁月的意义,懂得了同样的时间里中国与日本、中国与世界里发生的变化的不同。当然,他们的知识和见识使他们不会知道平行时间的概念和内涵,但过去瞧不起的日本却用现代化的枪炮武器和武力,侵占了中国和北平而且一占就是超过三个月的八年;曾经是天朝上国、地大物博、人口众多的大中国却不如日本国强势,而是弱势、弱国和穷国,这种在北平被侵占的苦难日子里看到和感受到的现象,这种从胡同院子、家宅家人一连串接踵而至的灾难中感知的事相,使他们既大略地知道了时间的意义,也朦胧地懂得了平行时间和时间绵延中善与恶的变化与逆转意义。

日本人的侵略既使祁老人"三个月"的时间意识发生了变化,也使他的空间意识不断地改变。初始他知道了小羊圈胡同不是整个世界,他的三孙子就偷偷离开北平到外面的世界去抗日战斗,他知道了外面的世界还有不一样的人们和面貌。邻居钱默吟为复仇而像独行侠一样离开胡同和小家,昼行夜出于城内外,他的出走和行为使祁老人也知道了外面还有更大的世界和不一样的人们。更可怕和可悲的是,日本的侵略不止于占领北平,他们还要灭亡全中国,随着他们侵略中国的战争的扩大,他们一步步占领了保定,太原,郑州,武汉,南京,广州……随着他们的所谓"胜利"和中国土地与城乡的沦陷,在北平的日本人和汉奸不断地通过各种新闻媒体宣传他们的胜利,还驱使汉奸们举行一次次的庆祝中国各地沦陷的游行、演出和活动,而汉奸们——包括祁老人的二孙子瑞丰,一次次跟随主子庆祝中国城市的被占领,宣示日本的大东亚圣战的战绩和"辉煌"。正是在这样一次次的所谓广播宣传和庆祝仪式中,祁老人和北平人一样,痛苦地知道了北平外还有那么多的空间、地域、城市,中国的山河和地理还连接着、坐落着那么多的好地方。他们的对于中国地理和空间的意识,他们的除了家、家族之外的对于"国""国族""国家"的观念，他们的地理知识的眼界，是被侵略者的战绩宣传和所谓庆典，一次次打开和扩大的。也是在侵略者和汉奸庆祝中国各地沦陷的宣传活动中，祁老人一类的老北平人，才把自己喜爱的北平，与中国的更广大的地理和空间世界联系起来，他们知道，中国的那些城市和地方的每一次被占领，都标志着中国的不幸，也标志着北平的苦难岁月的延长；而北平被占领的漫长和苦难的增多，也是与那些不断被占领的中国城市与地方的增多成正比的。因此，被侵略者不断占领、不断宣传和庆祝陷落的中国的城市，不仅启蒙了、开拓、拓展了祁老人们的空间眼界和意识，而且使他们懂得了这些城市与空间的意义，那就是灾难的意义——中国的领土和地方不断遭到侵占和践踏，是国家的不幸和灾难，也是包括祁老人这样的中国人的灾难和痛苦，中国的城市和土地被占领得越多，日本人和汉奸们搞的庆祝中国城市陷落的仪式庆典越多，就标志着国家的灾难越多、越大，也标志着北平被占领的日子越长，标志着北平和小羊圈胡同、祁家与邻居、北平人与中国人的苦日子和苦难越多，日本人搞的庆祝中国城市陷落的所谓庆典仪式和宣传，就这样令他们没有想到地反而启发了、唤醒了祁老人代表的北平市民的对于过去从不关心的中国的地理空间的认识，对于国家的认识，对于自己的北平胡同小家与国家这个大家的关系的感知和认识，家与家族意识就这样随着被迫获知的北平外的中国城市与空间地域的知识，与国家和民族意识联系起来，这是侵略者在侵略战绩的宣传和炫耀中所没有想到的，历史的辩证法就这样让侵略者反而成为保守苟安的老北平人的家国意识的唤醒者和启蒙者。同样，在中国城市相继沦陷的过程中，他们不仅知道了北平城外的广大的中国地域与空间，也像爱北平一样爱着、关心着那些地方和地域，当民间的、秘密传来的那些地域与城市的中国军队坚决抵抗的"小道消息"被小羊圈胡同的百姓们知道时，他们兴奋，激动，甚至于以民间传说和演绎的方式不无夸大地传播、散布和想象着中国军队的勇武与胜利。他们过去为生计奔波而无暇顾及的民族国家和爱国意识，就在这沦陷和中国军队抵抗的报道与事实、现实与想象中被唤起和不断强化着。而当中国军队抵抗后不得不放弃那些中国的地域城市、沦陷的事实像瘟疫一样传来时，这些过去没有国家民族意识、不大关心和操心国事与世事的人民，有了发自内心的撕心裂肺般的深重的痛苦，痛苦里是日渐增厚的民族和爱国意识。

当然，北平人还包括邻居中当了汉奸的大赤包冠晓荷一家，以及家人里的二孙子瑞丰和他的媳妇胖菊子，这些汉奸虽然也是中国人，但他们不但不对中国的广大土地山河的被侵占感到痛苦，反而感到欢乐，因为这些数典忘祖的汉奸们只要有官做，才不管哪国哪朝当主子、亡不亡国，被占领的中国的城市和地域在他们那里没有任何地理和空间的价值和意义，只有帮日本人庆祝的意义——庆祝仪式越多，他们帮凶的资质和价值才会得到主子的赏识，才会被主子封官加爵，陷落的城市和地域没有任何国家民族意义，只有利用价值和在庆典上表现和邀功的价值。其中最典型的莫过于冠晓荷及其老婆，他们也是道地的北平人，但在他们眼中，在日本人到来之前，时间只是吃喝玩乐混日子，活得自在滋润，他们没有时间中包含的历史观念，因此朝代和时代的变化对他们而言没有什么意义和不同，不论前清、民国、军阀统治还是日本人占领，只要有官做、有钱捞，就是好时代、好时候，不管什么人的官位都行，时间和时代只有利用和使用价值，而没有其他价值和意义。空间也没有什么地理的、文化的、民族国家的价值，历代不断被强化的官本位政治与文化，强调和认同的是"千里做官，为的吃穿"，千里万里还是近在咫尺，这种空间地域在他们眼里也只有与做官联系起来才有价值——利用的价值。汉奸的本性之一就是没有时间、空间观念，因此也没有民族与国家观念，这是老舍在小说中第一次深刻予以揭示和描写的。在其他抗战作家的描写中，这样的揭示和描写还很少见到，即使有，也没有《四世同堂》揭示描写得那么全面和深刻。

三

老舍小说描写的祁老人一类老北平市民，是帝国主义的铁蹄和战争，被动地唤醒、启蒙了他们的时空意识和随之而来的国族与民族国家观念，就像近代的中国是被帝国主义大炮轰开闭关锁国的大门，被迫和被动地觉醒，从而启动了艰难曲折的现代化历史进程一样。在这个大事件中，促使中国的被动现代化进程发生的外来帝国主义，一方面具有赤裸裸的侵略性和殖民性，一方面又具有包含着现代化与科技理性的文明示范性，即所谓先进文明的价值性启示。这并非像后殖民主义强调的西方现代文明只是帝国与殖民主义的文明的包装和外衣，而确实不能排除由欧洲启蒙运动和工业革命造成的现代性的价值示范性。当然，现代性必然带来的殖民主义扩张就是帝国主义的行为，这是现代性的恶化和泛滥的负面结果，并非现代性本身就是罪恶。在这一点上，马克思对于大英帝国在印度的殖民统治及其未来结果的阐述，关于恶是历史发展动力的观点，是具有重要真理性和启示性的。[1] 老舍小说对于日本侵占及其战争对于老北平市民和一般人民的时空意识、民族国家意识的唤醒作用的描写，并非老舍对侵略战争的赞扬和肯定，更非对侵略者有丝毫的肯定——那是老舍在小说中一再描写的无耻汉奸才会有的汉奸思想，而是老舍的与五四新文化运动具有思想同源性的国民性批判、改造的认识，在国难当头之时的思考和表现。

抗战爆发后，中国的爱国作家在对于抗战的书写中，有一种普遍的认识和倾向：日本帝国主义的侵略是罪恶的、必须抵抗的，但由侵略者的到来而引发和爆发的民族抗战，却是洗刷国民性污垢和精神病象、使人民被"唤醒"和觉醒的历史熔炉和淬火，是唤起民族意识、改造国民素质、再造民族精神的解放和"圣火"——在此意义上，抗战也是兼具民族自卫与民族解放双重意义的"圣战"，这在最早尝到故土沦陷、家国悲痛的东北流亡作家的思想和作品中，表现得尤为鲜明突出。萧军的《八月的乡村》和萧红的《生死场》，端木蕻良的《大地的海》《大江》《风陵渡》《遥远的风沙》《浑河的急流》等小说中，都具有如此的内容与倾向。而更为广大的抗战文学作品，如《差半车麦秸》《铁闷子》《荷花淀》《吕梁英雄传》等作品，以及一些表现知识分子和人民在战争带来的漂流、跋涉、路途中完成人生和思想转换的作品，如路

---

[1] 马克思. 不列颠在印度的统治. 不列颠在印度统治的未来结果［M］// 马克思恩格斯选集：第1卷，北京：人民出版社，1995：760-773.

翎的《财主的儿女们》，都多少不同地带有这样的倾向。在近代以来中华民族遭遇的最大的外来侵略、家国灾难和随之而起的抗战洪流中，古老民族和人民的肌体与思想的尘垢——这正是近代中华民族不断遭到列强侵略、一次次陷入国家危机的重要原因——在火与血的熔炉冶炼和打磨淬火中应该被扬弃毁灭，人的解放和民族的解放、国民精神和国家精神都应该得到彻底的改造和升华，真正成为涅槃的凤凰和东方之龙。政治上的抗战建国、文化上的寻根探寻、思想上的光复传统、文学中的路途跋涉与淬火升华——即端木蕻良一再表现和情调的农民、人民和民族如何从"一块顽铁"转变为"好钢"、[①]曹禺话剧《蜕变》表达的战乱苦难中民族蜕变新生的文学主题，成为抗战政治、文化与文学的时代主流、主潮和共鸣。作为经历了家国患难的抗战文学最有成就的作家，老舍当然也沉浸于时代的大潮中，与大批知识分子、文化人和作家一样，在民族灾难与抗战烽火中为国民性改造、为民族文化去旧更新把脉思考，探寻国民精神与文化的根脉走向、优劣善恶，以及如何改造再造、如何淬火更新的宏大问题，并把他的思考和认识凝聚在《四世同堂》等抗战小说中。

　　于是，我们看到，在《四世同堂》等小说中，老舍既在沦陷八年的北平环境中，描写了各种各样的北平人在艰难时世的各种表现，比如同样是中国文化和北平的帝都环境，何以钱默吟老人家能够在屈辱苦难中奋起抗敌御侮，何以大量汉奸如粪坑蛆虫一般出现繁殖和无耻之尤，何以洋奴会改换门庭但奴相不改，何以祁瑞宣能与大量北平人一样，在艰难度日中忍受和化解苦难、在表面顺从中坚守民族气节，更以寻根的目光探视其背后的宏观与微观的社会、历史与文化成因，是典型的抗战寻根文学，是痛史、恨史、愤史，也是北平和中国人民的心史、精神史和文化史。其中，以祁老人为代表的老北平市民由家族到国族的民族意识的被唤醒和被觉醒，主因竟是日寇侵占和战争的到来，是家族和民族遭遇的百年不遇的巨大灾难与苦难。古人用"国家不幸诗家幸"来形容国家的灾难对诗人创作的砥砺及其成就的影响，太平岁月

[①] 端木蕻良.大江·后记[M].桂林：良友复兴图书印刷公司，1944：351.

的歌舞升平和吟诗弄月，使诗人难有佳作伟构，只有战乱流离、狼烟烽火的动乱战争年代及其苦难人生，使心生忧患、肠内叹息、胸怀天下、挂念黎庶、悲悯苍生的悲情诗人在巨大悲痛、罕见怆痛、歌哭愤怒中写出杰作，成就流传千古的诗篇。老舍的《四世同堂》及其抗战作品，也一方面控诉帝国主义侵略战争的罪恶，与那个时代的爱国作家夏衍等人一样，认为侵略者是帝国主义强盗和法西斯野兽细菌，另一方面，也把侵略战争引发的民族崛起和抗战，视为焚毁人民、民族和老文化身上疾患的圣火和熔炉，期望在淬火和炼狱之火的燃烧中，获得精神、文化与国民的新生和解放，而不是简单地把民族灾难和苦难一律予以否定和控诉。就是说，他既把外敌侵略和战争烽火视为造成人民与国家不幸的苦难和灾难，是历史的大恶，也将其视为历史辩证法意义上的历史机遇，视为使人民和国家觉醒崛起、复兴再生的"由恶而生"的历史之善，与马克思对于殖民者与殖民地关系的认识和阐述，具有精神的同构性，因此他的小说才会出现侵略者战争的扩大和中国城乡与土地被侵占的灾难，如何被动地使祁老人等北平人知晓了中国的空间地域及其领土，如何扩大了他们的空间地理意识及其由此产生民族和国家意识。

在中国现代文学史上，巴金的《家》表现了现代中国觉醒期封建主义家庭的毁灭。毁了之后附丽于旧家庭的被剪断了翅膀的长子觉新一类老中国儿女，只能随着大家庭的解体和倒塌殉葬而死；新青年觉慧一类走向了解放的社会大家庭，或者去建设美丽的、未来的、想象的、不乏浪漫色彩的社会大家庭。鲁迅的《伤逝》则早熟地告诉人们毁坏和冲出大家庭后建设小家庭安乐窝的不可能实现，强行追求的结果就是必然性悲剧。而《四世同堂》则告诉人们，老中国、老北平的大家庭即便没有在五四思想解放大潮中解体，也会在外敌侵略的民族灾难中受到巨大冲击和打击，已经不可能四世同堂地延续下去、不会再有四世同堂似的大家庭和家族的存在空间与时间，大家族的儿女们有的走出北平去往民族解放战争的前线，有的坚守在沦陷的帝都坚守着生活的艰辛和内心的抵抗，在默默过日子养家糊口中也在建立"心防"和精神长城，而保守传统的老派市民或者以死亡抗侮，或者以行动抗侮，或者在没有实际抵抗的坚守和苦守中，也由只有"自我"的小家庭和大家庭的家与家族的观念中，被迫睁眼看中国，看城市和土地的次第沦陷与灾难，由此深切感受到国家蒙难，并在这北平城与其他城市沦陷的痛苦中，滋生了国族与民族国家的认同，滋生了从家族到民族的、从本家到国家的、由小而大由少而多的知识，对于家与国关系的由不关心到关心的认识。侵略者的侵占和暴行固然造成了中国广大人民的不幸和苦难，惨遭沦陷蹂躏的城乡固然成为被痛苦"鞭打"的土地、成为爱国诗人用残损的手掌"抚摸"的伤痕累累的祖国，但是家国沦陷的苦难及其扩大化这一"事件"，却在痛苦和鞭打中使"事变"和"事件"成为以往分散的、缺乏时空意识共同体的广大人民的"共聚"和"共同关注"，并成为"共识"，使老舍过去一再批判的令人"出窝儿老"、未老先衰、目光短浅、知识欠缺、小家至上的老中国文化造成的老北平市民，也在苦难和沦陷中睁开了蒙昧之眼且转化为民族之眼，被苦难打开和扩大了的时间与空间意识，凝聚为国家和民族意识，殖民者的侵略和占领以及激起的漫长的抗战，就这样使中国的文化和人民，哪怕是古老北平的保守安顺的人民，获得了灾难和牺牲后的新生。一场由日本侵略者的帝国野心引发和强加的侵略战争，一场由正义的反侵略战争引发的民族自卫与解放战争，就这样具有了历史之恶与善的双重意义。

  当然，我一再强调指出老舍不是感谢日本的侵略及其战争，最新从美国发现的《四世同堂》的英文手稿表明，《四世同堂》的结尾不是以抗战胜利到来后小羊圈人们的平静中的高兴和欢聚，而是以钱默吟狱中的所谓"悔过书"收篇。在这个悔过书里，作家老舍通过钱默吟的思想言论，系统地表达了对侵略战争的反思和控诉，指出日本的历史、宗教、文化、民族性格等各方面的原因，导致他们军国主义的崛起和发动征服欺压其他民族与国家的侵略战争，而这样的思想与行为其实使得日本不是所谓文明进步国家，而是文明的退化和野蛮化，最终也必然会毁灭日本自己——事实也证明了钱默吟狱中书简的预言性和真理性。反对任何国家以任何借口发动侵略战争，也反对一切战争，"任何想通过战争解决人类问题的人，思想都是落后的"，这就是新发现和出版的《四世同堂》结语的价值和意义。不过，也正是在这篇"悔过书"里，钱默吟这位在战前"不关心国家大事，也不懂国际问题的"中国传统的知识分子，却也一再表示"你们的虐待，让我的人生有了成就……我受到的最残酷的折磨，让我下决心起来抵抗"，"感谢你们，给了我这个机会，发动战争的人，把虐待作为毁灭的手段，可是他们不知道，虐待也会引起决一死战……感谢你们，给了我做一个完美的人的机会，教我能有斗争到死的机会"。明确表达"我反对战争，战争是你们发动的，所以我诅咒你们"的旧时代的读书人和苦难中奋起抵抗的钱诗人，之所以表达对敌人的感谢，原因如上所述——外敌的侵略战争和残酷压迫，用血与火的惨痛事实教育了人民，让人民在压迫和苦难中崛起，抵抗，成为民族斗争和解放的战士与斗士，成为新人和大写的人，完整的人。侵略战争与民族压迫的罪恶，最终催生出反抗侵略与压迫的历史之善的力量。《四世同堂》这部最伟大的抗战小说的包蕴深广的主题和价值，即便在这样一个层面上，也得到了传神而具象、微观又深广的揭示和表现，成为小说大厦的一个有意味的组成部分。

老舍短篇小说的叙述视角与功能[*]

老舍的五部短篇小说集（有的像中篇）共收有47篇作品，其中以第一人称"我"为叙述者（也称为有限叙事者、直接叙述者和限制视角）的作品，占了20篇，将近二分之一，其余都是以第三人称或全知视角为叙事模式。过去学界对老舍短篇小说的叙事与艺术已有论及，在此基础上，本文不仅要描述老舍短篇小说的叙事者的形态，更希望阐述老舍短篇小说为何要选择不同的叙事视角进行叙事，不同的叙事视角和叙事者与作者、与小说人物和故事、与小说艺术功能的关系问题，借此，蠡探老舍短篇小说创作的"有意味的形式"。

一

老舍写作短篇小说伊始，多采用第一人称及限制视角的方式，"我"作为小说人物和叙事者频频出现于作品。如第一部小说集《赶集》收15篇小说，采用这种叙事视角的小说有10篇；第二部小说集《樱海集》10篇作品，第一人称叙事模式的有5篇；第三部小说集《蛤藻集》7篇作品，只有1篇是这种模式；1939年出版的《火车集》9篇作品，第一人称叙述的有2篇；1944年出版的《贫血集》6篇作品，则全都是第三人称的全知叙事。

---

[*] 本文原载于《广东社会科学》2014年第3期，收入本书时，略有改动。

不仅数量上有变化，而且从小说的艺术质量和水准上看，除了为数不多的几篇全知叙事的小说如《断魂枪》《老字号》《新时代的旧悲剧》《新穆韩烈德》属上乘之作（只就老舍自己的短篇而言）外，老舍写得最好的短篇小说中，限制视角即第一人称叙事者的占了大多数。一个作家的作品当然不是所有的都是最佳的或上乘的，再伟大的作家的作品也只有一部分是其代表作和传世之作。对老舍的短篇而言，依然如此。但有趣的是，老舍最好的小说是他的《骆驼祥子》《离婚》《牛天赐传》和《四世同堂》等长篇小说，而这些长篇小说无一例外地都用了全知全能的"上帝"叙事视角和模式，只有晚年写作的未完成长篇《正红旗下》是带有自叙传色彩的第一人称叙事，而这，是老舍的小说艺术达到炉火纯青之际才如此操作的。就是说，在长篇小说中老舍擅长以全知全能的第三人称叙事方式写作，而在短篇小说中，则擅长以第一人称叙事者模式结构作品。老舍曾说过，谁都不是刀枪剑戟十八样兵器样样精通，他在小说创作中确实显露出写作长篇和短篇时武艺和手法的不一致问题。这有小说体裁和样式的内在限定问题，一般而言，反映和描写社会生活广阔、时空变换和转移频繁且巨大的长篇小说，多适宜用全知全能的叙事模式，古今中外文学史上概莫能外；短篇小说因其故事、情节、人物、主题的相对单向和集中，比较适合采用直接叙事或小叙事的模式。但对老舍而言，为什么采用限制视角的短篇多上乘之作，且采用这种模式创作的短篇小说在后期呈现递减现象呢？这是一个值得探讨的艺术问题。

老舍初期以限制视角为模式的短篇，还基本上是些"故事型"的速写作品，如《五九》《热包子》《可爱的小鬼》《马裤先生》，尚难称佳构。老舍是极具有艺术个性和天分的，生活阅历丰富，机智，幽默，善观察，会讲故事，语言天赋高，这些造就了他强烈的艺术个性，所以初始写作短篇，他还按捺不住这份个性的冲动和欲望，直接采取第一人称模式，让这个"我"讲故事，既增加真实性，又显示作者的个性。但开手写就的急就章式的短篇里，这个"我"的角色及其功能还不复杂，虽然身份各异，也不等同于作者，但明显带有作者的印痕，即作者急于通过这个叙事者讲故事，藏在这个叙事者中上蹿下跳、指手画脚，作者基本上大于叙事者，像操纵木偶人一样让他讲自己的故事，口气却难脱老舍的腔调，然而作者又与叙述者保持距离，看着他说、闹，从而造成喜剧效果。但很快老舍就进入佳境，写出《大悲寺外》《微神》《黑白李》《柳家大院》《柳屯的》《月牙儿》等一系列名篇。这个转变过程之快，直接反映了老舍的艺术悟性和天才，即他很快意识到短篇不是简单讲故事，自己的艺术个性再强大也得有所收束，好的小说必得有个好的、代替作者但又不等同于作者的讲故事的人，即叙事者。作者可以小于、等同于或大于叙事者，把自己的立场态度藏匿于这个叙事者之中，让这个"我"讲作者想讲、想听、想告诉读者的故事。在《赶集·序》中，老舍说自己"本来不大写短篇小说，因为不会写。可是自从淞沪战后，刊物增多，各处找我写文章；既蒙赏脸，怎好不捧场？……于是昏天黑地，胡扯一番"，"赶出来"十几篇短篇。[①] 这个自序有自谦的成分，却也道出老舍是在仓促之中操作短篇的。既是匆匆上阵，初始有不足，也不足为奇。好在老舍是大手笔，小试锋芒后很快找到感觉，登堂入室，掌握了短篇小说如何讲故事、如何按照小说的艺术目的和功能寻找合适的叙事者、如何让叙事者与作者和读者保持合适位置和关系以强化结构和功能。

二

《月牙儿》《阳光》和《我这一辈子》是老舍的三个类似于中篇的短篇，都采取让第一人称叙事者"我"与小说主人公合二而一的叙事方式，讲述自己的人生故事，是小说主人公的自叙传。为何采用第一人称的限制视角？因为这种自叙传的小说几乎不像一般的短篇那样截取生活或主人公生活的一个短片，而是几乎如同生平传记，写一个人的大半人生或一生的际遇。如此近似于中篇或小长篇的小说，像写长篇那样安排一个上天入地无所不在的叙事

---

① 老舍.赶集·序[M]//老舍文集：第8卷.北京：人民文学出版社，1995：3.

者，显然不合适，因为没有那么广阔的生活场景和表达作者爱恨臧否的复杂立场和态度，如《四世同堂》。但这种迹近于压缩的长篇或中篇的小说又是写一个人的一生或半生——《月牙儿》和《阳光》里的女子前半生的生活已经决定了后半生，既然不适合用全能视角叙事，自然就适合采用限制视角，让叙事者兼主人公讲述自己的故事，在功能上就不会枝蔓浩繁，他或她讲自己的事，视野和范围必定有限，视野外的事情必然省略，篇幅不会太长。此其一。其二，这又是作者想让小说达到的功能或目的：让读者相信这个"我"讲述的自叙传的真实性——当然是虚拟的真实性。因为作者知道，小说和戏剧电影一样，里面的故事都是虚构和虚拟现实，读者观众也知道它们是虚拟的。但是故事讲得好坏却决定着读者观众对虚拟故事的相信度——看电影戏剧读小说的人都是为了故事和讲得好、讲得有趣的故事去的，在观看时间内他暂时愿意相信那是真实的，是在看成人童话，"暂时信其为真"。观看和阅读时间内的愿意相信虚拟故事是"虚构的真实"，才是所谓艺术真实的真谛，而非传统文学理论认为的文艺反映生活真实的老调和误区。写过《文学概论讲义》的老舍深知这一点，所以为了把主人公的自叙传式的故事讲得真实和吸引人、讲得集中而不枝蔓，他选择了限制视角。小中篇和主人公自叙传式的小说，老舍都采用限制视角。这几乎是个规律。

三篇自叙传小说的叙事者兼主人公与作者的关系，也是小说艺术功能和效果的重要一环。总体上，三篇小说的作者都大于叙事者，主人公的生活和人生态度不等同于作者，但作者与他们的关系还是有所不同的。老舍出身于北平城市贫民阶层，对底层人民天然抱有同情，所以三篇里《月牙儿》和《我这一辈子》都是写底层贫民的；老舍虽然受过五四精神影响，对女性命运多有关注，但对女性的评价显然有着立场态度的差别：同情底层妇女，对上层社会和知识女性、新潮女性多持否定态度的认识。这样的态度也导致三篇小说里有两篇是女性自我讲述自己的故事，即一般而言的妇女题材。所以作者在小说里成为隐含的叙事者，主人公讲述自己的故事，隐含叙事者即作者听他们讲述自己故事之际，也在表现他与主人公叙事者的关系和对他们的态度，以此揭示故事的意义和价值。

　　三篇小说明显都有老舍受到影响的英国和西方倒霉鬼故事的痕迹和潜在文本模式：人物及其生活故事是一连串倒霉、倒运的连接，一个厄运接着一个厄运，著名的长篇小说《骆驼祥子》也是这种模式。《月牙儿》里的好人家女儿因父死母改嫁、改嫁后继父又出走直至她卖身为娼的悲惨身世，如雾都孤儿的故事，命运的变化里一直有月牙儿的惨白记忆，实际写的就是一个被无良社会不断地吞噬穷人家女儿的"暗夜故事"，月牙之白更衬托出"暗夜"社会的沉重。老舍小说里多有这种城市贫民家女儿被生活所迫当暗娼的悲惨世界的故事，如《骆驼祥子》里的小福子。在这种悲惨叙事里，由于叙事者同时是主人公，讲的是自己的事，她的视野和认识所限，只能把自己命运的不济归因于命运多舛，是一系列个人家庭的不幸事件一步步导致她为了"吃饭的嘴"而卖身，卖身后也曾有改变的机会：被一个人包养，但那人的妻子找来诉苦求情而不是打闹，她因同情而放了那个男人，自己继续卖身，直到被警察抓捕入狱。穷人的不幸和善良都是罪过，倒霉鬼永远被鬼缠身。这样，这个限制叙事的"我"的讲述既是真实的，也是有限的，她还不能把造成自己和母亲的不幸归因于造成穷人一连串不幸的那个"暗夜"社会，更无政治和阶级之类的考量，如当时的左翼小说那样。如此，虽然作者的整体立场和视野大于叙事者，但就这个故事而言，叙事者受到自我思想和生活视野范围限制的视角和态度，与作者即隐含叙事者的认识是等同的，非左翼的城市贫民出身的老舍在他诸多写下层社会的小说中，包括《骆驼祥子》，都是这样的认识和态度。换言之，老舍自己对下层贫民不幸因素的认识，使得他选择这样一位自我与社会认识有限的限制视角的叙事者讲自己的故事，作者的认识等同于、包含于叙事者的认识。这样的模式还表现于《我这一辈子》。主人公的角色由妓女改为巡警，他的不幸也都是一连串偶发事件：做裱糊匠的平静生活被师哥所坏——拐走了他的妻，他为糊口当了巡警，中间也有几次改变命运的机会，却都由于时运不济而不断地下降，一辈子就是不断走下坡路。这个巡警以第一人称"我"的口吻和视角讲述自己的遭际，在同样是"逢好变坏"的不断的倒霉鬼模式里,有认命的平静而无过分的怨天尤人,叙事者态度里明显有作者的影子。小说的总体效果是作者大于叙事者,但具体的叙事过程却显得两者有等同之处:那么多的坏人坏事在揭示着社会的整体性不良黑暗,主人公和叙事者与隐含的作者却并未把批判的矛头对准社会。这固然会被左翼批判为只诉苦不揭底,却也避免了左翼小说的雷同化和概念化。

《阳光》则显得有些不同。也是女子的自叙传,但身份和家庭不同,是上流社会的豪门小姐的故事。这个"我"集富贵、美貌于一身,家里有钱,受到娇宠,上学读书,时时处处都是自我中心,支配着别人,生活于她不是月牙儿的惨白衬托出的暗夜,而是阳光灿烂幸福无比,可是最后的结果依然可能是堕入下层。她嫁权贵、玩时髦、养情人,得知丈夫靠情夫高升、符合社会规范地娶妾后,她自以为"女权"地与丈夫闹离婚,不料却被"道德"的社会将她和丈夫都踢出局:这是一个可以养情人娶妾玩戏子却不可以离婚的"讲道德"、道貌岸然的社会,这个以假为真的虚伪社会的规则,该女子并未弄懂。自此,这个自以为一切都是时髦地控制别人,自我中心的富家女的阳光,彻底变成了月牙儿和暗夜。既受过五四思潮影响又对个性和妇女解放、新式教育、时髦现代存有怀疑的老舍,有意选择的这个阳光里生活的无传统女德妇德的豪门女性自我讲述的故事,作者远大于叙事者,对立于叙事者,由于存在这种对立和背反,所以人们看不到作者的同情而只听到藏匿于叙事者背后的冷笑,作者的立场与叙事者兼主人公的自叙传故事的严重对立,叙事者的时髦解放与行为结果的背反,构成了对她和社会、道德的反讽效果。

三

在老舍那些不是主人公自叙传的短篇小说里,第一人称有限视角的叙事者"我",与作者的关系、与小说中其他人物的关系,更为复杂多样。除了《微神》里的叙事者与小说叙述的女主人公的故事存在直接关系外,其他如《大悲寺外》《柳家大院》《柳屯的》《黑白李》《牺牲》等一些可能是老舍最好

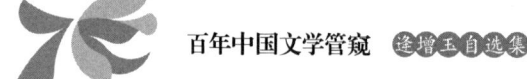

的短篇小说里，叙事者"我"都是小说里的在场人物，是小说主人公故事的见证者或仲裁者，是"我"讲述看到听到的故事，"我"在"我"叙述的故事里是一个配角人物，虽然也在场，但不是对主人公生活命运起决定作用的人；主人公的生活与命运自有其内在的逻辑，他的世界他造成、他做主、他承担后果。主人公活动的空间与时间远大于叙事者的讲述时间和故事中的时空，因此，叙事者与主人公的世界有时有交叉，但大多数情况下是平行的，构成故事世界的两条线索。《微神》里叙事者与主人公的故事是存在交叉的，"我"与女主人公少年相恋，心中都埋下最美的恋情，各自把对方奉为"神祇"。可时代不成熟，五四未发生，男女授受不亲的时代只能把爱埋在心里。造化弄人是老舍小说所有不幸或悲惨故事的第一推动，男子下南洋，女子家道中落、生活无着，一点微神似的人生初恋交集点就此离散，此后人生轨迹各自延伸，旧时代把女子微神似的初恋对象彻底埋葬，女子下海为娼，红颜薄命，死于青春时代——老舍小说里女子最常见的人生轨迹，剩下男子在惆怅落寞和怀念里悲悼初恋情人。是时代爱情悲剧，也是男子无力——这无力也由时代造成。有情人难成眷属的千古爱情悲剧模式里，添上了时代的因素。就此，"我"的哀悼忏悔里有对时代的轻微指责，也有对自我的指责。这个做过小学校长又下南洋的男子，这个叙事者"我"的身上，明显有作者人生轨迹的影子，虽然不等同于作者。由是，这个第一人称有限视角的小说，叙事者是人生故事的有限参与者和旁观者的身份，他的视点与作者是等同的，明显的悲剧故事及其意义代表了作者的立场态度。

不只是表达明显的人生美好和有价值东西毁灭的悲剧态度，使得老舍选择第一人称的叙事视角和方式结构作品，更多的时候，在以明显的讥讽批判态度臧否小说主人公及其人生价值（比《阳光》更直接）之际，老舍常常愿意采用这种模式和视角。当然，这种视角方式也有细微差别。一种是直接表现嘲讽否定态度的，如《柳屯的》《牺牲》《柳家大院》和《听来的故事》，第一人称的直接叙事者尽管在小说里的身份职业及其与小说主人公的关系各不同，但不论是主人公的邻居、同学还是同事，表面上"我"对他们都没有臧否而只是不相干的在场者、观察者,"我"的生活与他们比邻却不交际。这些小说的人物或者是《柳屯的》里那样的悍妇恶女,或者是《牺牲》里的一味崇洋媚外的"美国博士",或者是《柳家大院》里给洋人做事却毫无现代文明的老王,或者是《大悲寺外》里闹学潮打死善良老师的小人学生,或者是《听来的故事》里无德无才无貌无品的"四无"庸人却官运亨通一路发达……叙事者不加评点,但故事和人物言行本身荒诞、丑恶、不合情理,叙事者表面客观叙事的故事却构成了对人物的讥讽和嘲笑,特别是像《柳屯的》里的悍妇恶女,无恶不作却又信教,而使她最后遭到恶报的,却不是她穷凶极恶欺压的丈夫、公公——他们原也不是善类而是吝啬的土财主,也不是"我"这个被恶妻欺负的丈夫的同学——"我"是想打抱不平、主持公道却无能为力,而是与柳屯所有人没有干系的县官的太太。她最恨小老婆出身的女人,因为县官总想娶小,而欺压公公丈夫一家和柳屯所有人的悍妇,原本是以小老婆身份嫁到土财主家的,于是牢狱之灾就如此荒诞地降临到悍妇身上。

这些小说里,叙事者都不代表作者也不表达观点立场,他只是客观叙事,对崇洋媚外、挟洋教和洋学位自重欺人、不守妇德把作恶当解放、无德无能官运亨通等畸形现象的反感和嘲讽,却通过在场者"我"看到听到的故事而浮现出来,作者大于叙事者、超越叙事者而隐含于故事情节之中,"我"看到听到的故事人物之言行被作者看到和讲述,就变成了第二次叙事和复述,被选择本身就通过了选择者的立场态度的过滤,就像对某事发言表态是一种立场,不发言沉默其实也是一种态度。故此,这些叙述者讲述"坏人"故事,却无不与作者的主观精神世界构成联系,是作者主观世界的投射。

另一种第一人称的直接叙事带来的功能和效果是颠覆性的反讽,这种反讽叙事效果反映了作者与叙事者立场的同一性,表达沉积于反讽里的作者或故意模糊或矛盾困惑的心态。《大悲寺外》里"我"参与其中的故事,已经超越了讽刺而具有反讽的意义。闹学潮打死善良学监的宵小之徒,此后的人生不管怎样发达,却总在坚信基督似的勿抗恶、不计较的学监老师的信仰魔咒中无法解脱,他越是恨老师、发誓报复死去的老师,就越是无法摆脱魔咒,反而被套得更紧，一步步在人生之路上走下坡路，直至穷困潦倒。他的动机言辞与行为效果存在颠覆性关系和反讽结果。可悲的是，与"我"同学的这位作恶者明明受到被他打死的黄学监的"善"的魔咒的影响和控制，每当人生欲腾达之时，黄学监的临终善言就会严重打击他的内心，"行拂乱其所为"，但他仍然不知悔改，一心要与黄学监的善咒对抗，明知抵抗的结果是愈来愈坏，还是执迷不悟。然而，他向当年支持黄学监的"我"在黄学监的墓地讲述他作恶后一连串的人生失败——都是魔咒的影响，一再表示要继续与这魔咒抗争到底，为此故意搬到墓地附近，但其实这种陈述已经具有反讽效果和意义，他之受善咒影响一再失败和对抗到底，其实已经越来越乏力，讲述中的不认罪、继续对抗学监善咒的能力越来越小，其实他已经被这样的善咒改变了命运和心态，如果是作恶意志极其坚强、没有忏悔意识和认罪意识，他就不会放弃那些高官厚禄的位置。所以他的言与行、主观陈述的自我与实际的自我都发生了巨大的变化，陈述的表层语义与深层语义之间已经断裂和背反，已经造成所指和意义的分裂。而小说的叙事者"我"在黄学监代表的善与丁庚代表的恶之间，态度是鲜明的，支持黄老师而反对闹学潮的丁庚之类。并且，"我"所看到和知晓的一切都是表里不一的：黄先生善良忠厚以至于被打死也不抱怨和复仇，"决不计较"，迹近于托尔斯泰的"勿抗恶"，老实木讷得近于迂腐，但是其精神却焕发出无所不在的强大力量；而丁庚表面敢于作恶和作恶后不忏悔，其实其行为和人生轨迹实际上都是忏悔负罪感带来的。"我"的这种在善与恶之间的选边站队，即叙事者的这种立场态度，是鲜明的。作者的态度与叙事者的态度是一致的，但在小说叙述中，作者故意模糊立场，不明确表达臧否憎爱，而只是通过叙事者和对立人物之间故事情节表层述说与深层意义的对立，无言地表达立场。

《黑白李》则是通过叙事者与人物的纠葛交往，让人物和故事反映作者矛盾心态的典型作品。小说里的"我"是黑李与白李兄弟的朋友，以"我"的视角目睹了两兄弟不同的思想行为：哥哥黑李是传统道德礼教、温柔敦厚的信奉者与践行者，不忘父母临终之命，克尽兄长之责，善待下人与友人，最后代弟弟受过，为闹革命煽动造反的弟弟赴死。而弟弟时尚革命，口头说得漂亮，也能赢得家仆下人拥护，却不为他们做实事，只让他们做革命者的服从者和追随者，做革命理想实现的工具和牺牲品，煽动闹事失败后自己逃之夭夭，他的革命结果是不承担家庭责任，在追求女人和革命中大胆豪横，却把亲人和革命工具们都送进地狱。叙事者既是两兄弟的朋友，自然对二人没有臧否褒贬，他只是讲述他们兄弟的故事，但是哥哥的行为是悲剧，而弟弟不仅是喜剧性人物，言与行更构成反讽。而这种反讽，既反映了叙事者夹在中间难置可否的困窘，也反映了来自作者的思想困惑——老舍不反对革命和社会进步，但他看到的革命者和新潮人物却是让他们鼓动起来的拥护者和无辜者牺牲，而自己毫发无损，甚至是《猫城记》里写的"大家夫斯基"和"大家哄"，因而对革命是困惑矛盾的。过去都以为这反映了出身于城市贫民阶层的老舍，没有摆脱市民阶级的思想局限所产生的对革命的曲解。其实从大历史时段来看，老舍的革命认识可能是更符合中国国情的真理，后来的一些参与过那段历史的革命者兼作家如韦君宜等人在历史灾难后的反思，更证明了这一点。所谓局限可能是超前，而困惑和矛盾则是老舍的思想实际，这种思想面貌反映在《黑白李》中，虽然作者不是叙事者，但与叙事者的立场态度具有同一性，换言之，老舍选择了这样一个叙事者角度，以便表达他对革命及政治的困惑。在1949年以后写作的一篇散文里，老舍借着悼念罗常培，诉说了当年的自己对革命和政治的"污秽性"的认识，并予以检讨。而当年对革命认识的矛盾，就这样积淀于小说叙事视角的选择和叙事里。

四

其实，在老舍的限制视角的小说里，让叙事者代表作者表达思想困惑和矛盾的，不是太多。相反，在那些采取全知全能的"上帝"视角模式的小说里，在叙事中表达作者思想矛盾状貌的，倒是更多一些，因为可以不像限制视角小说那样受到叙事者是在场者、参与者的视野限制。叙事者是小说中人物和在场者，有时又是小说主人公之一的叙事方式，由于面对和在场的事情的性质不尽相同，多种多样，不便直接表达立场，因为那样会破坏小说的结构和功能，破坏小说的拟真性，减少读者的阅读兴趣而影响阅读效果，所以不宜多采用。而全知视角和方式则可以超越小说时空和事件性质的限制，直接或间接地从各种角度、以各种身份表达作者的立场和价值评判，不论是对于社会政治的还是他一以贯之的文化反思与批判立场，都可以在全知视角的小说里，触景生情，自由阐发。这在老舍的长篇小说中表达得最明显。在短篇小说中，也不乏采用这种叙述方式的经典之作。

《断魂枪》和《老字号》就是这方面的代表。传统的武术国术，传统的经商买卖之道，不管传了多少代多少年，都自有其价值，可是时代变得太快也太坏，今天他们都已经无法再传下去，不仅无法传下去，还面临着失传和垮掉的危机。按照受五四影响的思想逻辑，现代文学主流叙事一般都把传统的家庭、道德和社会描写为假丑恶，是时代激流荡涤的污泥浊水和沉渣。老舍也在《新时代的旧悲剧》里写过传统国学和国学家在新时代的百无一用和虚伪，讲国学的虽然只注重做官而瞧不起商人，可是也变着法结交权贵作弊弄钱，只是所谓新时代的新花样坏花样太多，他自己一家难以适应而最终被算计坑害了，国学抵不过公安局局长的坏招。新旧的对立在中国都成为喜剧。但是在《断魂枪》和《老字号》里，老舍写出了新时代里新旧翻转的矛盾性与困惑性。传统的老商业文明固然有迂腐之处，可是新的经商之道也太潮太摩登，跟唱戏变戏法差不多，而没有一点商业道德；祖传的武术固然不能抵御枪炮，可是自有其优长之处。新时代的新潮流固然不可抵挡，可是老传统的失去和失传也是可惜之事，并非如新文学主潮表现得那样单向。通过武术和商业，老舍所要表达的，其实是一个被西方现代性被迫启动现代化历史进程的后发展国家和第三世界国家普遍面临的问题：如何评价传统文明与现代文明的善恶价值，如何对待固有的生活方式与文明。政治家和革命家鼓吹的东方田园风味的公社和家庭、祖传的谋生手段和生产与生活方式的被冲毁瓦解，未必是历史和道德之善。老舍对此难以给出答案，他是困惑矛盾的，因此就把这种困惑转化为小说的叙事方式。

这类型小说还有《新韩穆烈德》，传统里也有恶，老派的商人也会盘剥算计农家，可是他们的果子铺卖的是全家人辛辛苦苦做的好果品，放的糖一定是熬制的好糖，胜过新时代那些用糖精熬制的果品。可是新时代却把那些带点小恶的旧东西彻底瓦解，田家几辈子传下来的果房铺子统统倒闭。而全家花费心血培养出受现代教育的城市大学生，却一点没有解救家庭危机的能力，只想着逃避——现代教育和大学一向是老舍抨击嘲笑的对象，一如没念过大学、更没有留过学的乡土作家沈从文。对新与旧、现代与传统的价值认定存在困惑的老舍，就这样选取把自己观点隐含其中的全知叙事的视角，而这类视角和方式也的确更适宜安置和表达作者的立场和思想。

当然，为了表达作者的内心困惑，也可以选择其他叙事者视角，但对于老舍而言，他更愿意选择这样的视角，从小说功能看，这样的视角也的确更好地表达了作者的立场。前已述及，这样的视角可以不受限制视角中叙事者和主人公视野和世界的限制，可以更灵活地表达作者立场，可以把作者与叙事者的世界、主人公的世界的复杂多样的关系，如困惑、赞成、反对等多种声音放置于其中，一如老舍的长篇小说。其实，《断魂枪》就是把长篇的题材压缩为短篇，才如此精彩，臻于老舍短篇小说的艺术高峰。再次，老舍短篇小说里的全知叙事，也并非都是为了表达作者的思想困惑和矛盾，还包含了更为丰富地体现作者精神世界的东西，比如社会与文化批判和反思、毫不留情或含蓄的讽刺等。不过那样的叙事者与作者和小说主人公世界的关系问题，不是本文的目的，故此不予赘述。

综上，为了表达作者不同的思想立场，老舍的短篇小说采用了不同的叙事视角和叙事方式，而这些视角和方式在小说结构与功能上与作者的目的和期待视野，都吻合融洽，并体现了老舍的独特艺术个性。自然，任何文学作品都是感性和非规律的产物，而一旦按照某种规律和逻辑进行归纳和抽象，难免会有削足适履和挂一漏万之弊，对老舍短篇小说的叙事视角和模式与作者思想世界关系的研究，也可能存在这样的问题。不过，又不能因此不对文学作品进行归纳和总结规律。只要是从作品实际出发，还是会在林林总总的作品中发现躲藏于其中的"有意味的形式"，形式里积淀和包含着作者的、叙事者的、主人公的多种多样思想情感世界的奥秘。老舍的短篇小说虽然难称丰富，但其中确实包含了有意思的现象，值得求索和探讨。

2014年2月22日于北京

史诗、传奇与浪漫[*]
——端木蕻良小说诗学研究之一

端木蕻良在写于抗战时期的长篇小说《大江》的"后记"中,强调自己"欢喜巴尔扎克",[①]因为巴尔扎克的小说具有"广泛而宏大"的特点。几十年后,端木蕻良依然强调自己"特别喜欢巴尔扎克和托尔斯泰的作品,因为这些人的作品有强烈的民主主义思想,在艺术上具有场面开阔……的特点"[②]。众所周知,马克思主义创始人高度赞誉巴尔扎克那卷帙浩繁的系列小说的重要原因之一,即在于认为和强调巴尔扎克小说对法国社会的编年史、百科全书和史诗般的描写与叙事,具有经济学家、统计学家和社会学家的著述无法比拟的丰富性与宏博性。在中国现代文学的30年代,左翼文学出现了对宏大性和史诗性叙事的追求,茅盾的《子夜》就力图全景式地勾勒和描写中国社会从农村到都市的动荡、革命与各种社会矛盾的复杂纠结。作为后起的左翼青年作家,端木蕻良在写作伊始,也流露和表现出对宏大性、史诗性历史及时代予以全息描写的野心和抱负,并成为端木蕻良全部创作的始终追求。这种自觉的追求带来了端木蕻良小说诗学的鲜明特点:史诗性、传奇性与浪漫性。

---

[*] 本文原载于《民族文学研究》2013年第4期,收入本书时,略有改动。
[①] 端木蕻良.大江·后记[M]//端木蕻良文集:第2卷.北京:北京出版社,1999:530.
[②] 胡文彬.访作家端木蕻良[J].东北现代文学史料,1981,3:100.

一

从 20 世纪 30 年代成为左翼作家到 40 年代为民族抗战而歌，端木蕻良一直具有鲜明的政治意识和家国意识，前者使他与红色政治的阶级和阶级斗争意识具有意识形态的一致性和同构性，后者使他与民族国家复兴的时代呼吁保持紧密的精神联系。强烈的阶级与民族意识成为端木蕻良精神世界的主体构成和主旋律，是他希望通过文学作品向世界表达的"绝对意志"。端木蕻良小说的史诗性品格和追求，是与他的这种精神世界的诉求紧密相关的，换言之，是他精神世界的外化和转化。

巴赫金认为古希腊的史诗和传奇，具有大幅度、大尺度时空跳跃和转换的特点，并认为这是构成史诗性和传奇性的一个重要特点，"情节展开在非常广阔多样的底里背景上"[①]。黑格尔虽然认为地理与自然环境的描写不是他称赞的荷马史诗刻意追求的，但"史诗最需要宽广而明确的描绘，就连在外在地点方面也应如此"，"荷马虽然不作近代意义的自然描写，而他的图形和描述却仍是很真实的，他对斯卡曼多和西摩伊斯两河、海岸海湾等画出了一个很正确的印象，以至近代地理学家还能按照他的描写很精确地推定他所写的是哪一个地区"[②]。荷马史诗里对地理世界的描绘，在那时不是作为纯审美对象而是作为史诗事迹和史诗英雄生活和与征战的环境因素而存在。端木蕻良自 30 年代至抗战中期的小说、特别是长篇小说写作里，如《科尔沁旗草原》《大地的海》《大江》《大时代》等，特别重视对地理和风景风物构成的自然环境的描写，而且这种描写既具有场面的巨大性、宏伟性和全方位、立体透视的特点，大草原，大地，大江，无不具有一种宏大感和辽阔感；同时又在宏大性之中进行细腻的工笔的铺陈与渲染，比如《大地的海》对东北黑土地的富饶、寥廓与苍凉的描写，对翘然的土块阻挡晨风掠过土地的描写，如油画

[①] 巴赫金.小说的时间形式和时空体形式［M］//巴赫金文集：第 3 卷.兆林，夏忠贤，等译.石家庄：河北教育出版社，1998：278.
[②] 黑格尔.美学：第 3 卷（下）［M］.朱光潜，译.北京：商务印书馆，1981：117-121.

般丰富而生动。这种描写曾经被国外学者誉为可以与苏联伟大作家肖洛霍夫的《静静的顿河》对顿河大草原的描写相媲美。同时,端木蕻良又不囿于对某一地域环境的描写(当然,对他的故乡东北的环境描写最多),为了实现他的精神世界的外化和小说主题的凸显,他的小说时空转换又是巨大而跳跃的,比如《大江》的小说主人公就从东北的山区转换到华北和华中,从黑土到黄土到红土的大半个中国就成为烘托人物的宏伟环境。而把端木蕻良所有小说集合起来,从塞北到江南的广大中国的环境无不得到生动的呈现和刻画。"三分风土能入木,七种人情语不惊"的自觉的美学追求,就这样以巨大而多样的环境、空间的转换描写沉淀在小说里。

时空跳跃巨大而多彩的自然环境与地理的描写,并非作为纯粹的自然"风景"的展现,而是为了达到作家追求的目的性效果——在其中放置史诗性的内容和人物,即那种宏大性叙事,换言之,是将其作为主观选择和"涂色"的客观世界情境、人物和情节展开的舞台,因此也是小说内容和人物命运的组成部分。如上所述,端木蕻良追求的是在阔大或严酷的环境中表现阶级与民族的斗争、战争这种宏大主题,因此,过于狭小的环境难以展现这种主题的宏伟性和酷烈性。而强悍或酷烈的斗争与战争,家族或民族的创世与苦斗的具有神话色彩的"故事",斗争或战争中人物的成长和行为往往具有英雄的色彩,这些都是黑格尔称道的史诗的极有价值的要素。"一般地说,战争情况中的冲突提供最适宜的史诗情境,因为在战争中整个民族都被动员起来,在集体情况中经历着一种新鲜的激情和活动,因为这里的动因是全民族作为整体去保卫自己。""用战争情况做史诗情节的基础,就有广阔丰富的题材出现,有许多引人入胜的事迹可以描述,其中起主要作用的是英勇"。[①] 黑格尔主要谈及的是上古时代的史诗,而作为现代具有史诗性的小说,不一定都去表现战争与英雄,如巴尔扎克和托尔斯泰的小说,但一定要表现能够揭示时代的本质要求的阶级、民族、政治、经济、文化、宗教等宏大性冲突和冲突的结果,如此方构成"史诗性"。

---

① 黑格尔.美学:第3卷(下)[M].朱光潜,译.北京:商务印书馆,1981:126-128.

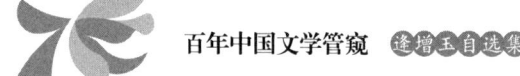

深受巴尔扎克和托尔斯泰影响的端木蕻良,其小说史诗性构成的首要方面就是斗争与战争环境中的阶级与民族的冲突。在开始写作小说之时,作为左翼作家的端木蕻良,他所理解的阶级斗争一方面是由时代政治和意识形态的接受或灌输得来,一方面是家族本身内含的、穷人出身的母亲被地主家族的父亲抢婚、融合着阶级与血亲复仇色彩的事实中得来。同时,对世界文学和社会科学的亲炙,又使得他将这样的阶级斗争的故事容纳进更为宏大的历史哲学的框架——人与土地、农民与土地、人与自然的关系和这关系的演变历史。与 30 年代一般左翼作家写作的阶级斗争主题小说不同的是,端木蕻良那追求史诗、哲学和宏大性的、包含着理性与感性的追求里,又掺杂着东北地域及其文化的某种特异色彩,故而在他的笔下的阶级间的矛盾与斗争,带有某种极端性和原始洪荒性,几乎就是带有血亲复仇色彩的阶级战争,是和平环境下发生的由惨烈的阶级压迫与火焰般的家族复仇构成的阶级战争。端木蕻良的第一部长篇小说《科尔沁旗草原》里的一个主题——酷烈的阶级斗争,包含着两方面内容:丁家大地主的发家史以及由此而来的父亲的罗曼史与哀史,是一个大地主家族在时代动荡和农民复仇多种夹击下从逃亡到崛起、由兴盛而衰落的历史。这种描写带有古代和先民创世神话的色调,与东北境内各个民族的创世神话史诗具有地域与意图的相似性。在描写这种家族史之际,作者一方面从接受的意识形态角度力图对地主阶级发家的血腥史进行具有政治正确性的批判描写,另一方面,作者自身的家族记忆和血缘构成的复杂性,开发较晚的东北地域的地主家族和阶级崛起与构成的复杂性——大都来自逃荒的关内农民,靠跑马占荒和勤劳辛苦脱贫致富,与中原和江南的簪缨阀阅世族、诗礼耕读传家的地主家族与阶级并非完全一样,使得作者在写出丁家大地主从逃荒到发家的原始性、欺骗性与野蛮性的同时,也写出了中国家族"富不过三代"的、自然性和文化性的内在盛衰变换,以及在日俄战争、农民反抗、辛亥革命、民国动乱、九一八事变等内忧外患冲击下的必然性衰落。对于这包含着内外因素导致的大地主家族的衰败,作者在揭示和批判的同时,也不自觉流露出"无可奈何花落去""旧时王谢堂前燕"的充满个体感情和历史文化记忆的哀悼之情,我觉得这种作者力图在理性化和意识形态化揭示批判中压抑和遮蔽的情感，是《科尔沁旗草原》的地主家族史描写和叙事的一个值得玩味和有意味的内容，它实际为小说的史诗性增添了"潜流"和抒情性与复调性。另外就是与之进行决斗和抗争的农民英雄——大山的成长史，一个体现作者精神价值的巨人传（当然理念大于形象）的形象展现。尽管着墨还有些粗线条，人物行为与性格的描写和揭示还不够充分丰富，但大山那像大地之子安泰般的来自广袤大地的强烈乃至酷烈的复仇精神与反抗意志，已经具有史诗英雄在战争中表现出的品格：英勇强悍。当然，就两条线索而言，大地主丁家的发迹史写得更为充沛，而农民大山的反抗史和斗争史写得比较理念化和没有完成，"人的形象中，增添了至为重要的活动变化的因素"，但"主人公其人同他的命运和境况不相吻合……没能完全体现出人的精神"。① 小说就是在地主家族的野蛮性压迫与农民的烈火般反抗的阶级斗争和战争的氛围里，将家族创业史与农民抗争史交融在一起，从而使小说呈现出为30年代一般左翼阶级斗争主题小说所稀缺的史诗性与洪迈性。

而长篇小说《大地的海》和《大江》，以及《遥远的风沙》《浑河的急流》《风陵渡》《螺蛳谷》《柳条编外》等中短篇小说，则直接地通过抗日民族自卫战争的大环境与大时代描写和展现"民族战斗员的成长史"，表现浑身沾满灰尘和血汗的"人民英雄"觉醒、反抗、战斗的历程，以及他们战斗的激情状态与英勇，即如何在神圣的民族自卫和解放战争中荡涤掉身体与精神的尘埃，如何在战争的熔炉中经过"淬火"和冶炼得到升华与"圣化"、从"顽铁"变成"好钢"、从农民成为民族英雄。特别是《大江》中的东北农民铁岭，在民族战争和民族大义的驱使下，从山里的猎人变成了战士，从东北转战到山西、华北和华中，战争的严酷惨烈、空间的巨大转换、经历的跌宕起伏、成长的历经艰辛、个人解放与民族解放的双重磨炼，这些描写和叙事与古代史诗描写战争英雄的模式与结构显示出鲜明的"互文性"，类似于中国版的"特洛亚战争英雄传"和"巨人传"，与黑格尔和巴赫金揭示的史诗英雄的时代、

---

① 巴赫金.史诗与小说［M］//巴赫金文集：第3卷.白春仁，晓河，译.石家庄：河北教育出版社，1998：40.

环境、战争、奇特经历的诸种要素，具有相当的相似性。同时，尽管端木蕻良在小说中刻意追求描写"民族战斗员的成长史"、写他们在民族战争严酷环境中经历的复杂性和成长转变的艰辛性，但揆之于小说的实际呈现，我们看到的却仍然是从"顽铁"变为"好钢"的农民英雄、民族战士性格的淳朴性、单一性和爱憎分明的强烈性与鲜明性，并未具有复杂的性格深度和广度，这一点也与古代史诗中的人物和英雄的性格具有类比性和相似性。

当然，作为现代的、具有时代性和党派性的作家，端木蕻良在战争小说中的英雄叙事，并未一味仿照古代史诗的模式。黑格尔曾经指出荷马史诗和世界各国史诗中具有一种命运观念和悲剧观念，即使史诗英雄性格鲜明、行为英勇，但是神秘的命运使他们避免不了悲剧的结局，所以史诗英雄也往往是悲剧英雄。而端木蕻良之所以说自己喜欢巴尔扎克甚于莎士比亚，就是因为后者作品和人物无法避免的悲剧命运，命运观念的作祟使得莎士比亚戏剧缺乏巴尔扎克小说编年史的客观性和深度。当然，这只是端木蕻良的一己之见，是否准确另当别论，而端木蕻良自己就是要以这样的理解和认知去超越和剔除古代史诗的悲剧和命运因素，以描写和表现现代的民族战争中中国的战士与英雄行为的神圣性和正剧性，凸显他们是不可战胜的、不受命运支配而受民族大义和历史正义感召的"无敌英雄"，这样的英雄自然没有由不可捉摸的命运造成的悲剧。表现在小说里，就是《遥远的风沙》里煤黑子的勇闯敌关、身冒神矢弹雨而安然无恙奇迹生还，是《大地的海》中艾来头父子起义抗敌后如苍松一样屹立于群山，是《浑河的急流》里草原儿女烈火般的暴动与家族历史和英雄精神的血脉连接，是《大江》里铁岭身经百战、遭遇无数艰难险阻、奔波转战于长城内外大江南北而顶天立地的英雄完成和定格。

这种反悲剧、逆命运的战争英雄的定位，很大程度上与作者主体性的战争认识密切相关。在荷马史诗等古代史诗中的悲剧英雄，除了受制于命运观念外（命运观念与生产力和科学、哲学水平等时代整体认识有关），还与对战争性质的认识有关，在那个时代，战争是没有正义与非正义之分的，战争的壮美、残酷和巨大都是战争英雄成长和完成的环境，战场就是英雄的用武之地，不管劫掠还是被劫掠、侵略还是被侵略，战争英雄都是值得歌颂的。史诗的任务就是如实描写战争和英雄，也就是黑格尔强调的史诗应该具有"客观性"而力避主观性。尽管黑格尔认为只有民族之间的具有世界历史模式的战争才能够进入史诗，而这种世界一般的历史模式其实是西方文明中心论色彩的文明与野蛮的分野。与此不同，端木蕻良小说里的战争，作者是有明确的正义与非正义的价值判断和认识的，并把这种强烈的主观认识和价值判断投放于其中，在生产力水平落后于日本的反抗侵略的中国农民和士兵在战争中的英勇行为，代表着历史与伦理的正义性，因此他们不受命运的支配，即使流血牺牲也不是悲剧而是壮举；他们也会遇到困难或暂时的失利，但是却不会成为"失败的英雄"而是必然走向胜利。如此一来，端木蕻良笔下的战争及战争英雄等史诗性叙事和描写，就不可避免地具有了主观性和倾向性。这种与古代史诗的命运、悲剧和客观性背反的描写，恰恰是端木蕻良以战争环境表现现代民族战士和英雄的有意为之，是他的小说史诗性构成因素之一。

二

文学中的史诗性与传奇性和浪漫性是分不开的，西方美学就认为史诗是一个民族的传奇故事、书或圣经，事实也确然如此。不论西方还是东方的史诗与创世神话，都是由传奇故事构成的，苏联著名文艺理论家巴赫金就把古代希腊小说和史诗与传奇性联系起来。中国藏族、蒙古族的史诗里也不无充满着传奇故事和神话思维。汉民族虽然由于过早地进入农耕文明而没有产生史诗，但上古的神话《山海经》多是传奇故事，并影响中国隋唐之际的志怪和传奇的产生与发展。史诗性、神话性与传奇性往往紧密包容。

这一特点在端木蕻良小说里也得到鲜明体现。端木蕻良出生的东北大地，在中华民族的版图和构成中，先天地就带有一种神奇性，由于自然地理条件的雄伟特异，土著民族的多样性和主体性，以田猎游牧为主形成的生产方式与生活方式的久远性和精神影响性，加之长时期处于中国文化的"化外之地"和边缘地带，使得那里成为神奇的土地，从中华民族核心地区和主流文化的视角看，是充满神奇性与陌生感的。这种土地与环境自身的神秘性，对作家端木蕻良的童年记忆和主观心态构成了内在的影响，成为一种文化心理积淀和文化记忆。"当我想起儿时记忆的时候，我想起那参天碧绿的白桦林，标直漂亮的白桦树在原野上呻吟；我看见奔流似的马群，深夜嗥鸣的蒙古狗，我听见皮鞭滚落在山涧里的脆响；我想起红布似的高粱，金黄的豆粒，黑色的土地，红玉的脸庞，黑玉的眼睛，斑斓的山雕，奔驰的鹿群，带着松香气味的煤块，带着赤色的足金；我想起幽远的车铃，晴天里马儿戴着串铃在溜直的大道上跑着，狐仙姑深夜的谰语，原野上怪诞的狂风……"①"跟着生的苦辛，我的生命，是降落在伟大的关东草原上。那万里的广漠，那红胡子粗犷的大脸，哥萨克式的顽健的雇农，蒙古狗的深夜的惨阴的吠号，胡三仙姑的荒诞的传说……这一切奇异的怪忒的草原的构图，在儿时，常常在深夜的梦寐里闯进我幼小的灵魂。"②端木蕻良在他的不少文章中，都如此这般地谈到故乡的广大寥廓和神异怪忒带给他难以割舍的血肉记忆和永恒影响，而这样的记忆和影响，在很大程度上作为潜流进入他的写作和文本，既造成他小说里描写的地域空间和文学空间的巨大寥廓，也参与形成了与史诗性伴随的传奇性特征。

端木蕻良小说的传奇性，与内容相映衬，首先体现于自然地理与环境景物的特异。对风土和环境因素的重视和追求、童年形成的文化心理记忆、对创作内容特异性的打造和绘画的才能，使得端木蕻良小说的自然景物呈现出强烈的特异性，如《遥远的风沙》的开篇，写"双尾蝎"一行改编土匪的悲壮征途上，弥漫着蒙古荒原的风尘，嗷嗷的马啸，神秘巫婆似的苍鹰，灵巧奔窜而又有点神经质的黄羊子，它们和平野远山、古道风沙一样，为征人的言谈风貌、步履行事点染塞外风情的奇特与险峻。"四方屏障""五路咽喉"每个字有一亩大的寿桃山峭壁上的题咏，点将台、舍身崖及其悠远的传说，都尘封边塞风俗的历史。这种地理环境的险峻奇美，既是景物也是暗示：一个不凡的故事将要在这里发生，具有古代传奇和唐代边塞诗派的意境。

---

① 端木蕻良.土地的誓言[M]//端木蕻良文集：第7卷.北京：北京出版社，2009：479.
② 端木蕻良.大地的海·后记[M]//端木蕻良文集：第2卷.北京：北京出版社，2009：206.

与《大地的海》的开篇对土地的描写一样,这篇小说开篇的景物自然的描写,堪称现代文学作品中的绝唱。类似的景物环境在端木蕻良小说里屡见不鲜,如《大江》里描写东北农民铁岭在深山打猎时,自然环境的粗野神秘与萨满教跳大神的人文景象融合,构成了一幅特异的东北自然的原始蒙茸的景象,而随着铁岭参军参战、保家卫国经历的次第展开,险峻壮伟的山河土地也一次次以其特异风貌暗示与揭示人物命运的起落开阔。不独东北的大地山河如此,在小说《风陵渡》中,黄河的激流与历史文化的沉淀——艄公破船上座前的对联:"艄公上马云里站,众位弟兄把令传",桅杆上贴着红纸上书:"大将军随意观山景,二将军开路先行"——景色的雄浑与风俗民情的融合,使得黄河艄公马老汉与敌同归于尽的沉船义举及民族精神,在自然的雄伟与历史的魂魄中得以渲染和宣示。

其次,在特异性环境中,端木蕻良小说着重描绘了故事、情节与人物性格和行为的传奇性。在东北作家群中,如果说萧军笔下的故事是新颖别致的,萧红笔下的故事是落寞淡雅的,那么,端木所选择的故事则是奇谲怪异的。端木小说的选材是重大而宽泛的,虽然他曾广泛描写过城乡世界里的各色人物,讲述过各种吸引人的故事,但有一点却是相对集中的,那就是他所选择的故事都不是平常生活所能见到的,这些故事总是带着许多怪异、超凡的传奇。从塞外风沙改编土匪的惊心动魄(《遥远的风沙》),到山野女性决绝的复仇冲动(《浑河的急流》);从两块"顽铁"在民族战争中流浪式的生死故事(《大江》),到东北农人抗日狂飙中的爱恋情仇(《大地的海》);从草原大地主家族的神秘发迹(《科尔沁旗草原》),到草原英雄与胡子的激烈交战(《科尔沁旗草原》)……从中都可以看出端木在选择故事情节时确实存在着"怪异传奇"的癖好,他的长篇小说《大时代》残卷的副题名直接就叫作"人间传奇第五部",可见,端木对寓于故事情节中的传奇品格的执着构想和追求。

在表现和凸显阶级压迫与反抗主题的作品中,《科尔沁旗草原》中描写的丁家从逃难的灾民到通过欺骗、压榨而成为大地主的过程,其实就是一部家族传奇,这传奇性的特征之一就是它的奇幻性、偶然性与暴烈性。日本学者曾经指出西方人19世纪来到东方后对东方历史的描述,就是压抑和遮蔽东方的特殊性而把东方各国的历史都整合、规律化为"一般的世界史模式",即东方各国的历史都是按照西方历史的模式产生和发展的。同样,在中国30年代左翼政治文化和文学文化中,也存在把中国各地方农村社会自古就存在的"朱门酒肉臭,路有冻死骨"的不平等现象,泛化和规律化为一般的"阶级斗争"的模式。作为左翼作家的端木蕻良的思想认识也未脱此窠臼,在描写带有自己家族史色彩的东北地主家族的产生与变迁时,也想将其纳入一般的流行模式。但是,如前所述,地域文化的特异性、童年记忆的特异性和文学写作中经常出现的创作方法反作用于、超越于世界观和认识论的规律的共同作用,又使端木蕻良在进行具体现象和形象的描写时,超越了一般性、模式化的窠臼,既痛恨又不无留恋和悲悯地写出了东北大草原地主家族崛起和行为的特异性、偶然性、非常态性和非规律性,使他描写的地主家族史带有鲜明强烈的传奇色彩和神话色彩。而农民的反抗,也带有那种传奇性和酷烈性,不论是《科尔沁旗草原》中农民大山将地主少爷绑架于山林的行为,还是《憎恨》中农民把地主管家烧死于淫乱的热炕上的"烈火"之举,尽皆如此。端木蕻良笔下的这种农民对于压迫者的反抗,与30年代左翼文学中那种与政治意识形态亦步亦趋、中规中矩的"斗争"模式,显然具有内涵与色彩的极大不同,它们与没有阶级斗争说教时代的古代小说中的游侠义侠、替天行道的农民英雄,倒是具有很多共同性。

而在描写那些端木蕻良为之动情讴歌的抗日英雄身上,为民族生死赴汤蹈火的英勇、担当历史正义和民族道义的情操,无不凝聚和表现于他们那传奇般、异于常人的人生经历与战争经历中。像《遥远的风沙》中描写的土匪煤黑子,绰号"双尾蝎",平时为匪作恶多端,即便在带领抗日义勇军突破敌阵前往收编的路上,也是劣迹斑斑,令人厌恶。然而,就是这样一个浑身充满罪恶和劣迹的土匪,受大当家指派带领义勇军前去收编土匪共同抗日,戴月出发,迷路荒野,会使双枪的队长"双尾蝎"却能凭借一块鹅卵石、一片白贝壳辨认出方向和远近;当面临敌人包围和阻击时,经过激战,队里将士生者寥寥,队伍被迫撤退,"双尾蝎"断后,他又神勇过人,独自退敌掩护队伍,激战后巧用"诈死法"脱险。当大家都以为他死于与敌人的激战之际，他却倒骑战马奔驰而来，"他把马一拨，盒子炮从腋底下伸出，往两边一抹，效果是和手提机关枪一样，然后单跨蹬，向马肚子底下隐去……他逃走了！——而且能两手同时'上'两连子弹在两个枪膛里"，其大勇的性格、大起大落的行为和近乎神技的武功，无不散发着传奇人物的特异性和古之"游侠列传""异行传"中人物的禀赋。《浑河的急流》里猎人金声能够把飞刀准确无误地投掷在树皮上的"日"字中（日本），水芹子花木兰式的敢赴国难和不爱红妆爱武装的"女儿风流"，《大地的海》《大江》和那些以抗战为背景的战争作品里，主人公百战不死、多难成钢、神勇过人、神技超众、无坚不摧的性格和行为，也大都异乎常人，使人在阅读中常有金圣叹批注《三国演义》时"真神人也"的感叹。最富于传奇品格的战争叙事是主人公铁岭（《大江》）的战争流浪传奇，铁岭参加战争的方式是流浪，他的生命情态也是流浪，而他战争中的生命意义很大程度上也在于流浪。通过流浪这种生命情态，展示了战争历史的一个个旋风般的场面和瞬间：铁岭参军入伍为抗战却首先遭遇的是镇压北平一二·九学生运动的肉搏战；随后参加雁门关和平型关伏击日军的战役；改编山西土匪李三麻子的激战；最后到保卫大江的战斗……都如旋风般地突兀出现，与主人公铁岭流浪式的行踪相映成趣，从而形成了端木笔下独特的战争流浪传奇。其中在山西改编大批土匪的险境和壮举，竟然是在一夜之间完成，诸葛亮舌战群儒的智慧和《水浒》英雄般的性格、非凡的胆识与能力，无不散发着浓郁的传奇色彩。战争本来就是人类社会中的异态和超常事件，本身就有巨大的传奇性和不可预测性，战争时代英雄的起伏跌宕和人物的悲欢离合，都迥异于和平时代。当作者以悲愤和激昂心态去描写拯救民族于危难、拯救人民于水火的战争英雄和大勇人物时，更容易关注、放大和夸饰寄托着自己情感与意愿的伟岸神奇、惊天动地、震山河泣鬼神的传奇性行为。端木蕻良小说里那些战士以英雄的行为的神奇性，也应该作如是观。

即便在描写非战争状态的常态的生活中，端木蕻良也擅长和有意扫描与摄取非凡的人物性格、行为和场面，以造成和凸显人物性格命运的传奇、日常生活的不凡。《朱刀子》里主人公的神技在身、义勇义胆，俨然民间刀客行侠仗义、快意恩仇，虽是太平年景普通人生，底下却涌动着大隐隐于市廛的传奇不凡。《雕鹗堡》里的少年攀爬悬崖英雄的行为，更像是一个神话故事，弱小身躯里的坚强意志和为达到目的漠然生死的冒险，透出和演绎的是少年英雄的不凡。其他如《被撞破了脸孔》《吞蛇儿》等，也都在哀顽烦琐的人生视景中截取震人心魄、平凡中蕴含神奇陡转的一面，小说所"传"，多为奇人异事，尽得武侠神魔志怪传统之风流余韵。

　　为了增加小说的传奇性，端木蕻良还经常在作品中有意加添"作料"，裨使小说逸趣横生，神奇再现。这作料和方法之一，是多用象征、神话似的大胆想象和设景，使作品既有现实的寓意，又有非现实的虚幻和神话性。在《浑河的急流》中，为了给东北农民猎人不堪伪满洲国压迫暴动抗敌、猎枪击寇的壮烈行为增添历史的渊源和血脉，小说通过水芹子的猎人父亲"痛说家史"的方式，把自家和村庄丛姓猎户的姓氏由来，追溯到明末清初的文豪兼侠士金圣叹，金圣叹慷慨赴死后，家族后裔为躲避祸灭九族之灾，逶迤逃难到东北草原，并改姓为丛。这家族史和姓氏由来是否合乎史实并不重要，重要的是家族史的传奇性和传说内涵的历史与文化韵味，传说和神话要达到的旨归是现实里反抗外敌义举的既被动又主动行为中的历史因子，如此一来，金声的神技和水芹子那旷野女儿的豪迈神奇、村民猎户的集体崛起殊死抗争，一切的传奇性神勇性行为都其来有自、源远流长。《大地的海》中艾老爹和儿子来头为保卫母亲般的大地和血海似的红高粱、掀起暴动抗敌后逃到大山里，面对山上郁郁苍苍的松树的神姿，小说也加入了神松的传说，这传说把清光绪以来神松的每次咆哮，都与人间对暴政和外敌的大规模反抗连接，把人民的抗敌行为的历史性和壮阔性予以诗性描绘。而《科尔沁旗草原》和《大江》里大段萨满教跳神的场面与描写，不仅仅是为小说的传奇性增添宗教氛围，更为小说的家族史、抗战英雄史的史诗性，追寻和营造浓郁的原始蒙茸与壮阔神奇。之二，端木蕻良还在小说的描写叙事方法和结构布局上，频繁使用借鉴于电影的蒙太奇手法，场面与画面的大开大阖、连接陡转、时空腾跃，与小说所要表现的内容有机融合，为史诗性、传奇性内容熔铸着结构的衬托、视觉的冲击和氛围的布设。端木蕻良之所以时常在小说中借鉴和使用电影蒙太奇手法，一方面是中国现代小说发展的一个趋势，五四以后特别是30年代电影在中国的流行，给予现代作家以很大影响，电影的某些艺术手段自然会进入其他艺术种类，而30年代以后左翼文学具有很强的现代性和先锋性，政治上的激进和文学艺术的先锋性构成左翼文学的二位一体；一方面是作家自身的原因，个人以为端木蕻良除了其文学艺术造诣较高、广泛汲取中外艺术营养从而与诸多作家一样善于借鉴吸纳其他艺术以丰富小说创作外，还与他对小说表现内容的追求有很大的关系，即他欲在小说中表现家族史、农民抗争史、风俗史、战争英雄史并将这些置于广大的时空里，繁复的历史、巨大而壮美的内容、雄强的人物与自然的辽阔伟岸，这些都需要借助最贴切、适切的表现形式和手段，而蒙太奇似的艺术手段恰好可以将那些内容熔铸和衔接起来，从而表现和传达出与小说内容相称的洪荒蒙茸性，强化了小说的传奇色彩，也使得艺术形式和方法成为有意味的形式，即这样的形式积淀着内容的因子，或者自身就成为内容的有机组成部分。

三

传奇性与浪漫性和神话性往往密切相连。传奇中有浪漫，无浪漫不传奇。而浪漫与大胆想象、神话、远古、回到过去和童年记忆又往往联系在一起。

曾有学者认为端木蕻良的创作类似于"印象现实主义"，其实端木蕻良在创作上是多面手，多种创作方法往往杂糅于写作中。写实中有浪漫，传奇中有常态，宏大叙事、家国史传中有儿女呢喃。早在写作《科尔沁旗草原》时，端木蕻良就一方面把大地主家族的历史写成"压迫史"与"恨史"，一方面又在这"痛史"和"恨史"中夹杂了"父亲"的"哀史"和少爷丁宁的罗曼史，在意识形态性的批判写实与家族创世神话般的暴与哀的纠结中，立体地呈现出东北大草原的史与诗。其他的在民族战争的生死描绘中表达民族再生与国家复兴诉求的小说，其鲜明强烈的传奇性本身，就都带有民族英雄神话的因素与色调。特别是抗战进入相持阶段以后，国内政治气氛低沉。1940年发生了皖南事变，太平洋战争和香港沦陷随后而至，大后方进入了低气压和密云

期，作家诗人们抗战前期激昂高亢心绪一变而为悲愤苍凉，于是，抗战初期作品中壮气逼人的血与火的场面、激情式的呐喊次第退场和冷场，作家们纷纷转向写历史，写神话，写童年回忆，写内心苦闷和浪漫爱情。一种写实的、略带忧郁和哀伤的浪漫主义弥漫了文坛。

端木蕻良此时和妻子萧红在香港度过了几年平静而又寂寥的生活。日军占领香港后，萧红病逝于兵荒马乱的香港。此后端木的心境愈加寂寥，抗战的激情文字已难以在他的笔下喷薄而出了。1942年，他只身移居桂林后，有一个短暂的相对宁静的创作阶段。前期的牧马扬鞭、大江东去式的史诗传奇、战争英雄的激昂，转变为小夜曲式的浅斟低唱，中西方浪漫主义普遍具有的回到神话、古代、过去和异域的情绪与倾向主导了此时端木蕻良的写作。于是，前期创作中作为要素的神话性笔墨，在此时化为神话题材和怀旧、童年题材的作品。两篇童年少年记忆的小说和三篇希腊神话小说，就是这种时代和心态凝聚的结晶。

《初吻》和《早春》是端木童年恋情自叙传体的小说，两篇小说的同一主人公小兰柱就是端木童年的"自我"形象；《初吻》题记的两句诗"鸟何萃兮蘋中，罾何为兮木上"，可以说是对小兰柱童年奇恋故事的艺术概括和理解。十几岁的小主人公兰柱爱上了比他大一辈的灵姨，但灵姨却成了兰柱父亲的情人。小说中虽不乏纯情动人的笔触，但灵姨又被兰柱父亲抛弃这一残酷的现实，击碎了小兰柱心中的美好憧憬，使他刚要长大的稚嫩的心受到了很大的冲击而又变得更加幼弱，所以在故事的结尾，小兰柱在痛哭的迷蒙中把灵姨当作妈妈，并在她的怀里睡去。这种少年不伦和畸恋心态的描写，由于作家的真挚情感和对人的心灵世界的真诚关注，使读者心灵受到震荡和冲击，而不自觉地与主人公共同忧伤哀泣。《早春》中小兰柱与金枝姐一见钟情的奇恋、因误解而产生的始乱终弃式的结局和阶级的鸿沟，作者是以他钦佩的托尔斯泰的人道主义、《复活》提倡的道德自我完善和他多次提到的"忏悔贵族"精神予以描写和表达的。

而《蝴蝶梦》《女神》和《琴》三篇希腊神话改编的小说，与《早春》《初吻》明显不同的是：后者情浓于、大于思，前者人生哲思大于激情抒发。

《蝴蝶梦》中演绎人神相恋故事的菠茜珂和伊洛丝，通过他们真诚的努力，消除了疑心，最终赢得了宙斯的帮助，获得了永久的幸福与婚姻。这篇包着神话外衣的小说，有许多现代恋情的心理描写，另外两篇中这种情况也不少见。透过这些心理描写，我们可以看到：无论是牧羊人（《女神》）睡梦中与女神的传奇恋情，还是山林女神对爱普罗（《琴》）又爱又惧的复杂情感，还是菠茜珂消除怀疑的爱情故事，与《早春》《初吻》中的故事一样，都表述着同一个爱的哲理：爱的力量能使人超越了辈分与地位和所有的伦理、政治与道德的界限。不过由于爱中不能抹杀的些微的负面情感或现实的壁障，也能使恋情失败。所以爱普罗得到的是山林女神所变化的一株月桂树，牧羊人只能永远在睡梦中呢喃着恋语，只有菠茜珂在主神宙斯的帮助下，喝了长生不老药，方获得爱的永生。至此，神话故事包含和隐喻人生哲理：有爱便会有痛苦；有对幸福的追求便会有可怕的残忍现实。只有超越凡间和冲破种种有形与无形的限制，才能得到美满或永恒。从这样的故事和寓言中，不难看出端木在战争洪流中反思个体生命的价值，思考着人的情感与欲望的负面效应，思考着人与人生的哲学问题，在传奇化的、富有诗的意境的神话中寄托着个体从爱与哀中振作重生的意愿和倾向。

在中国现代文学史上，作家诗人常常出现这样的心态与倾向的变化。五四时期郭沫若在女神式的呐喊和狂飙突进后，也曾一度梦想着天上的街市和清静无为的太古，抒发着对《瓶》中花、已逝爱情的一唱三叹和哀婉心曲，在古代题材、神话传说和爱情梦幻的呓语中寻找自我解脱和寄托之道。这样的现象屡见不鲜。40年代抗战的最艰苦时代，端木蕻良和大后方普遍出现的历史与文化寻根、个人记忆与自我处境的叹惋、对少年与青春时代激进叛逆与大胆否定的忏悔、家国出路与未来同自我关系的思考、现实批判与历史反思的并举……是那个时代中国文学与文化的一道极有意味的风景，如骆宾基《北望园的春天》、巴金的《憩园》等。这种具有文化和历史寻根与反思性的文学，固然不排除在压抑苦闷时代于神话、历史、记忆中寻求自我解脱之道纾解哀伤之情的个体因素，但如果某类文学现象成为普遍的倾向和风景时，就具有了远大于个体的集体和历史意义，内含为历史、苦难、战争和民族国

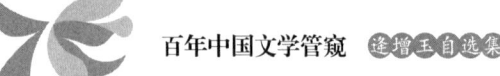

家现状探询集体和个体的责任与是非、合理性和正义性与否的拷问。在家国蒙难、离乱频仍的大时代，端木蕻良写这些童年记忆、儿时往事、情窦初开、畸恋不伦、贫富无情、神界恋爱的故事，既是动乱时代家国不幸、个人哀伤等复合心曲的抒发，在回到过去、往事和神仙眷侣中寻找心灵的慰藉和宁静，也具有40年代"寻根文学"普遍性的为个人伤痛和国家忧愤探寻历史与文化、个人与社会深因的意绪，是爱情和哀情小说也是历史文化小说，是童年记忆也是历史记忆，是写实的也是抒情的，是现实主义的也是浪漫主义的，是儿女情态也是传奇志异，是回忆更是主观想象。

从端木蕻良整体的创作历程来看，他此时此地的回到神话和童年往昔题材的捡拾与倾向倾注，是对史诗、传奇、宏大叙事的弥补和另类展现，在这个领域，他只是暂时变化了一下方向，调整了自我的心态与姿态，骨子里和那个大时代没有脱离，而是同呼吸与共思考，与自己的一贯的创作追求没有本质的游离，而是存在幽远的精神链接。所以，这些小说仍然带着东北大地与文化传染给他、渗透给他的历史与文化的情愫，仍然是他宏伟创作的有机构成，仍然带着浓郁的端木蕻良的大野之风和文学之风，他没有离开自己，而是展现了另一面的自己。而多个方面的展现，方构成端木蕻良小说的风貌、诗学和价值。

2012年6月25日于北京定福庄

艾芜《百炼成钢》与工业文学的书写及问题*

艾芜对中国现当代文学是有重要贡献的作家，他的《南行记》以现实主义与浪漫主义交融的创作方法，与东北作家群、叶紫、沙汀、马子华、周文、万迪鹤等大批来自内地边地的作家一样，以特异瑰丽的自然风景与人生视景，不仅丰富了左翼文学的结构格局，也为以京海为代表的中国新文化、新文学发源之地和文化文学中心，输送和带来新的文学资源、经验、气象和品貌，在现代文学的京海构造之外，实际上不断地重组和改变着中国现代文学的中心——边地（边缘）构造，不断地冲击和丰富着京海构造与中心面貌。没有这些不断出现的来自内地边缘、边塞边疆的文学新人新作，新的文学世界、文学经验与血液，现代文学的中心将成为无源之水和无木之山——除了老舍笔下的北京、茅盾张爱玲和新感觉派笔下的上海，中国更广大的空间世界的气象，更丰富的文学人生视景，大多与内地边地息息相关。此外，艾芜的文学世界中对旧时代女性的苦难人生与倔强的求生意志的悲悯性抒写，对内地和四川故乡黑暗王国的揭露批判，对鲁迅启蒙主义思想和文学传统的继承以及落后内地农民苟安懦弱的哀其不幸怒其不争，都在现代文学史上卓有建树。而且艾芜是紧跟时代步伐的作家，自从20世纪30年代执笔写作，几乎每个时代都有创作，写作题材范围涉及的地域与社会文化空间极其广大，云南，中缅交界，缅甸，南洋，四川内地，东北城乡，都进入他的视野。与艾芜齐名的四川作家沙汀的创作，题材范围就没有艾芜的这样广阔，而且如一般民

---

* 本文原载于《当代文坛》2019年第5期，收入本书时，略有改动。

国时代开笔创作的作家一样，1949年后，他们几乎不再创作虚构类文学。艾芜则不然，新中国成立后，他依然笔耕不辍，1952年3月，艾芜即偕妻子王蕾嘉到鞍山钢铁厂深入生活，历时16个月，此间他担任该厂总工会文教部副部长一职，这样的经历最终使他写出了长篇小说《百炼成钢》，属于50年代与60年代十七年工业题材小说中销量和影响最大的作品之一，1962年，他又到云南体验生活，写出了《南行记续编》等作品。

然而遗憾的是，目前几乎所有的当代文学史，对十七年工业文学或者一掠而过，如洪子诚的《中国当代文学史》；或者几乎不提，如严家炎主编的《二十世纪中国文学史》。其他各种文学史也大率如此，周立波的《铁水奔流》，艾芜的《百炼成钢》，草明的《火车头》与《乘风破浪》，白朗的长篇小说《在轨道上前进》，杜鹏程的《夜走灵官峡》《在和平的日子里》等，都几乎消失在文学史视野里。提到艾芜就是《南行记》，提到杜鹏程就是《保卫延安》，他们在1949年后的工业题材写作几乎不被提及。当然，任何文学史都不可能包罗万象，把所有的作家作品和文学现象都写进去，总要有所筛选取舍，特别是随着时间轴线的延长，取舍和筛选的尺度越来越严格，文学史只能把那些被历史和历代读者接受的经典性作家作品吸纳其中，因而像艾芜的长篇工业题材小说自然就被遮蔽不见了。本文的目的不在于为艾芜和工业题材小说翻案叫好，而是想通过研究，从文本内外探寻这些工业题材小说的写作模式和内容装置是怎样的，时代、政治、意识形态、对工业化的人生与审美掌握等因素，如何导致这些工业题材小说的缺陷——他们遮蔽了什么和为什么遮蔽，为什么这些著名作家写农村、革命、战争、内地、边地、农民都能写得有声有色成为经典，为什么涉足新中国的工业建设和工业化题材，作品的艺术水准和影响力就极大下降，甚至在当时具有很大的影响力，而一旦时过境迁，就被文学史淹没和读者遗忘——政治和时代固然是其中主因，但是同样有政治和时代原因而被一度诟病和文学史遮蔽的柳青的《创业史》，却一直留存在文学史中，并一直对当代陕西作家群如路遥、陈忠实等人产生久远巨大的影响。相反，这些工业题材小说却没有这样的命运，甚至成为这些著名作家一生创作中的蛇足之作。简言之，关键和根本的问题不是写了什么，而是写得如何？为什么写不好工业文学？这应该是中国现当代文学的历史之问。

一

艾芜谈到《百炼成钢》的写作目的与宗旨，是表现经历过新旧社会的"今天新的一代中国人，怀着光辉灿烂的理想，具有无穷无尽的勇气和不畏任何困难的精神，在旧的社会里战斗过，而在建设今天新的生活中，还正在付出更为艰巨的努力……我就是想把新的一代中国人写出来"，[①]"我在《百炼成钢》中，试图把中国社会主义工业建设中的新人写了出来，并说明新人是锻炼出来的，而且还须不断地锻炼下去"。[②] 新中国成立前后以东北工矿企业为背景的工业题材文学，其中的重要主题和叙事就是表现新的历史力量——工人形象和工人阶级的登场与成长，草明等人的工业题材小说基本如此。来陕甘宁解放区、参加和经历了延安文艺整风的草明、周立波等人，具有如此的文艺观与创作追求理所应当，艾芜与他们虽然都曾经是30年代的左翼作家，但毕竟艾芜来自国统区，两支文艺队伍虽然在1949年第一次文代会上"胜利会师"，实质上两支队伍来自的政治区域的不同，彼此还是存在未能言明的政治等级的差序格局。尽管如此，艾芜在新中国成立后能很快地与来自解放区的作家们一样写出"同质"化的工业题材小说，的确体现出艾芜与时俱进的追求和能力。

《百炼成钢》以新中国成立后至朝鲜战争时期东北一家大型钢铁企业（鞍钢）[③]为背景，一方面写了大型钢铁企业在新中国百废待兴、急需大批钢材之时如何进行工业化生产，成为国家最重要的钢铁资源基地，一方面描写了在

---

① 艾芜.百炼成钢·前言［M］//艾芜全集：第3卷.成都：四川文艺出版社，2014：3.
② 艾芜.为《百炼成钢》的朝鲜译文本写的序言［M］//艾芜全集：第3卷.成都：四川文艺出版社，2014：4.
③ 小说写的钢铁企业表面上不是鞍钢，实质上是以鞍钢为背景和摹本的。

物质生产过程中新一代中国工人及其阶级的"生产"与生产方式——后者是小说的主旨。艾芜以往小说在描写边塞内地农村自然环境与风景时，是很有特色的，自然和物化的景色与人和人的活动具有内在的融合和联系，如《山峡中》的所谓丛林盗贼的"盗"与"匪"的生活和人性，是以自然环境的险峻凶恶为底色的，被不合理的社会排挤到人生夹缝中的各色各样的流浪者漂泊者，是与西南边陲瘴疠热湿的山峦森林环境难以割舍的。同样，初次写作东北工业题材的艾芜，在《百炼成钢》中也出色地描绘了现代化大型企业的工业风景：

> 梁景春首先看到的，是露天的原料车间。正有一列火车，把好多两人高的大铁罐子运走同时又有一列火车，把许多菜碗大的黑色矿石运来，架在铁路上空的巨型桥式吊车，轰轰隆隆地吼着走着，吊起四个装矿石的铁槽子，运送到一座座大房子的平台上。这座大房子，全是钢铁修成的，梁景春从没有见过房子会有这么大。楼上许多地方，没有墙壁护栏，平炉炉门上冒出的火光，可以很清楚地看见，楼下一座座窑也似的蓄热室、沉渣室，以及各种弯曲的巨大煤气管子，显得一片乌黑。金红色的液体，从楼上流了下来。空气中散播着轻微的瓦斯气味……出去的火车一走过，进来的火车一停下，这座庞大的钢铁房子里，传出来洪大的喧嚣声音，就像里面有条大河，水波汹涌，成天整夜在吼一样……梁景春忍不住欢喜地想："真伟大，咱们这条生产线！"

这样的描写，将视觉、听觉、嗅觉和感觉融为一体，把一个从革命老区来的未有见过现代化工业的党委书记眼光中的工业风景，立体动态地呈现出来。而这种在中国现代文学史上比较罕见的、只在新中国成立前后草明等人东北工业题材小说中出现的工业风景，无一不凝聚着人类的智慧、创造和劳动，是在自然界大地上被凭空制造出来的第二自然和空间，其巨大壮观的景观，内含科技、工业的辉煌与在此空间环境劳动的工人阶级的"伟岸"性，是与工人形象和阶级形象的"性状"描写与揭示贴合共生的"人化"自然。所以,梁景春书记的"视景"与"心景"交融中的被赞叹为"真伟大"的工业化空间,就会应然出现小说要表现的伟大的成长锻炼中的工人形象。

这个先进工人形象就是小说写的秦德贵,在艾芜笔下,他一出场就是先进伟岸的,小说主要写他在工业生产中的贡献——他创造了史无前例的快速炼钢法,和在生活中的追求爱情。对此艾芜没有过度美化,而是既写他的先进乃至英雄事迹——最后为抢救高炉负伤,也写了他还不善于团结和带领上下班炼钢炉长和团队的人,在追求爱情上有一定的犹豫迟疑甚至软弱,属于在工业生产和历史时代中成长的新人,是一个尚不够完美的"英雄"。这一点,在小说发表后读者的来信和讨论中,就有人指出秦德贵形象不够高大完美,"还没有充分地从共产主义人生观和共产主义理想的高度去揭示这个共产主义先锋战士的精神品质……有的时候,却又表现得不够坚强,例如对于张福全身上所散发出来的资产阶级个人主义思想臭味,却一再容忍迁就,不敢坚持原则开展尖锐的思想斗争"。① 对此,艾芜以自己的创作原则和目的即表现成长中的先进工人形象,和秦德贵作为先进工人所处的具体环境的规定性,予以了解释和阐释,对那种认为不必写秦德贵的恋爱,只写他如何工作奋斗也能表现出工人阶级先进性的说法,也委婉地表达了他的看法——社会主义新人也是正常的人,也有生理的和情感的合理欲望,从而说明写工人形象与爱情关系的必要性。小说发表于1958年5月,正是中国陷入一步迈入共产主义天堂的狂热幻想的时代,文学中的共产主义新人塑造已然开始了向男女英雄无欲化、神话化、中性化趋向发展的苗头——"文革"中的样板戏是集大成者,所以会出现这些今天读来恍如隔世的文学批评要求。② 而艾芜清醒的回答和解释,表现出一个受到五四以来现实主义文学影响的作家的文学认识与原则。

但是,由于受时代、政治和意识形态共聚的文学观念影响,艾芜在塑造

---

① 艾芜.关于《百炼成钢》与黄祖良同志的通信[M]//艾芜全集:第3卷.成都:四川文艺出版社,2014:301-302.
② 1958年8月,作家出版社出版了《〈百炼成钢〉评介》专辑,可见小说在当时引起的反响。

这个先进工人形象时，不无遗憾地出现了政治化和非历史化倾向。表征之一，就是为秦德贵一出现就具有的先进性，寻找和制造了 50 年代红色经典文学共有的"革命历史原点"，参加新中国成立前的抗日和革命斗争，成为先进人物之所先进的"元叙事"和红色基因，而小说中写秦德贵参加抗日战争时还是少年，却具有民族爱国情怀而投入抗日斗争，这种用意是好的，属于政治正确，但若置于历史环境中显得不真实。从九一八事变到 1940 年，东北的抗日斗争在一度汹涌澎湃之后，在日本关东军现代化武器和较为强悍的战斗力的打击摧残下，已经基本没有了有组织的武装斗争，从小说秦德贵的年龄看，他参加抗日斗争正好是这个时期，这显然不符合历史真实，表明艾芜对东北抗日历史不熟悉而硬性地向壁虚造。表征之二，小说表现 50 年代开国之初秦德贵就是熟练的炼钢炉长，技术纯熟，创造了史无前例的最短时间的快速炼钢法，成为炼钢英雄和"圣手"，却没有揭示和表现他是如何从一个几乎没有受过教育的战士成为现代化企业的熟练工人的，连东北解放区的城市和工业文学曾经出现的必不可少的工业企业必然出现的生产关系——师徒关系，也丝毫未有，好像秦德贵放下战斗武器进入企业就成为炼钢好手，没有任何的拜师学艺过程和师徒关系的描写，似乎政治的正确和革命战士的历史必然带来其技术的高超和精湛——这样的工业文学中的英雄出现和成长，缺失了先进炼钢工人成长的必要环节与过程，以及缺失了真正的工业主义逻辑必然出现的现代性生产关系与人际关系，即真正的工业化"事物"和"风景"中的内涵与装置。

　　对于先进工人周围的环境和中间人物、落后人物的描写，作者的用意是以之作为秦德贵的陪衬。问题在于，共同使用同一平炉炼钢的三个"三班倒"的另外两个班组的炉长的描写，也有表面化和平面化的倾向。其中在伪满洲国时代就在钢厂工作的老炼钢师傅袁廷发，技术高超，爱岗敬业，但他在与秦德贵的快速炼钢的竞赛中，一度出现的私心和自私行为——求进度没有及时补炉，甚至更为了与秦德贵一比高下创造快速炼钢的新纪录，故意以经验和技术掩饰炉顶烧坏而没有及时修补，这是现代工业化和技术化的炼钢过程不允许的，是违背工业精神和原则的损人利己、损公利私行为。还有他不愿意把自己在日本人统治时代偷学的炼钢技术传给他人和徒弟，表现出他作为老工人的保守性和一定的自私性，这样的描写是符合历史真实和环境真实的——从旧中国过来的工人及其阶级，不可能如理论描述的大工业生产方式必然造就他们的先进性。但是对于袁廷发的转变过程的描写，作品同样表现得简单化，党委书记的谈心，家属的督促，秦德贵的榜样的力量，使他似乎一夜之间就彻底转变，而没有表现出转变的细节和过程。

至于对另一个落后炉长张福全的描写，就更为简单，他在炼钢过程中对秦德贵的嫉妒，对工作的偷工减料和糊弄应付以致造成重大事故，以及他在爱情上与秦德贵的竞争，都是受一个暗藏的阶级敌人李吉明的唆使和挑拨，没有揭示出来自农村的农民的小生产者的落后意识对工人阶级队伍的长期影响和腐蚀作用——尤其从旧中国过来的工人，身上难免甚至深严重地存在着并非先进的思想行为——东北解放区在伪满垮台后苏军的劫掠、国民党破坏、解放战争拉锯战期间中共力量也一定程度地遭破坏之际，[①] 大批工人也曾偷盗企业设备机器，所以东北解放区恢复工业生产后，曾经以政府力量鼓励工人献纳机器恢复生产，这甚至成为一种运动，草明的第一部东北解放区工业小说《原动力》也写到了这个问题。而这个问题也从侧面表明了工人个体和阶级整体在旧时代形成的某些落后自私意识和行为。把落后工人身上存在的个人主义和自私自利思想行为，归之于所谓资产阶级，且通过寻找和制造暗藏阶级敌人的手法和模式予以书写，是解放区文学和十七年共和国文学的普泛模式，艾芜不是始作俑者，却以这样的方式处理和表现落后工人，使得小说对新中国成立初期工业企业工人阶级内部的先进、中间和落后三个层次的工人形象的描写，显得过于理念化，缺乏丰满的血肉和立体感，属于小说叙事学的扁平型人物而非圆形人物。

这种现象的出现原因，主要还是艾芜对于工业事物及其内部关系了解掌握得还不够充分，虽然在鞍钢生活了一段时间，但总体上还是不如以往写边

---

① 石建国.从开埠设厂到"共和国长子"：东北工业百年简史［M］.北京：中国人民大学出版社，2016：22-52.

地、内地特别是四川旧时代生活那样熟稔。工业化企业是自然与人类历史上最大的人造空间,极大地改变了自然的面貌与人类的生活,世界各国文学对工业的描写表现都不太成功,而中国是几千年农业乡村文明主导的国度,山林乡村的抒写是辉煌强大的传统和资源,甚至形成了中国人的文化心理与审美心理结构,对于作家写作和读者接受都具有强大的支援意识,工业化进程又是现代中国比较稀缺的事物。因此,在没有传统资源可以借鉴的土壤上,艾芜敢于写作工业文学,本身就是极大的挑战和创造,一下子写自己从不熟悉的巨大化与陌生化的工业风景,出现上述问题也是自然和必然的——相反,现当代中国作家对工业及其内外事物和装置写得极其成功,那倒是奇迹了,文学史上还未之有也。

二

《百炼成钢》出版之后,读者的接受和批评中还谈到了一个很有"大跃进"火热时代的政治批评特色的话语,即小说没有写出党委书记的丰满形象,以及党对企业如何领导的问题。对这样的批评,艾芜倒是接受了,自己也认为党委书记梁景春形象确实着墨不够,书写欠立体、生动和丰满。其实《百炼成钢》的时代背景是新中国成立初期,对于党及其干部如何领导工业化,还是一个遇到不久、尚未完全处理好的问题。在抗战胜利后中共派出三分之一的中央委员和两万干部到东北建立根据地时期,曾经在白区和上海等地领导工人运动和革命的东北局领导之一的李富春、陈云等人,就提出了革命即将胜利、大批来自革命老区和农村的干部进入城市、接管城市和工业时,要学习如何以现代性方式管理城市和工业、老区干部的思维和能力转型问题。这是个严峻的考验,毛泽东同志也认为从农村进入城市是一场考试,共产党人要经得起考试。所以《百炼成钢》写的党委书记与如何管理企业的问题,是时代提出的课题,革命成功不久的执政党在这方面还没有成熟的经验和经历,艾芜也是生平第一次接触现代化联合企业,实际经验的缺乏和对于工业企业出现的新的政企关系、生产关系、社会关系、人际关系的观察思考的不成熟，使《百炼成钢》在这方面的描写表现当然不会全面和深刻——这是一个时代和国家尚未解决和处理好的问题，不能苛责于艾芜。艾芜的小说倒是与几乎同时期的专写东北工业题材的草明一样，提出和表现了党委书记代表的政党权力和责任，与企业管理技术领导人的权利和关系如何处理的问题，业务技术干部与党政干部的矛盾和矛盾如何化解的问题。小说中，党委书记平易近人、善于与人谈心、善于发现问题、善于从阶级政治斗争角度发现"敌情"与"敌人"，具有将物质工业生产与新人的生产且为国家建设提供物与人的资源的政治高度和领导能力，是单纯以管理和技术领导企业的技术厂长所不具备的，对二者的如此描写和处理显示了共和国工业文明的一种模式的端倪：政治正确的党委书记或党的干部"圣徒降临"般地来到企业，团结工人群众，发现存在问题，以政治敏锐和领导能力及时化解和处理问题，成为企业发展的"舵手"——上帝与牧师型人物。而迷信技术和工业化管理的专家型厂长则几乎都会一度出现"迷失"，迹近于"迷途羔羊"，在危急时刻被书记党干部"拯救"而后"迷途知返"，从负面型人物向正面型转变。这是中国的工业文学叙事，与曾经以之为榜样的苏联工业文学与西方的工业文学最为鲜明的不同。为什么会这样，这是饶有意味和值得深入思考研究的问题。

但是与草明的《火车头》《乘风破浪》等东北工业题材小说相比，在表现党委书记的"天使降临"、正确高明与一度糊涂的技术厂长之间的矛盾及矛盾的解决、以体现政治和意识形态要求党领导企业是中国特色社会主义工业化必由之路方面，艾芜的小说的问题不仅仅是党委书记形象的单薄和党如何领导企业问题表现不够，更大的不足是艾芜的《百炼成钢》与草明等人的作品一样，在新中国工业题材文学中首次触及和表现了属于政治革命性与工业现代性关系及其逻辑的"工业风景"和装置问题。书记与厂长之间的关系和矛盾实质内含的就是这样的带有普遍性的问题。同时代的草明的工业小说《火车头》，写到了来自陕甘宁老区、曾经管理过一个农业大县的书记，在接管日本遗留的有几十个分厂的现代化联合企业之际，必然出现了缺乏经验、革命和农业工作经验无法提供支撑，以致带来管理混乱等问题，作品涉及和表现了解放区干部从熟悉农业到熟悉工业的"蜕变"过程，干部和政党从革命性向现代性的转型问题。《乘风破浪》则是在"大跃进"的背景下,同样写鞍钢的党领导与强调专家治厂的技术专家型厂长,在如何加速大炼钢铁和完成工业指标中的"两条道路"的矛盾,已经不仅触及了政治革命性与工业现代性的关系和问题,还更为深入地涉及和表现了中国式社会主义工业化与强调专家治厂、技术挂帅、与人类工业革命以来科技理性和工业主义逻辑一脉相承的苏联式社会主义工业现代化的关系和矛盾问题,即所谓"马钢宪法"还是"鞍钢宪法"孰对孰错、孰优孰劣的工业发展道路和模式问题,并且这问题与一度全面学习苏联的工业化道路和模式及中苏国家与政治分道扬镳后谁代表了社会主义正统的"巨大"问题。当然,草明的作品是支持企业的、国家的"大跃进"和大炼钢铁、遍地高炉的群众运动式的工业发展模式的,专家型厂长也是在一贯政治正确、具有天使和上帝原型的妻子和党委书记教育帮助下,从企业管理与爱情上的一度迷失后"被拯救"而"迷途知返",回到了作家和时代认为正确的管理企业道路和妻子家庭的怀抱。遗憾的是,这些中国的社会主义工业文学应该涉及和表现的问题,特别是新中国成立初期工业文学普遍揭示的传统的革命性与工业现代性关系及其转型等问题,艾芜的《百炼成钢》已经触及,却没有就此深入拓展开掘,遮蔽了工业化物质生产和新人生产的许多有历史和时代意味的、可以极大丰富工业题材文学的问题。

这也是 50 年代工业题材小说普遍存在的现象:作家写农村和革命历史,由于有传统文化和文学审美经验的积淀,写起来相对得心应手,而对如何把握工业环境中的内在风景、关系、矛盾、人物创造和文学叙事等问题上,普遍存在现代化工业的生活经验和相应审美经验缺失带来的不足。如杜鹏程的工业题材小说,写社会主义现代工业化建设如火如荼的时代,那些来自老区的农民出身的革命者也纷纷投入到工业化建设中,但他们的革命者向现代工业内行转变的过程被忽略了,反而大写农民革命者实际上是以农业文明和战争时代的激情理想模式,奋不顾身地参与和投入工业建设。他们公而忘私的工作和精神是值得描写和赞美的,但是农民文明式的工业化建设和投入,其实是违背工业文明精神和逻辑的,新中国成立前后曾经有白区都市革命领导经验的领导人如刘少奇、陈云、李富春等人,是提倡或支持以工业文明方式、苏联式工业化模式搞工业化的，在他们的著作文章里一再强调工业化和科学技术规范——科技工业理性的必要性，反对"大跃进"式的工业管理与生产，甚至认为大会战就是大混战，违反工业逻辑。当然这些思想和声音在越来越政治化和浪漫化的压倒性环境下，也受到压抑、边缘化和不得不"消声"。因此，尽管个别作家如草明触及和表现了这些涉及国家工业化发展道路和社会主义发展模式的巨大问题，但总体上写工业题材的作家及作品，还没有掌握真正的工业化与现代化的"文明内核"，思维和审美还没有、在越来越激进的政治环境下也不可能发生现代性转变，因此给50年代和60年代的工业题材文学的思想深度和艺术感染力，带来了致命的内伤，使其难以在文学史上留下身影和成为文化记忆中的经典。

三

由于历史和时代的原因，艾芜《百炼成钢》写到了若干那个时代东北工业存在的现象，如小说在当代共和国工业文学中，出现了少见的苏联专家形象，他们全心全意为中国企业发展提供管理和技术支持，工作极其敬业认真，虽然着墨不多，却是正面的有价值的人物形象。众所周知，中国革命政党的诞生及中国革命胜利，苏联功不可没，新中国建立后中国的大规模工业化建设和科技发展、国防建设，苏联提供了巨大的支持，苏联专家遍布于中国的科技、教育、科技、工业、农业、国防建设的几乎方方面面，可以说苏联和苏联专家的支持，是中国20世纪50年代乃至后来的社会主义建设取得重大成就的重要原因之一。但由于后来的中苏关系破裂，苏联专家从中国消失，苏联成为全国全民共讨伐的比美帝还坏的社会帝国主义敌人，所以活跃于50年代中国各行业的苏联专家及其形象，在当代中国的工业文学中，少有描写。而艾芜写作《百炼成钢》之时，中苏关系还未全面破裂，在政治领导人之间和国家之间已经开始的分裂端倪，作为作家的艾芜也不可能知晓，故此他写下了苏联专家的形象，虽然篇幅不多，也算给当代工业文学的人物形象系列填补了空白。

但是，曾经在鞍钢生活了16个月的艾芜，对苏联与鞍钢的历史关系，还是有所遮蔽和掩饰，小说的叙事主旨和时代因素，使他也不可能书写另一个涉及苏联的问题：抗战胜利前夕进军东北的苏联军队，劫掠了鞍钢的大部分设备，其中炼钢、轧钢和炼铁的比较新的设备设施，几乎都被苏联运走，新中国成立后我国组织邵象华院士等钢铁冶金专家去苏联考察，知道这些设备都还在苏联，在中国的"一五"期间苏联才返还了部分。这些在鞍钢自己撰写的史志中都有详细的数据记载。艾芜在鞍钢期间，相信不论是从官方还是从老工人那里，都能得到这些信息，但碍于政治原因，艾芜的东北工业文学写作，对此有意予以遮蔽，也不得不予以遮蔽，这势必是大型钢铁基地的"厂史"和人物史的叙事缺少历史的很重要的因素。

《百炼成钢》还写到了技术高超的炼钢炉长袁廷发，与描写先天先进的英雄人物秦德贵没有学习技术的经历却技术高超不一样，袁廷发是在日伪时期的鞍山制铁所和昭和制钢所成为工人的，但小说描写日本技术人员和工人垄断炼钢技术，不教给中国人技术，袁廷发是偷偷暗中学艺的，被日本人发现后还调离了炼钢炉。抱着旧时代的"一招鲜吃遍天"的观念，到了新中国的钢铁企业，他自己努力工作，但一度保守技术不愿意把自己掌握的炼钢技术教给其他工人，是在党的干部教育和秦德贵行为感召下才发生转变的。这样的描写符合一个老工人的身份与思想，但实质也遮蔽了袁廷发学艺的真实的历史。在伪满时代，日本是殖民统治者，他们的企业不愿意教给中国人技术，这一方面肯定有历史的底子，殖民者的"五族协和"共建"东亚共荣"的所谓"国策"是一种欺骗和宣传。另一方面，日本殖民者是把伪满当作他们的生命线和未来国家的，这使得他们发起"百万移民计划"，在伪满大搞五年产业振兴计划和工业与城市建设，至1945年，伪满的工业特别是重工业占据全中国的90%，铁路占全国三分之一，工业生产已经超过日本本土，这也是中共在抗战胜利后大举派兵派干部往东北建立巩固的根据地、进而夺取全国胜利的重要原因。在大规模的城市与工业建设中，必然要大量雇用中国工人，除了东北，他们还派人到关内进行欺骗性的招工宣传。在大量的企业中，在封锁技术之外，为了生产量，他们也会让中国人学习一定的工业技术，不可能全部封锁保密，那样的话，他们的产业计划和工业生产是难以完成的。在鞍钢应该也是这样，所以经历日本战败、国民党进驻、国共双方拉锯战的鞍钢，在新中国会很快成为中国第一大钢铁企业，会有那么大的钢铁产量。没有大批掌握炼钢技术的中国工人，是不可能有这样的工业化成效的。鞍钢不仅很快恢复了生产，为朝鲜战争和全国建设提供了大量钢铁，而且还作为双基地——钢铁机器设备基地和技术工人基地，为全国的其他钢铁企业建设提供了从物资设备到大批人员的支持，真正成为"原动力"。[①] 这大批的人员也不可能是短时期培养出来的，而是从伪满时代到新中国工业化建设时期陆续培养造就的，东北的其他企业也有这样的情形，[②] 而且据邵象华院士介绍回忆，即使在1946—1947年国民党占据鞍钢时期，他们在大批先进机器设备被苏联运走、被破坏得一片狼藉的鞍钢，还是克服困难炼出了钢铁。在那样的时刻，除了他们这些被国民党政府派往东北的冶金技术专家之外，鞍钢还有掌握技术的中国和日本的技术人员与工人，这也从侧面说明历史的实际情况，与小说描写的并不一致。

说到日本人，抗战胜利后日本人员大批离开鞍钢和东北，但也有一部分留下来，直到1952年才回国，这部分日本人是参与了鞍钢的恢复生产和新中国建设的，至今鞍钢的劳模馆里还有日本劳模的名字。不懂得历史的人感到奇怪，其实这些留用的日本人，一直工作到50年代才陆续回国，对中国革命的胜利和建设贡献很大，中国政府对此一直承认[③]。战后至50年代，鞍钢还有不少技术人员和工人，除了鞍钢自己撰编的史志外，还可从侧面得到证明。日本的也是亚洲最早翻译马克思主义的大学者河上肇，其译作极大影响了陈

[①] 草明在东北写的第一本工业题材长篇小说就名为"原动力"。

[②] 如大连造船厂，是清政府建立的，历经俄国和日本的统治、苏军接管，回归中国，以及新中国成立后我国政府的大力建设，成为北方最大的造船厂，我国的第一艘航母即在此建造，其历代积累的技术力量，包括焊接工人的水平，使其造船能力超群，80年代改革开放初期，那里还有很多旧中国过来和新中国成立后培养的技术工人和工匠达人。东北还有大量的这类企业。工业技术和工匠精神是需要迭代积累和传承的。

[③] 中国中日关系史学会.友谊铸春秋：为新中国做出贡献的日本人：卷一[M].北京：新华出版社，2002.

望道、郭沫若、毛泽东等中国革命的领袖和文化人,他的女婿大塚有章,是日本共产主义运动的领导人之一,30年代被捕入狱,出狱后来到伪满洲国的"满映"工作,担任巡回放映课长。日本战败后他在中国恢复日本人共产主义组织活动,组织日本共产主义青年团到东北的辽源、鹤岗煤矿参加劳动,为中国革命胜利立下功劳。这期间,曾经参加了1948年在哈尔滨召开的"第六次中国工人大会",1949年他调到沈阳担任东北人民政府工业部日籍职工科科长,不久又调到中国当时最大的钢铁工业基地鞍钢,担任鞍钢外籍职工科长和鞍钢总工会外籍职工部部长。试想,如果鞍钢没有为数不少的日本职工,是不会让这么老资格的、已经成为中国官员的大塚有章去鞍钢工作的,他在鞍钢的工作,就是组织和领导日本职工参加鞍钢的恢复生产和其后的一系列建设工作,这些工作就包括组织和帮助中国工人全面掌握钢铁生产的一切技术工艺问题。此后大塚有章在新中国继续受到重用,担任东北人民政府日本人管理委员会宣教科科长、日本人民民主新闻社副社长等职,直到1956年才回国。

　　大塚有章曾经工作过的"满映",是日本在东北兴建的亚洲最大的电影生产和制作基地,也是宣传殖民主义的文化侵略机构。1938年,法西斯右翼分子甘粕正彦担任"满映"第二届理事长后,却大力提倡中日员工同工同酬,允许中国人参与导演、演员、美术、录音、摄影、剪辑等一切电影生产环节,成为专家和行家,这些中国人后来对于东北电影公司和长春电影制片厂成为新中国电影的摇篮,对于中国的电影事业,都发挥了极其重要的作用。对此,原"满映"的中国电影演职员和技术人员在改革开放后写的回忆文章中,都真实披露了日本人不保守技术、认真地培养中国电影人,甚至中国人成为高于日本人的技师、美术师、摄影师后,作为下属的日本人也完全服从和配合,体现出现代工业主义的天职、敬业、分工、合作精神。若不是看到他们的回忆文章,没有回到历史现场,真不敢相信这些迥异于我们的知识和常识的事情,会发生在伪满殖民主义统治时期。还有回忆伪满建国大学的中国人文章,提到那里包括日本人在内的各个民族的学生的一切待遇都平等,这也是出人意料的。① 当然，日本殖民统治者这样做的目的，是为了怀柔和征服民心，是为他们企图长期霸占东北服务的，这些小善不能抹杀他们的殖民主义罪恶和大恶。这里只是想说明，即使出于殖民主义的长远企图和考量，他们也可能不会在工业生产技术领域中完全排斥中国人。鞍钢也是这样，所以鞍钢才会很快在战后恢复生产成为中国最大钢铁基地，大塚有章才会到鞍钢管理日本员工为中国服务尽职，鞍钢的劳模里才会有日本人的名字。而这一切，艾芜在鞍钢期间是应该知道的，他却出于政治和意识形态考量，将有关的历史事实予以遮蔽。而草明最早写作和出版的东北工业题材小说《原动力》，其中就有战后留在中国和企业的日本人兄弟的细节，他们技术高超但思想上还存在着殖民意识，是需要改造的对象，改造后他们为东北工业和电厂的恢复发电做出力所能及的贡献。

当然，小说不是历史，历史真实不可能都进入文本成为艺术真实，写什么不写什么，是作家的自由和权利，以颂歌体描写锻炼成长的工人和新人，是《百炼成钢》的主题诉求，出于这种诉求，艾芜才如此处理他知道和掌握的一切事实和史实，比较纯化地描写工业物质生产中新人的成长和生产的过程。这是艾芜的创作选择，也是时代给予他的局限，这种局限使其忽略或遮蔽了鞍钢及其他东北现代化大型企业在历史时空中包含的极其丰富的历史内容，把复杂丰富的历史简化和意识形态化了，把东北特殊环境和地域中工业发展中包含着工业化与殖民化、现代化与革命化、日本的殖民统治与苏联的红色帝国行为、② 阶级与民族关系及其矛盾、一般的工业化和中国特色的工业化的联系与差异等丰富复杂的历史内容，统统进行了过滤和遮蔽，而只是抽取和表现新的工人阶级在工业物质生产过程中的锻炼锻造，从而造成了小说

---

① 20世纪80年代以后，吉林省和长春市政协文史资料（多为内部印刷）刊载了大量原"满映"后长影的电影人的历史回忆文章，吉林人民出版社也出版了8卷《伪满史料》丛书，可资参考。
② 萧军在东北解放区发表的文章中就有"赤色帝国主义"和"各色帝国主义"词汇，后被批判为"反苏"和"反共"，遭到整肃。这是现代文学史上的重要事件，萧军直到改革开放的80年代才被平反昭雪。

的单线和单薄，而过于单薄和明确的内容与叙事，不足以成就一部伟大的工业题材小说。马克思主义创始人一再强调把意识到的丰富的历史内容和与之相应的美学形式进行有意义的组合，才能成就伟大小说，19世纪欧洲那些伟大的批判现实主义小说的巨大成就和价值，就在于它们容纳和表现了巨大、复杂、丰富的社会历史内容，没有把历史简单化、政治化、意识形态化和作为作家与时代的传声筒。按照这种要求，《百炼成钢》和十七年的工业题材文学，普遍存在欠缺和不足，而这种不足导致它们一时灿烂后很快凋谢，文学史未给它们留一席地位，原因恐怕就在于此。

《百炼成钢》还有一个明显的不足，就是小说的由地域文化决定的语言表达。早在30年代日本帝国主义侵略东北之际，左联执委会发出"抓紧反对帝国主义题材"的号召，东北作家群还没有推出他们正在写作的反日抗日文学，只有在上海求学的东北学生李辉英发表了模仿法国作家都德的《最后一课》，而艾芜却及时发表了描写东北人民沦陷前后苦难和抗争的小说《咆哮的许家屯》，受到茅盾发表的批评文章的表彰。但是，艾芜从没有到过东北，完全不了解东北的社会与自然，他的小说政治和主题固然正确，但是其中却存在若干违反生活真实和地域文化习俗的东西，如将一位东北农民的名字称为"老幺"和"幺娃子"——东北农民和社会风俗可以给孩子起小名叫铁蛋、柱子、二愣子、狗剩子，绝没有叫老幺的，这是典型的四川的语言和民俗。这样一个细节，就颠覆了这篇小说的真实性和艺术性。同样，在《百炼成钢》中，艾芜也将四川地域文化和语言词汇、表达方式，用之于小说中的东北工人身上及其人物语言和对话中，如东北工人即农民一般都说"知道""知道了"，而在艾芜小说中却几乎都是"晓得""我晓得"，老工人袁廷发的话语中出现"你空起手回去""你看哪个斗得赢""妈的，你起的啥子心哪"，这完全不是东北语言和方言的句式。还有秦德贵同村出来的女友和恋人回村，秦德贵母亲的邀请话语是"进来坐一坐，吃一杯茶""我找点烟给你吃""你真习得好呀，烟都不吃"……50年代的东北农村，农民几乎家家不喝茶，也不邀请别人喝茶，况且不叫"吃茶"而是叫喝茶，请人抽烟也不叫"吃烟"，更没有"习得好"这类用语和表达方式。不仅人物语言缺失地域文化色彩，叙述语言也存在四川话语的痕迹，如"秦德贵在四号炉上做了六天烧结炉底等工作，鼻子烤来发红了"这种以"来"字做状语的表达语言和方式，也绝非东北话语所有。这类现象在《百炼成钢》中所在多有，表现出四川地域文化和语言的色彩和对艾芜的强大影响，但是以之表现东北 50 年代工人的对话和语言，实在有伤生活与艺术真实。在这一点上，艾芜远不如同样来自南方的作家周立波，周立波的小说《暴风骤雨》在表现东北农村土地改革这一宏大历史事件时，把东北农民的对话语言表达得非常具有地域色彩，叙述语言中也尽可能采用东北话语词汇和表达句式。相比之下，艾芜的东北工业题材小说语言就显得有点"隔膜"和"地域穿越"，从而影响了小说的艺术真实和人物形象的塑造。在中国现代文学史上，地域文化与作家和文学的关系是非常明显的，很多优秀作品都有地域文化的内涵和积淀。艾芜也不例外，他的那些表现四川西南、边陲故土生活的小说，从文化到语言都非常"入乎其内"，圆融无碍，但是当他表现他不甚熟悉的东北土地与社会人生时，就难免显示出民情风俗和语言上的隔膜造成的"内伤"。在完全陌生的地域文化环境中进行文学写作时，如何摆脱故土地域文化的强大影响而达到兼容和合，对作家而言是一个不小的困难和挑战，兹事虽小却也"体大"，处理不好就会使作家的写作出现文化阻隔与穿帮，进而对其作品的真实性和艺术性带来颠覆和破坏。如此看来，艾芜的《百炼成钢》在地域文化的接受与跨越上做得不够成功，进而影响了小说人物塑造与叙事表达的功能与价值，影响了小说艺术效果的达成。

草明文学道路与业绩的历史审视[*]

一

草明（原名吴绚文，1913—2002）在中国现代、当代文学史上，并非声名显赫的大师级作家，但其一生的文学道路与左翼文学、解放区文学和共和国文学存在着紧密的历史联系，其文学业绩构成了中国现当代文学史上的独特风景。

草明是在20世纪30年代走上文学道路的，其时正是世界和中国弥漫着左翼思潮的"红色年代"。1931年，18岁的草明作为高中生开始写作，第一篇小说《私奔》发表在学生杂志上，她于次年参加了左翼作家（欧阳山）罗西组织的广州普罗作家同盟（后经上海中国左翼批准，改称为"中国左翼作家联盟广东分盟"），并以自己家乡广东顺德地区的缫丝女工的生活为题材，写出了《缫丝女工失身记》等作品，发表在罗西主编的广州左翼文艺刊物《广州文艺》上，且把"萌"字上下分拆为"草明"，作为自己的笔名，显示出追求和献身左翼文学之职志。的确，草明的文学道路和写作中始终贯彻、矢志不渝的红色基因，即由此而奠定，成为伴随她终生的政治与文学的色调。

1934年，随着广州白色恐怖的加剧，草明与罗西来到上海，在《中华日报》副刊主编聂绀弩邀请的聚会上，草明与胡风和罗西等人见到了鲁迅先生。

---

[*] 本文原载于《文艺报》2017年7月24日第5版整版，收入本书时，略有改动。

在上海期间，草明写作了更多的隶属于左翼文学范畴的文学作品，出版了第一部中篇小说《绝地》，参加了两个口号的论争，并与鲁迅、茅盾、巴金、罗西等十七人联合签署《中国文艺工作者宣言》，1935年还一度被捕入狱，得到鲁迅、茅盾、胡风、张天翼等人的设法营救和经济支持。1936年出狱后，继续从事左翼文艺活动，鲁迅逝世后她参加了治丧委员会工作，与同是广东人的许广平一起到鲁迅墓地。与鲁迅的结识和鲁迅的教诲，成为草明左翼文艺生涯中的重要事件，对其思想与创作产生了积极的影响。

草明在极其年轻的时候就投入和参加30年代的左翼文艺活动，其人生道路和文学道路的选择是正确和具有历史意义的，她取材于广东缫丝女工等下层劳动者生活的写作，是有价值的，特别是她在上海期间的创作逐步成熟，《绝地》的出版为她赢得了优秀左翼女作家的名声。但实事求是地说，草明的左翼文学创作趋于形成在题材和写作上的特点，却只是30年代左翼文学合唱中的一个声部与伴声，与同时期的萧军、萧红、叶紫、沙汀、艾芜、周文等左翼青年作家相比，尚难称为最优秀者。历史还在等待草明在文学道路上的继续跋涉和攀登。

草明作为作家的世界观、文学观发生脱胎换骨的巨变，是在延安文艺整风之后完成的。抗战爆发后，草明与欧阳山等一起参加了抗战初期的抗战文艺活动，1940年入党，1942年到达延安，在中央研究院文艺研究室工作。次年，他与欧阳山一起拜访了中共领袖毛泽东，这次会面对草明产生了重要的影响，此后直到晚年，草明在很多文章中都回忆这次的会面与谈话在自己人生道路上的意义。在随后开始的延安文艺整风中，草明积极参加，她聆听了毛泽东所作的《在延安文艺座谈会上的讲话》报告的绪论部分，以及朱德、陈云同志关于世界观转变、关于作家与工农大众关系的讲话。延安文艺整风运动的思想洗礼，带来草明世界观与文学观的根本性转变，使草明彻底服膺毛泽东文艺思想，并形成了终其一生都始终坚持的文艺思想和认识。第一，革命的进步的作家必须隶属于代表人民大众根本利益的政治集团和党派，即必须是党的政治组织和文学组织的一员，作家的思想与创作都必须与代表人民大众根本利益和历史发展方向的政治集团和党派的目标一致，自觉地服从和配合这个最高目标和利益,也即后来人们所说的党员作家首先是党员,其次才是作家,作家的身份和意识臣属于政治身份和政治意识。

第二,文学的表现对象是人民及其创造的生活,作家及其创作相比于人民大众创造性的、历史性的生活与实践,是第二位的,并不比创造历史与生活现实的人民及其先进分子高尚伟大,人民大众及其生活与实践是主体性的,而作家只是对前者进行艺术发现与表现并为之服务的文艺工作者,即不仅人民大众的生活是文学创作的源泉,物质生产和革命实践中的人民在革命夺权与建国大业中是高于作家的,作家的创作及其成就都来源于前者。这是草明在延安文艺座谈会上聆听毛泽东、朱德和中组部部长陈云的讲话中深切感受到并在其一生中不断提到的思想认识和共鸣。

第三,自然而然就是作家的活动和创作应该听命于组织的安排,为政治、政策、方针服务,在写什么的问题上,完全响应组织的安排和号召,文学表现对象和主体必须是创造历史的工农兵,为他们而写作,服务和配合在草明这里不是消极负面的词,而是一种主动追求。为了表现好生活实践中的人民大众及展示其历史与阶级的主体性和先进性,作家应该长期深入到人民的生活实践中,与要描写和歌颂的人民及其物质生产和革命实践长期融合在一起。

带着这样的文艺思想和意识,草明在抗战胜利后,与为了创建东北根据地和解放区的两万多名干部一样,辗转来到了东北。在广州从事左翼文艺运动之时,草明虽然看到了自己家乡广东顺德地区的缫丝工厂及其相应产业,但还没有见到过真正的重工业和现代大工业,来到东北后,在哈尔滨等地,草明与那时来自陕甘宁晋察冀和苏北山东的广大干部一样,惊异地见到了关内根据地所无的现代工业。不过草明一开始并没有将城市和工业作为创作对象,她在中苏友好协会、东北行政委员会、哈尔滨邮局工作一段后,在干部学习会议上听到陈云同志讲述的中共中央党及东北局在东北工作的主要目的,一是将东北根据地作为中国革命胜利的物质资源基地,一是作为兵源基地,打造夺取全国政权的钢铁洪流。因此需要大批干部下乡参加土地改革,解放农民,使他们在土地改革翻身解放后为保卫胜利果实而参军参战。草明也打算如当时来到东北的周立波、马加等作家一样到农村去,无奈由于气候和饮食原因患病一场，未能如愿，病愈后再提出去农村参加土改工作时，东北局组织部长林枫与之谈话，强调指出当前的主要工作不是农村包围城市，而是城市领导农村，东北的城市化和工业化在全国占有重要地位，夺取东北解放战争和全国解放战争胜利，需要东北的重工业发挥作用，而当时遍布东北各地的工矿企业在日伪垮台、国民党政府退却后均遭到不同程度的破坏，需要恢复生产和扩大生产。林枫建议并安排草明到镜泊湖水力发电厂做文化教员和体验生活。在镜泊湖电厂，草明经历了修复机器设备、恢复生产、重新发电为城市乡村带来光明的整个过程，并以此为素材创作了中篇小说《原动力》。这是共产党领导的根据地和解放区最早出现的工业题材文学，也是中国现代文学史上少见的、以一个企业的工人的生产和劳动为内容的工业小说。虽然不乏粗糙和简单，但《原动力》表现出在伪满解体、国民党接收大员欲图破坏企业设备时工人们的机智与天然的先进性：他们保护工厂设备，献纳自己保留的零部件，在新政权到来后以主人公意识和精神、以实力和技术为企业恢复生产作出了辉煌的贡献，历史性地呈现出"工人阶级有力量"的主题倾向，一反现代文学在五四时期形成的视人民为需要改造的落后群体的启蒙价值取向，把草明在延安接受和形成的不乏民粹色彩的"人民伟大"的世界观与文艺观付诸文艺实践。小说第一次描写和表现了前来接收和管理企业的军代表和政治干部的思想行为落后于工人群众的倾向，他们在缺乏工业的关内根据地的军事斗争或农村工作中形成的狭隘意识，导致他们或者轻视工业，认为没有电厂和电力一样革命；或者不能形成对工人的正确认识，缺乏辨别好坏能力，不懂得依靠工人阶级才能使企业运转、获得革命与解放的最大动力。简言之，农村包围城市的长期革命斗争中培养的干部既不懂得工业也不懂得工人，他们整体上落后于工业文明和环境中的工人群众，他们的政治与业务素质，妨碍了他们对工业与工人的历史动力、革命动力的正确认识，需要在新的环境和事业中进行政治素质与工业文明素质的补课和领导能力再培养。这是草明的《原动力》第一次提出和表现的具有尖锐性和时代性的问题：来到新环境的新政权及其领导干部在理论上对工人阶级先进性的认识和实际工作中的一度不对等，固有的革命性在遭遇工业现代性时的一度不适应和自我调整,以及工人阶级先进性、工业现代性与革命政权之间历史关系的形成和过程。至于小说中与暗藏的敌人的斗争的情节线索,则是中共领导的根据地和解放区文学固有的"寻找和制造敌人"模式的翻版,草明在后来的创作谈中提到了这一情节模式完全是虚构的。

此后,草明在对《原动力》进行修改和等待出版之际,在东北解放区陆续参加了辅导工人写作、参与文艺批评和论争及参与蔡畅大姐组织的妇女工作等,但由《原动力》的写作带来的对工业和工厂生活的热爱,使草明在1948年沈阳解放后,又很快来到具有现代联合企业规模的沈阳皇姑屯铁路工厂筹备工会并担任代理工会主席,体验生活。她看到政治和经济上得到解放的企业工人高昂的工作热情和巨大的创造能量,他们积极修复了报废的机车并命名为"北平号",为大军进关和全国解放提供源源不断的动力、运力和物力。看到和感受到历史巨变时刻工业企业和工人阶级巨大能力的草明深受鼓舞和召唤,不久就以此为素材,创作了第二部反映东北解放区工业生产与工人生活和精神面貌的长篇小说《火车头》。秉持在延安形成的"人民创造历史"的文艺观和写作《原动力》时形成的对工人阶级的"仰视"视角,草明在《火车头》中对工业题材文学作出了新的探索和贡献:已经十分喜爱工厂和工业的草明,不仅描写了现代文学史上罕见的、以车间厂房和机器运转为征候的"工业风景"和空间形象,而且再次深化地表达了在工业生产中创造出改变世界的物质能力的工人形象的高尚性、工人阶级的历史巨人性与伟大性,展现他们才是推动历史前进与革命胜利的火车头。同时,由物质生产方式天然产生、政治解放焕发的工人阶级的先进性与保守落后的领导干部的矛盾,也在这部小说中得到更深入的揭示:来自革命老区前来接收和管理大企业的领导干部不是不想奋发有为,而是他们过去管理属于农业文明范畴的老区的工作经验,即他们既往的革命性积累,已经不适应工业企业管理的现代性要求,政治理性与技术理性之间的不同和差距,带来他们工作的被动和能力的弱化,这一"革命转型"问题在现实的东北解放区是普遍存在的。草明小说中引述的东北局领导人李富春的讲话中就提到从管理农村到管理城市、从管理农业到管理工业是来到东北的中共干部必须面对和解决的,在东北解放区其他作家创作中也触及和表现了这一革命性和现代性的矛盾及如何解决矛盾的主题，如陈其通在创作的《炮弹是怎样造成的》等话剧作品中，也描写了部队转业的兵工企业厂长高昂的政治热情、勇猛冲锋的战斗经验，在管理企业时的沿用及其造成的尴尬和困难，老革命的老经验和办法在领导企业生产时出现的失灵及其不良后果——手段与目的背离，动机与效果逆反，表明不论是军队干部还是地方的老区干部，在新环境新事物面前都面临着考试与转型。可以说，通过对这一问题的触及和文学表现，草明等一批来到东北的工业题材文学的探索者和创作者，实质上最早提出和思考了中共作为革命党向执政党、从领导农村革命到领导城市和工业的转型境遇及如何转型。有趣的是，在《火车头》中，草明似乎是无意识地触及和表现了革命政治与性别政治的区隔与不同：男性的老区干部往往遭遇了面对领导工厂和工人时的不适、需要重新学习与转型，需要从革命性向工业现代性和工人阶级伟大性认识的跨越，但同样来自老区的女干部却似乎没有这样的转型矛盾和困惑，她们对新的、以往的工作经历和经验没有接触过的巨大性、物质性和技术性的工业环境，充满了由好奇震惊带来的亲切感和内在的喜悦感，天然地能够将物化对象转化为审美对象和由此带来的对工业风景的欣赏，对工人群众及其创造能力的发现与热爱。这一问题在她此后的工业题材文学写作中一直若隐若现地存在，至于为何如此，那就要联系草明的生平遭际和政治与性别意识的复杂装置追本溯源了。

二

草明是带着她在东北解放区创作的、填补了现代文学题材领域空白的、为她带来一定声誉的工业题材小说，走进新中国的。在经历了担任东北局宣传部创作组组长、东北文学艺术界联合会副主席、中国作家协会东北分会主席、中国作协沈阳分会主席和参加国内外社会活动后，1954年8月，草明把户口行李等带到东北鞍钢落户，担任第一炼钢厂党委副书记。在鞍钢期间，草明除了实际工作、指导工人写作、创作若干散文以外，主要工作是在现实生活体验和思考的基础上,构思和写作长篇小说《乘风破浪》,并在1959年完成后发表于《收获》9月第五期。这部表现新中国建立后最大的钢铁基地的生产发展和工业发展模式的小说,内容与人物的丰富性远超此前的几部作品,工业部长、市委书记、钢铁厂的政治与业务中高级干部、技术专家、基层工人等,举凡新中国50年代工业建设的各类各级人物,都有描写和表现,且不乏较为成功的形象,同时也安排了老区人民支援钢铁基地建设、技术专家型厂长的爱情与家庭矛盾、劳动人民的日常生活等情节线索和场景,可以说,50年代共和国大规模工业建设时期涉及的政治、经济、权利、性别、路线、政策、城乡等各种关系和话语,都包含和熔铸于这个现代化的工业空间,换言之,在自然空间基础上人工制造和切割出来的工业基地新空间里,包含着当时社会主义中国的政治和经济生活的权利、话语和想象。因此,这部小说不仅继续存在着草明此前小说的革命性与现代性的矛盾和装置,而且以更为丰富的内容描写和表现了在社会主义的工业空间环境中,工人阶级主体性、主人公地位和民主化管理,与工业现代性所必需的权威和专家治厂的关系与矛盾,建基于工业主义逻辑的权威主导和科层分工的苏联代表的社会主义工业道路即"马钢"模式,和以发扬工人阶级主体性、淡化权威、以"大跃进"方式进行中国社会主义工业建设的"鞍钢宪法"模式的对立,以及包含在工业化道路与模式背后的世界社会主义和共产主义运动的领导权和话语权争执等,都在小说的叙事中被具象地表现出来。当然,绝对追求政治正确的草明,其小说的倾向和主题自然肯定了中国工业化道路和模式的正确性与光辉性,但是,有深切工厂实践体验的草明也没有绝对废弃和否定工业主义逻辑的专家治厂、科层分工的合理性,她只是希望工业建设和发展的现代性逻辑——专家和权威的主导性,能够与中国特色的工人当家作主的主体性和人民性,尊重权威专家与发挥主体阶级的创造性有机结合起来,建立一个能够互不排斥、各自的合理性和能动性都可以得到最大发挥实现的工业共同体——既吸收工业革命和苏联工业化优点,又实施政党对企业绝对化领导的、社会主义工业现代化的中国模式。至于在越来越政治化而偏离工业逻辑和科技理性的中国模式中,如何克服传统的革命性优越和工人阶级全面参与生产与治理的民主化，同工业权威主义的技术专家化的矛盾，如何化解并有机融合同为社会主义阵营的苏联工业模式与中国工业模式的矛盾，草明并没有也不可能突破时代的思想认识局限而予以深刻揭示，只能想象化、情感化和大团圆化地予以化解。甚至，追求政治正确和服从配合的草明在小说中，开始表现和描写在"大跃进"与反跃进、依赖工人与迷信权威、强化技术理性与强调革命政治性等矛盾冲突中，部分高级干部和企业领导偏离党领导企业的迷失和错误，既与丢掉群众路线的"革命法宝"以及由此滋生的技术精英主义有关，也与政治上更宏大的问题——对"大跃进"和反右斗争的认识不足有关，甚至与政治上的"思想路线"错误具有精神同源性和同构性，已经具有了工业生产与政治路线和阶级斗争密切相关的味道——即工业战线存在强化党对工业绝对领导的社会主义工业化道路，和削弱淡化党的领导的资本主义工业化道路，具有了后来"千万不要忘记阶级斗争"时代，描写任何领域都存在两条路线斗争文学的基本模式。尽管如此，草明在《乘风破浪》中力图紧密配合时代政治、追求政治正确的上述倾向和主题，确实内含 20 世纪 50 年代中国工业化建设时期多种道路、选择和模式的矛盾，以及其他一系列内在深刻的矛盾和问题，它们构成了小说结构和叙事装置的复杂性与矛盾性，在看似简洁明晰的描写和叙事背后，实质包含或隐含着更复杂的历史内容。

1964 年 10 月，在东北生活近二十年、在鞍钢生活十年的草明回到北京中国作协，被安排到北京文联任专职作家。对工业和工厂情有独钟的草明次年又到北京第一机床厂体验生活并担任党委副书记。她像在鞍钢时期一样，积极辅导和支持工人写作，定期举办青年业余文艺创作学习班。从 1966 年下半年到 1972 年，这个在高中时期就参加左翼文艺活动的女作家，被打成"文艺黑线人物"。1972 年解除审查后，她依然积极参与北京第一机床厂工人创作学习班的辅导工作。新时期到来后，她参加各种社会和文学活动，并在 1980 年起笔创作、1984 年完成出版长篇小说《神州儿女》。这部以"文革"时期北京机床厂为背景的长篇工业小说，其描写的造反派和"四人帮"在企业的爪牙的"大恶"，就是对工业管理和生产制度、国家工业化的全面破坏，以及由此而来的对知识分子、技术专家、技术工人和红专兼具的革命干部的迫害。而代表国家栋梁的好工人与好干部的"大善",就是在"抗恶"斗争中矢志不忘恢复工业生产和科学管理、不忘国家工业化和现代化大业,并在"文革"结束后重建工业秩序和重绘工业现代化蓝图。过去被视为资本主义经营模式和"马钢宪法"代表的"修正主义"工业管理和生产制度,成为"文革"中遭到破坏、"文革"结束后得到恢复的历史之善,而维护还是破坏这种制度,成为判别好坏善恶的分水岭。这种表达重建工业生产秩序和制度、重建工业现代性和权威性的历史诉求,一方面是对《原动力》和《火车头》表达的工业文明及其价值主题的呼唤与回归,另一方面也是对"大跃进"时期的《乘风破浪》表达的矛盾的自我校正和回应——社会主义的工业化道路不能偏离工业现代性规定的理性、秩序和文明,任何废弃和偏离都是对工业化、对神州中国的最大破坏和颠覆,是与革命性对立的反革命性的历史倒退,与现代性对立的封建主义阴魂的复辟。这部呼应了拨乱反正的时代要求的小说,在工人出版社出版后受到广泛欢迎,首印十几万册很快售罄。

三

在工业题材小说之外,草明还写了一些其他题材的短篇小说和各种随笔散文,都有鲜明的时代特点,某些回忆性散文具有很好的史料价值,不过影响远逊于她的中长篇小说。2002 年,89 岁的草明逝世于北京。纵观草明的一生及其文学道路和写作,有几个方面是令人难忘的。首先,就是她的一生与左翼文艺、与中国革命和解放、与中国的社会主义工业建设事业始终不可分离,红色、左翼、革命和新中国成立是嵌入她生命的"红丝带"和生命中乐于承受之重。她从高中时代参加左翼文艺投身革命,一生矢志不渝,是彻头彻尾彻里彻外的"左派"。她的世界观、人生观和文艺观,始终被左翼文艺与政治、被中国的新民主主义革命与社会主义建设所铸造和"生气灌注",而延安文艺整风运动更是彻底地强化和固化了她的思想意识,做革命和党的螺丝钉与齿轮,一切听命于组织,以党和革命的要求作为绝对律令自觉彻底地遵从、配合、服从、听将令,甘为战士和斗士,真正做到了不怕坐牢、杀头和离婚——坐过国民党的监牢,在延安时期因丈夫移情别恋而离婚,"文革"中又被批判和下放,但她的信念从未动摇和颓废,始终认为组织安排自己做的任何事情都是正确的,必须服从和配合。因此,在东北解放区批判萧军时她参加批判,1949 年后的各种政治和文学批判运动她也响应,直到"文革"时她自己也被批判打倒。她"左"得单纯,朴素,透明,不乏幼稚,甚至在"文革"中北京文联作家被红卫兵批判毒打时,她对老舍的揭发既是为了自保,也是她一贯的世界观人生观导致的惯性必然。草明可以说是一个从不想主观作恶、只是跟随历史和政治大潮起伏和搏击的有些政治浪漫主义色彩的理想主义者,鲁迅在 30 年代左联成立大会上倡导要造就大群的新的左翼战士和作家队伍,草明就是这样的一名左翼战士,永远遵从组织和政治律令,哪怕有时被革命伤害也不动摇和退出,当然,有时战斗的对象选择错了也很少忏悔和内疚,原因就在于那是她献身的理想、政治和组织的要求与"将令",它们在草明的世界观中是永远正确必须紧跟的。

其次,草明从东北解放区开始创作的工业题材文学,在中国现当代文学史上具有非常独到的、历史不会忘记也不应该忘记的重要价值。作为农业文明历史悠久、长期以农立国的中国,没有赶上世界工业化的第一波浪潮,近代以来虽然不断有富国强兵、船坚炮利的历史要求和行为,但始终没有发达强大的工业。因此,中国文学史有山林、田园、乡村文学传统,却无工业文学的积累和经验。现代作家自五四时期呼唤民主科学和"黑牡丹"等工业文明之花,但由于只有上海等少数半殖民地半封建的都市才具备初步的工商业,表现对象的缺失使现代作家心有余而"材料"不足,加之缺少工业文学的传统和经验的滋养,也导致现代作家的"心力"亦不足,所以整个中国现代文学史上,只有茅盾等少数作家的少数作品,表现了大都市上海和抗战时期大西南的工业、资本家和工人形象,提出了中国的民族工业何去何从等充满政治和意识形态诉求的问题。由于东北历史发展的特殊性,日俄殖民主义出于维护统治的需要,在那里进行了掠夺式的重工业建设,其间张作霖父子也出于建设家天下的目的进行了以军事工业为主的工业开发和布局。故此抗战胜利后东北的重工业占据全国的 80% 以上,这就为中共出于革命夺权和建国目的实施布局的东北根据地建设提供了丰厚的物资保障和基础，也为草明受命创作工业题材文学提供了现实的质料和养料。就草明的文化程度和文学素养而言，驾驭本国文学传统里没有资源和经验可以借鉴的工业题材文学，其实是有难度和挑战性的，何况世界范围内真正成功的工业题材文学作品，数量也很稀缺，对人类历史和文明进程发生史无前例影响、被马克思主义创始人誉为比人类此前几千年创造的生产力总和还要多的工业文明和现代大工业，似乎是文学的天敌，它比宗教、战争、爱情、乡村、革命等诞生了一大批世界性文学名著的题材，更难以驾驭和表现，它似乎是文学和作家的黑洞，谁接近都会被吞噬和埋没。但是，作为左翼作家和革命战士的草明不畏艰难，为政治和革命而闯入她很快就非常喜欢的工业题材领域，一发而不可收地写作了多部新民主主义和社会主义建设时期的工业题材小说，成为这一领域写得最多、最好的作家之一，为中国现当代文学提供了填补历史空白的表现领域和文学经验，这是草明的贡献和光荣。草明的工业题材文学创作并不完美，带有历史与时代的局限，但珍贵而有价值——因为判断一个作家的创作成就和文学史意义的重要一点，就是看他是否提供了新鲜和独特的东西。

草明在文学事业中的另一个不应该忘记的业绩，是她从东北解放区到全国解放后，几十年如一日一直坚持提倡和培养工人作家与工人写作。在中国的民主革命和社会主义建设的一个很长的时期，由于政治上工人阶级的领导地位和国家发展中的工业化的重要性，重视和培养工人写作与工人作家和创作的出现，曾经是一种有意味的文学现象。对工人写作及其成就的是非得失，中国改革开放后的新型工业化对传统工业的冲击及工人写作的消失，如何进行评价，是需要文学史家结合中国工业化道路和模式的实践，予以认真思考和总结的。但不论如何，马克思主义历史唯物主义的实事求是原则，尊重历史原则，使我们对草明在长期的工厂生活和工作期间，为培养工人写作付出的心血，应该予以历史合理性评价和尊敬。为祖国的解放和建设作出巨大贡献的产业工人，拿起笔进行创作，这样的现象在工业革命发源地的西方和社会主义工业化创始者的苏联，比较稀缺和少见，应该是中国革命史和建设史的全部实践构成的中国道路和制度的有机组成部分。

最后应该提及的是，草明为了写好工业题材小说，长期持久地在企业生活和挂职，对身体瘦小羸弱的草明来说，没有坚强的意志和对工业与工人的热爱，是很难做到这一点的，也是十分令人敬佩的。延安文艺座谈会和文艺整风以后，生活是创作的源泉不仅是领袖和组织的教诲，也成为文艺家们的普遍共识，深入生活、体验生活、在生活实践中与人民真正打成一片，寻找写作的灵感和素材，曾经是作家们的自觉行为。但是主动把户口、家庭都放到基层长期生活和体验，时间长达十年以上，当代作家中似乎只有长期在农村生活和写作的柳青，堪与草明媲美——他们在深入和扎根基层生活、与人民打成一片方面，做得极其认真和彻底。文变染乎世情，兴废系乎时序，时事移变，到处有生活和作家就在生活之中，是当下作家与文艺理论的共识。尽管如此，草明和柳青在那个时代的选择和行为，依然是难能可贵的，令人感佩和尊重。

作为草明所描写的东北解放前后的企业工人的后裔，我难以忘记几代产业工人为民主革命胜利、为新中国工业化和国家建设做出的巨大的历史贡献和牺牲，更不会忘记在中国文学中第一次用歌颂和赞誉的笔调，描写和赞美他们、把共和国不应该忘记的他们写进文学史的草明。也许是历史的机缘，使我有幸走进草明的文学世界，并谨以此文，向草明表达一个产业工人家族后代的历史敬意。

下 编
文学史风景与漫步

对启蒙现代性的自反与质疑*
——现代文学叙事中的"五四"反思与批判

五四思想启蒙和新文化运动倡导与建构的时代精神或曰五四意识形态,在五四时期整体的新文学创作中得到了积极的表现和反映,这是毋庸置疑的。但是任何历史运动和精神运动都具有复杂性和矛盾性,并不像历史教科书那样条理分明和因果相符。在五四时期和其后,作为五四新文化和文学革命宁馨儿的新文学,其内部却出现了从不同角度与层面对五四思想价值流露出质疑乃至程度不同的否定的倾向,出现一种"自反性"叙事。

所谓自反性,原本是一种关于现代化的社会学理论,它不同于表达对以激进工业化为代表的社会现代性反叛对立情绪的美学现代性,也超越于现代主义和后现代主义之争论,"如果说简单(或正统)现代化归根到底意味着由工业社会形态对传统社会形态首先进行抽离、接着进行重新嵌合,那么自反性现代化意味着由另一种现代性对工业社会形态首先进行抽离、接着进行重新嵌合"①。它是在看到简单现代化的工具理性为整体人类带来的巨大风险之后,力图对现代化的成果而不是现代化的过程和危机进行"创造性"毁灭和再建。中国五四的思想、文化和文学启蒙在根本上还是属于正统现代化或社会现代性范畴的思想意识,这是由中国社会历史发展阶段所决定的,还根本谈不到自反性现代性。本文只是借用自反性概念,对五四现代性启蒙中和启

---

* 本文原载于《厦门大学学报》2011年第6期,收入本书时,略有改动。
① 周宪,许钧. 自反性现代化:现代社会秩序中的政治、传统与美学[M]. 北京:商务印书馆,2004:5.

蒙后诞生于这一新传统中的另一种新文学进行描述。这些从五四的思想、文化和文学的根脉中分蘖出的文学现象及其主题，有一些属于对现代性进行否定和批判的美学现代性，并与古今中外的反文明进步的浪漫主义存在精神渊源；有一些则超出了美学现代性范畴，不是美学现代性所能涵盖的。但它们却与自反性现代性具有相似或相同的精神轨迹：力图对它们诞生于斯的新文学传统进行抽离、质疑乃至"创造性毁灭和再造"——质疑和否定五四思想和文学追求的现代性而不是质疑和否定新文学，表达出另类的现代性诉求，从而构成了新文学的自反性的"反传统"。

一、鲁迅小说的深层结构与自反性叙事

五四时期，作为五四新文化运动和文学革命先驱者之一的鲁迅，他的思想和小说写作，似乎呈现出两种思想面貌。一方面，在那些檄文般的随感录和杂文中，在对"老中国"的思想道德的攻击中，鲁迅表现出精神界战士的激情、思想家的理性，成为新文化阵营中最执着的先驱者和"战将"。鲁迅和新文化阵营在立场、态度和批判方法上，是将传统思想、文化和道德作为导致中国落后的意识形态予以激烈否定的，在具体的不同层面的"传统"批判中，他们整体上表达和揭露的是传统的思想文化构成的意识形态的神话性、虚幻性和欺骗性，并积极建构一整套代表新文化的"五四意识形态"。另一方面，在鲁迅小说文本的内部和深层以及其中蕴含的倾向与价值，却又表现出与理性批判和言说中不尽相同的，也与小说外显的和表层的五四思想价值构成对立和背离的另一种思想风景。

不论是《狂人日记》《长明灯》等描写先知先觉的启蒙者与反抗者的小说，还是《孤独者》《在酒楼上》《伤逝》等表现在挑战传统社会和意识形态的启蒙大潮中一度大胆叛逆和获得精神解放的知识分子的小说，在其显性的和主要的主题层面，都表达了在对家族、礼教、传统和社会的积极大胆的挑战和叛逆中，这些先觉的"精神界战士"一度的无畏与勇毅，他们作为启蒙者既对传统中国的以思想、文化和道德构成的意识形态的虚伪性、欺骗性、

毒害性予以批判，也积极建构新的以个性主义为核心的启蒙意识形态。这些显性主题构成了鲁迅小说与整个五四文学共鸣的时代精神，也是时代精神的文学具象化。但是，随着小说叙事的深入，人们惊讶地看到了另一种思想和主题——那些曾经激烈挑战与叛逆旧的、传统的社会存在与思想意识的"精神战士"——力图启蒙大众的启蒙者，几乎都有一个与启蒙初衷和动机完全相反的结果和结局："铁屋子"和"厚障壁"没有打破和毁坏，自己却要么如狂人一样重新从疯狂中"醒悟"，回归旧传统和旧秩序，"赴某地候补"；要么如《在酒楼上》的吕纬甫一样从传统的挑战者再回归到"子曰诗云"；要么如《孤独者》中的魏连殳一样沉沦颓唐、不辨善恶如"活死人"；要么像《伤逝》里的子君一样，从解放的天空坠落到现实的泥塘，从理想的彼岸回到沉重的此岸，从冲出"父亲"的家门建立自己自由的家庭，到最后新家庭解体重回父亲的家门——象征和隐喻父权制压抑性传统势力和思想的堡垒与"坟墓"。有学者指出在鲁迅小说中存在一种"回乡—离开"模式，如《祝福》和《故乡》里的第一人称叙述者和回乡省亲的知识者"我"，其实在更大的意义和更广的范围内，鲁迅小说还较普遍地出现启蒙者、挑战者觉醒—反抗—失败—回到从前的人生轨迹和叙事模式。小说中这些启蒙者勇敢挑战巨大无比的"老中国"和传统的过程，也是他们被挑战叛逆的对象异化和"去势"的过程，是叛逆思想和精神的丧失过程。鲁迅笔下的几乎所有的一度对传统和旧物反抗挑战的人物——不论是狂人那样的战士，还是爱姑那样的农妇，都无一例外地没有好的结局。

为什么启蒙叛逆者会普遍出现屈服回归、沉沦颓唐的现象？为什么具有现代性思想意识的知识者在故乡遭遇无以言说的尴尬困境？鲁迅小说在其"内叙事"中较多出现的启蒙者和叛逆者屈服回归的现象，实质上构成了对五四启蒙意识形态或现代性的质疑。鲁迅为什么要对他参与建构的五四启蒙和新文化运动代表的意识形态、核心价值进行质疑？他通过小说的描写质疑的是什么和质疑的目的是什么？

首先，上述的叙事清楚地表明，鲁迅在小说里是从启蒙的功能主义、即启蒙思想在现实中的无效性这一角度来认识和表现这一问题的。换言之，是

从启蒙者与思想传统和社会传统构成的压抑性环境之间的不对称关系来思考和表现启蒙在中国的结果的。任何意识形态都是对存在的反映,以传统代表的意识形态是中国数千年封建社会的生产关系、社会关系的基础上形成的上层建筑。由于大一统的封建社会存在的持久和统治阶级思想的长期的主导性统治,所以其具有强大的思想力量和现实力量。而五四启蒙主义赖以产生的社会基础和思想基础还非常薄弱,还无法与前者构成力量的对比和平衡,所以在二者冲突和较量中必然性地导致悲剧,也即马克思主义经典作家指出的,历史的合理要求与压制这种要求的强大现实构成矛盾,就必然导致历史要求的暂时无法实现和悲剧结局。鲁迅对此的认识是十分清楚的,所以他一方面积极投身启蒙与新文化运动并且是最坚决的战士,呐喊奔驰不惮于前驱,另一方面以自己独有的思考与语言一再表达对"老中国"即传统力量的巨大性、压抑性和破坏性的认识和批判——中国压抑性传统的强大,现实环境和条件的整体性落后,使得"什么主义都与中国无干","我们中国本不是发生新主义的地方,也没有容纳新主义的处所,即使偶然有些外来思想,也立刻变了颜色",没有"精神的燃料""弦索"和"发声器"的中国,任何新思想的进入都如箭入大海,任何挑战传统成规和追求自我发展的行为与努力都成为徒劳。① 这一点,鲁迅不仅在他的杂文中进行理性的阐述,更在小说的具体描写中,通过这些新思想的鼓吹者和追求者与他们身处的环境的矛盾对立而导致的普遍困境、尴尬和悲剧结局,予以形象的揭示。由此,鲁迅实际上是将狂人们和子君们悲剧的原因,很大一部分放到了社会身上——是中国社会的"恶性"传统与现实存在使他们的诉求和行为走向失败和悲剧。

其次,由这种功能主义立场出发的对造成启蒙和启蒙者悲剧、造成五四启蒙意识形态坍塌无效的中国环境的巨大性、压抑性和灾难性的批判,还必然性带来了鲁迅小说对本源于西方现代性的五四启蒙意识形态本体的质疑,以及对在中国实施启蒙的合理性与必要性的质疑。在小说的描写中可以看到,作为历史的合理要求的启蒙与这种要求不仅根本上难以实现,不仅在中国无

---

① 鲁迅. 随感录五十九·圣武[M]// 鲁迅全集:第1卷. 北京:人民文学出版社,2005:371.

效甚至产生动机与效果的逆反背离，还可能给启蒙者和被启蒙者都带来戕害和灾难，带来中国式启蒙的悲惨结果。如果说在部分小说中鲁迅表达了"传统"思想和礼教杀人、吃人的主旨，与他五四时期的杂文表达的思想诉求一致的话，那么在《伤逝》等小说中，通过子君从大胆叛逆传统和父亲（叛父）、追求自我解放到最后自由和解放破产、重回父亲之家并死亡的叙事，作品在批判社会的落后和偏见妨碍破坏自由解放的实现的同时，也在一定意义上曲折地表达出新思想的空洞性、虚幻性甚至"害人性"和"吃人性"——自然，新思想的这种"恶果"并非它的初衷，或者说，传入中国的这些现代性新思想的"善"的属性和动机在中国语境中逆向地导致恶的结果，属性、动机和效果发生了背离与"异化"。这种小说情节和叙事里内在隐含和客观呈现出的"新思想误人、害人"的可怕结果，与《祝福》等小说里揭示的"旧传统"杀人、吃人的结论，都是鲁迅小说揭橥的极其深刻而特异的思想。既然新思想的接受带来的结果是如此的不幸和可怕，那么由果溯因，以自由平等、个性解放为主旨的五四新思想即五四启蒙意识形态在中国存在的合理性和必要性，这种意识形态的本身就是令人怀疑的。在《狂人日记》发表两年后写作的短篇小说《头发的故事》里，鲁迅就表现了这样的怀疑和拷问。小说借头发的变迁为隐喻，对立志启蒙的"先觉者"与社会改造者的行为与思想、对启蒙或改造本身的合理性提出了质疑，形象地揭示了由于社会条件的整体性落后和"中世纪性"所造成的中国社会环境的"特色"，任何对个人的启蒙和对社会的变革，固然可能带来一时的震动和快感，却可能造成更大和更多的痛苦，启蒙与变革的效果小于或逆于动机与目的，甚至落入想上天堂却掉进地狱的存在主义困境。

既然启蒙带来的不是正向而是负面的结果，既然启蒙意识形态本身就如同传统意识形态一样是虚幻的神话性和空想性的乌托邦，那么在中国社会旧有的传统意识形态过于强大和社会整体性落后的"国情"下，移植和选择这样的意识形态、启蒙话语是否可行？推而广之，整个五四启蒙和新文化运动对中国而言是否可行甚至必要？我们知道鲁迅在辛亥革命以后对中国社会的改造和变化一度是绝望的，五四新文化运动兴起之际他并不愿意参加，是被钱玄同等人劝诱说服之后被动参与进来的。参加之后，鲁迅一方面成为大纛和猛将，一方面对效果始终心存疑虑，如果说他五四时期的理性杂文表现了启蒙战士的勇敢呐喊，那么小说里的启蒙者悲剧的叙事就表达了怀疑的"阴影"。因此，鲁迅小说的呐喊固然表达了深切的启蒙诉求，同时也表达了这种诉求在中国传播和实施的徒劳和无果、虚妄和绝望的宿命。中国需要启蒙又无法有效启蒙，启蒙带来的不是思想与现实的进步而是回归、痛苦甚至倒退，这种启蒙的二律背反现象对其实施和传播的必要性与合理性就构成了彻底的质疑和解构。西方马克思主义在二战前后重新反思欧洲启蒙运动时曾经慨叹："历来启蒙的目的都是使人们摆脱恐惧，成为主人。但是完全受到启蒙的世界却充满着巨大不幸"①，经过启蒙的土地到处充满令人发指的灾难。启蒙带来了灾难和恶果，这是他们在看到高度现代化的德国和西方出现法西斯和大屠杀之后得出的"启蒙辩证法"。中国的鲁迅则在中国尚在进行反封建、反传统的启蒙并迫切需要启蒙之时，就以小说叙事描绘了中国启蒙的悲剧、困境和启蒙意识形态的虚幻与欺骗，并质疑了中国启蒙进行和实施的必要性以及可能带来的逆向性和灾难性，从而内在地揭示出中国启蒙的辩证法。

二、时代女性的命运与五四启蒙意识形态之弊

类似鲁迅《伤逝》那样的"昨天的故事"，在五四之后仍然有作家"接着讲"——从丁玲到茅盾，受过五四思想影响的"时代知识女性"的生活与命运，成为他们早期创作时"情有独钟"的形象与现象。

丁玲的《莎菲女士的日记》和《梦珂》都写于1927年，五四运动已经成为过往云烟。②但是，小说里的莎菲和梦珂，这些从外省来到京城和上海的青年知识女性，在五四的启蒙话语和理想已经被社会遮蔽和压抑、个性与自我解放和发展的道路被堵塞封闭的环境里，仍然怀抱五四的有关个人与自我的

---

① 霍克海默，阿尔多诺.启蒙辩证法[M].重庆：重庆出版社，1993：1.
② 鲁迅的《伤逝》也是在五四高潮过后的1925年写作的，开启了反思五四的文学先河。

思想价值，追求灵肉一致的纯洁爱情——个人和自我价值的绝对的、理想化的实现。这样的追求或者必然破灭并导致绝望虚无和逃遁，或者抛弃纯洁而空洞的五四理想向恶浊的社会投降并堕落。"梦醒了无路可走"——这是五四后丁玲式的小说的内在主题和批评者的普遍共识。对此，作为五四时期著名批评家的茅盾有着清醒的认识，他指出莎菲女士式的在个人与身处的环境之间矛盾中感受的痛苦和矛盾的无法解决，使她发出苦闷的绝叫，代表着一代知识女性和青年的普遍境遇。① 而茅盾自己也在大革命后写下的《蚀》三部曲中，同样将关注视点和描写对象放到了经过五四思潮洗礼的时代知识女性身上，并由此成为茅盾小说里富有特色的人物形象系列之一。三部曲中的《幻灭》里的知识女性在爱情追求中的一再受挫和无果，再一次重复了单纯追求个人幸福的必然幻灭，实际上也就构成了对这样的人生追求的否定，宣示了此路不通的现实与国情。只停留在五四意识形态的梦幻中而不进行"武器的转换"，或者以浪漫的态度投身于冒险旅游似的革命、对革命和社会改造抱有不切实际幻想的时代女性，也都没有更好的命运，"五四人"在变化了的时代中成为"多余人"，无用、无能、无路成为她们性格与命运的写照。这样的受影响于五四却堕落或没落的美丽的知识女性的形象和命运的描写，不止出现于 20 世纪 20 年代后期丁玲和茅盾的小说中，30 年代曹禺的话剧《日出》和《雷雨》，依然叙述着陈白露式的一度追求自我和个人幸福的知识女性的堕落和没落，繁漪式的个人主义追求的恶化和变态——极端个人主义的自私和疯狂。甚至到了 40 年代，茅盾小说《腐蚀》仍在描写和痛惜着五四雨露哺育的美丽的知识女性赵惠明的沉沦——已经不止于身体的沉沦，而且陷于政治堕落的泥淖。

　　上述作品的这些时代知识女性——推而广之，受过五四精神乳汁喂养的广大的小资产阶级知识青年，他们被如此描写、揭橥与定位的形象和命运，从现实主义文学的角度看，一方面无疑具有历史的真实和文学的真实——在五四启蒙意识形态被压倒和"去势"、现实环境日益物化和政治化的后五四时

---

① 茅盾. 女作家丁玲 [M] // 茅盾论创作. 上海：上海文艺出版社，1980：216.

代,"五四式青年"必然梦碎无路、沉沦迷茫,由此,作品叙事构成了对这类五四式人物的"时代局限性"的批判性揭示,以及造成他们"无路"与"无用"的外部社会环境的批判性揭示——他们"生不逢时",莎菲们的个人悲剧包含和折射着社会与时代的征候。这也是这类文学写作与叙事的主旨性目的。

另一方面,这类对"五四风"知识分子在后五四时代局限性的如此描写与叙事,也如鲁迅小说那样,客观上构成了对这些青年所一度信仰并深受影响的精神资源——五四意识形态的内在质疑。为什么五四雨露哺育的知识女性和青年不能适应变化了的环境与时代?为什么播撒"龙种"的五四精神却没有等值的收获甚至收获的是"跳蚤"?显然,上述作品对"五四风"知识女性在后五四时代的普遍困境和悲剧的叙事,在社会外部因素的揭示外,已经触及致使他们命运如此的思想精神因素,并构成了一种文学化的五四思想质疑和批判。

是五四意识形态的哪些内容使这些文学中的"五四风"知识女性陷入尴尬无路处境、给她们造成思想与行为的局限呢?从这些小说或文学已然构成的"叙事的质疑"中,可以或朦胧或逐渐清晰地看到它们触及的启蒙思想价值蕴含的"问题"。首先,五四时期的启蒙意识形态对个人主义作了理想化、完美化、至善性、乐观性的阐释和宣传,即制造了"玫瑰色的梦",而没有看到和指出个人存在、能力和认知的有限性与易错性,以及由此带来的个人主义的局限性,个人追求和自我价值实现的有限性。换言之,五四启蒙意识形态本身既有虚幻性和乌托邦性,又没有在建构意识形态时对其中的具体内容——如个人主义、民主、科学等进行学理的、理性的、系统的阐发,没有欧洲启蒙运动从理论到实践的全面细致的准备,而大多只是感性的甚至不无偏颇的呼喊。这必然造成五四启蒙意识形态的狂欢性、空泛性和乌托邦性。而比五四启蒙者的思想认识水平更低的知识青年,在启蒙的狂欢时代自然没有能力对个性主义等启蒙思想价值进行理性的辨别,只能是囫囵吞枣地匆忙接受并奉之为绝对理想。把本身和先天就具有意识形态性和局限性的思想价值作为尽善尽美的理想和幻想,必然造成思想精神的缺失和局限,以这样具有局限性和虚幻性的思想在现实中生活和追求,不可避免地碰壁和失落。《莎菲女士的日记》中莎菲对灵肉一致的完美爱情的追求，实质上就是对个人主义的完美性和极端性的追求，也是对所有抱着对个人主义完美性梦幻的时代青年必然"碰壁"的思想与行为的真实写照和隐喻。

其次，五四启蒙意识形态过于强调和鼓吹叛逆家庭、伦理、道德和传统的正义性与合理性，鼓励和宣扬个人利益追求和实现的价值性与合法性，而没有阐述和看到个人主义的存在悖论——个人和自我一方面不断冲破和打碎传统和社会的种种束缚、实现自由与自我价值，另一方面，由于打破和轰毁了与原来的家庭、文化、道德、社会共存的精神与物质的纽带，即自我与世界和他人的关系纽带，那种关系曾经带给他安全感、归属感和确定感，而打破了旧的可以依赖的秩序和关系（包括与家庭、社会和传统的关系）后，自我与社会环境又未能建立新的依存关系，社会也没有提供建立这样新的关系的环境，因而会在追求自我和自由的过程中产生无所依附的孤独感乃至荒原感，甚至最后会产生对自由的恐惧和逃避自由的渴望——现代主义文学就表达了这种自由的悖论。如前所述，五四启蒙者在建构启蒙思想价值和意识形态时的仓促和简单，使其没有也不可能揭示自由与个人主义的悖论与局限，因此，受五四启蒙的知识者们在打破传统和成规束缚的时候是勇敢大胆的，却没有料到这样的冲破束缚追求自由会带来另类的结果——社会与文化的断层，和由此带来的孤独无据的困境与心境，即便没有时代环境的变化陷他们于入无路可走和进退失据，单是这种断层也自会带来心理的与处境的孤独问题。"五四风"知识者们由于没有认识到这样的悖论，所以当他们陷入孤独的时候，显然没有任何的心理准备，必然由此带来进退失据的痛苦"绝叫"。

最后，欧洲的现代性启蒙运动一方面倡导和建构价值理性——自由、平等、天赋人权、反对宗教神权和建立理性的至尊，另一方面，也建构和倡导工具理性，提倡知识的力量、实践的意义、世俗的价值，是以工具理性实现价值理性或二者的融合。而中国五四的启蒙者们，在价值理性的倡导上尚不充分甚至泛化空洞，在工具理性的认识和倡导上基本缺失——或者没有清晰地将启蒙思想价值予以分辨和倡导，或者虽然个别人如胡适注意并一度倡导工具理性，但政治与文化的激进主义占据主流而工具理性流于边缘，或者将工具理性空洞化和乌托邦化。这就导致大批"五四风"的、文学型的、持政治与文化激进主义立场的知识女性，单向地把五四的思想价值尊奉为绝对化、神圣化的信仰体系，没有理解其中还包含着工具理性范畴的知识与能力的要求，并以之适应和协调自我与世界和社会的关系，以之参与对自我和环境的调整与改造。当以往的思想已经不能改造和创造思想、不能打破现实的物质世界而需要适应和变革世界的知识和能力的时候，还一味把非神圣的东西神圣化并陶醉于其中不能自拔，不能把真理和价值理性转化为知识和工具理性，不能以知识和能力参与世界和环境的改造，这也必然地导致他们产生困惑感、无力感并陷于尴尬苦痛。

与此相应，五四启蒙时期蔚为壮观的对传统的激烈批判和对新思想的提倡所形成的"思想解放"的狂欢和盛宴，由此形成的"思想文化"的启蒙和解放可以解决一切个人和社会问题的氛围与"迷思"，对思想和精神等意识形态力量与作用的非理性夸大和信仰，是五四启蒙的具有积极和消极双重意义的精神资源和遗产。而启蒙高潮时期的部分启蒙者和被启蒙者，大都没有认识到任何思想价值、意识形态都不是单独出现和发展的，都有它们赖以产生和发展的、由物质生产关系和阶级关系及社会形态构成的历史土壤，它既是思想价值结构，也是不能脱离整体社会的"关系结构"，需要与社会的整体关系不断进行调整与整合，避免具有一定局限和偏见的意识形态的绝对真理化和信仰化。在后五四时代社会的政治、经济等物化社会已经发生巨大变化的时候，上述文学中的知识青年继续沉湎于五四之梦，其结果只能是在后五四时代重复堂吉诃德战风车式的悲喜剧。五四启蒙意识形态在思想与现实关系和作用方面的"偏至"和含混、受启蒙者对此的误读与偏执，也成为这些知识者陷于困惑和困境的内因之一。

毋庸置疑，这样的"启蒙问题"及其构成的"质疑"，在后五四时代的上述文学文本中并非如此"抽象"和条分缕析，而是以具体的形象，感性、朦胧地"内存"和隐含于整体的叙事中。正因为问题的存在和作家的"叙事质疑"与反思，所以，在描写和表现了上述的"五四风"知识青年的启蒙迷思与困境后，一些作家在努力地寻找破解迷思和走出困境的方法，并把这样的思考内化和投射于文本叙事。丁玲、茅盾此后的创作及 20 年代后期出现的革命文学和革命加恋爱小说，都不约而同地描写知识者如何开始摆脱个人与自我诉求（爱情）的圈子和"甜蜜牢笼"，走向集体主义的政治与革命（尽管还是与实际革命有一定差距的"想象的革命"）的过程和结果。但遗憾的是，这类文学叙事对集体主义的新意识形态、对方向转向的过程和结果却又陷入了过于理想化、浪漫化和乌托邦化的描绘与叙事，而没有揭示完全的抛弃和丧失个人主义与自我的价值，完全舍弃了个人与自我存在和价值的集体主义意识形态所蕴含的新的偏见性与局限性，同样可能导致悲剧与危险，正如对五四时期启蒙意识形态过于绝对的信仰包含着矛盾与悲剧一样。

三、非左翼文学的五四质疑与现代性批判

20 世纪三四十年代文学中，在非左翼的、被称为自由主义或具有这样的倾向的作家所写作的文本，也不断出现对五四思想和文学主题的自反性质疑，其中，沈从文、老舍和张爱玲的小说，比较集中和"完整"表达了对五四主流思想价值整体的或某一方面的"消解"和"自反"倾向。

出身城市贫民、靠着"狭义"式的好人的施舍和帮助受到教育并得以出国留学的老舍，底层市民阶级的思想道德观念和精英知识分子的现代性民族国家观念"合二而一"地融合在他身上，构成他判断事物善恶是非的思想价值准则。从这样的思想原则出发，老舍一方面与那个时代的知识分子一样，以"优胜劣汰"的进化公理和进步、文明的观念进行中西民族与文明的对比，在对比中既产生强烈的民族爱国思想，也产生了与五四启蒙主义思想认识相似的关于国家改造（立国）和国民性、民族性改造思想，在《老张的哲学》《二马》《牛天赐传》《赵子曰》《四世同堂》等诸多小说里，幽默而痛切地揭示中国的弱国的地位及其各种病象，批判性地揭示和描绘中国文化与国民的弱点，希望那种由"进化公理"推动和带来的现代性的东西"施之国中"，以改造中国和国人，使国强民强，这也是他在众多小说中不断批判"老中国特色"，特别是批判地表现皇城根里的老北京市民的精神弱点的原因。这种现代

知识分子的启蒙情怀和由此构成的小说叙事，使老舍与五四启蒙思想具有精神的同一性，使他的小说加入了以民族国家再造和国民性改造为主旨的五四启蒙主义文学的大合唱，并在本质上隶属于这一文学流脉。

因此，照理老舍对"现代"进入中国应该是拥护和赞成的。然而，那种来自北平城市底层的生活和思想记忆与影响，那种希望通过自我完善和狭义式好人帮助以改变自我和社会、那种寄托于好人和好人政府的笼统的道德理想主义，又使老舍把改造民族、国家、国民的希望寄托在每个人的"实干"和道德完美的好人构成的整个社会与国家的"实干"——至于怎么实干，怎么使个人都自我完善和好人如何组成领袖集团和政府，老舍实则是朦胧和混沌的，显示出道德上的高蹈式的理想主义和社会政治实践上的市民般的幼稚。这样一种市民阶级的生活和思想记忆构成的思想状态，必然性地使老舍对五四肇始的新时代、新思想、新人物、新潮流，即对一些"新派"的东西，带有一种天然的不信任和怀疑。这种不信任和怀疑在他的小说中，就表现在对那些"进步"和现代"时髦"的东西的否定性描写中。出现在老舍小说里的进入中国的现代性事物，几乎都是畸形和荒谬的——《老张的哲学》里办学的老张是骗子加流氓，《文博士》里留学归来的文博士形同于江湖骗子，《赵子曰》里的大学生们骂老师打校长闹学潮，喝酒打麻将蝇营狗苟，除了一个李景纯，所有的大学生几乎都是坏蛋，而大学等同于以学位骗钱的机构。五四的新文学被描写为神经质的"新诗人"和大学生无病呻吟写出的一些令人作呕的所谓"新诗"。而以寓言形式出现的《猫城记》，则"集大成"地把五四以来中国发生的一切——政治与革命、教育与文化、学生与学潮、文化与知识、外来新思想等几乎所有方面，都写成了中国式的"胡闹"和荒诞。政党是"哄"，大学教育是制造无用文凭，革命是"大家夫斯基主义"，新知识是谁也不懂的这个那个"斯基"……这种极端负面性、颠覆性、夸大性和讥刺性的描绘，揭示了老舍对"猫国"即中国变革的绝望：所有新的外来的好的东西在这里都被酱缸化和卑污化，都被扭曲、变形和抽空，因而一切的政治、革命、启蒙、进步、知识、学生运动在这里都变成了胡闹和笑话，都难以起到好作用，反而都变成了坏现象。这样，老舍与鲁迅和后来的钱锺书等人一样，对于老中国将一切外来的事物都予以颠覆、污染、卑污的"特色"和国情，在思想认识和文学描写上表现出惊人的一致性。自然，老舍把这样的环境中的一切"新派"都写成极端无价值和荒诞不经，也就顺理成章。

与老舍相比，沈从文在论说性文字和小说叙事里，对"五四"以来启蒙主义的价值取向，表现出更为直接和鲜明的质疑、颠覆与自反性。沈从文自称是中国最后的浪漫主义者。他对五四启蒙价值观的质疑与自反，更多地表现出一种质疑和挑战以现代、进步为表征的社会现代性的美学现代性特征。在小说中，沈从文以"感性的理性"，比较具体和系统地表达了对进化、进步、现代文明所派生出的一切事物的质疑和否定。为此，沈从文的小说构筑了两个对比鲜明、反差极大的形象世界：乡村与都市及其人生形态。对乡村世界的诗意礼赞和对都市世界的否定性描写，成为他小说写作的最显著的特色。而他用以对乡村世界和都市世界进行价值评判的轴线是时间（时代），评判的价值标准是人性。

沈从文描写的乡村集中体现在以湘西为代表的边地世界，这个具有原始和宗法社会特征的、被现代文明视为野蛮落后的乡村边地，在小说中被描绘为具有积极正向的历史价值、社会价值和审美价值的美好世界，这种美好集中表现于自然的优美、人性的美善和礼俗的美善。其中，人性美善是作者和小说表现的核心。一切在现代文明看来属于野蛮落后的东西，在这里被消解了其固有的意义，成为人性和习俗美好的象征。这样的乡村世界不但使生活于此的人们怡然自得，还是治疗都市文明之病和人性之病的圣地和福地，是养育和供奉美善人性的"希腊小庙"。但是，沈从文痛心地看到这个他希望永世长存的化外之地，却受到了现代及其文明的破坏。而"现代"所带来的，不过是"点缀都市文明的奢侈品的大量输入"、公文八股、交际世故和青年学生的时髦追求，它们对礼俗人情构成的乡村世界的"污染"和瓦解。面对自然长河和历史长河的交错与变迁，沈从文在小说中以叙事者的姿态陷入了关于自然与历史的"常"与"变"的沉思与哲思。这种沉思及其结果，是"变"和时代轮子之类带来的所谓进步、文明，未必是人性和历史的福音而是"恶变"和"恶果"，"常"的、传统的、非进步的反而是具有永恒价值的东西，是人性和历史的终极家园和"神庙"。前现代的乡村是价值世界而进入现代的乡村价值遭到瓦解和破坏，过去有价值而现在和未来未必有价值，这是沈从文及其小说与五四价值观截然不同的所在。

都市世界在沈从文小说里呈现出整体的恶与无价值。由现代和"进步"造成的都市、都市文明、都市人性——特别是受过现代教育、拥有知识和文明的教授、大学生等知识阶级和上流社会的绅士男女，普遍呈现出人性的扭曲、变态，道德上的堕落和自私，乃至性爱方面的萎缩与无能。就连最能代表进步的科学和拥有科学知识的城市工程师，也在"落后"乃至原始的乡村宗教、文明、自然和面前，感到了自身的狭隘、无用和人性的非自然化，最后向乡村世界的文明和价值臣服。小说《凤子》就叙述了一个这样的都市工程师和科学被山寨头人和乡村文明征服的、整个中国现代文学鲜见的故事。自身在五四新文化思潮吸引下从遥远的湘西来到都市北京，并加入新文学创作大潮的沈从文，几乎在他所有的关于乡村和都市的小说中，都表达了与五四启蒙现代性的思想价值背道而驰的思想价值取向。而沈从文小说所表达的这种比较系统地颠覆和否定社会现代性的美学现代性，骨子里积淀着他对社会历史发展方向和状态的认识和追求。

与沈从文相近，40年代在上海大出风头的女作家张爱玲，也同样明显和明确地表达了质疑和反对五四思想与文学的倾向。在价值观和对历史的认识上，张爱玲不认同那种历史、社会是不断进化或进步的观念，相反，张爱玲用"荒凉"概括了她的历史观——历史、时代和文明的未来，不是进步和光明，反倒是荒凉、荒漠或死寂。由此，她直接对五四新文学及其表现的思想价值，进行了指责，认为五四新文学的弊端在于形成一套"新文艺滥调"。而张爱玲在创作中对这种"使人嫌烦"的"新文艺滥调"——启蒙、改造国民性、个人解放、妇女解放以及有关革命、反抗、斗争等时代主导话语予以回避、质疑与拆解，一头钻进那"就事论事"的"庸俗"的但"也是更真实"的民间社会。而且，在这"民间社会"叙事中，张爱玲一反五四以后新文学中的启蒙者和先觉者立场，拒绝居高临下的"俯视"视角，以"平视"的、体察的、悲天悯人的目光，打量和叙写着那些民间的、非英雄化的芸芸众生，那些"不彻底的人物"。这些人物有不幸,有悲剧,有病态与变态,个别的甚至有"彻底"的疯狂,但作者由这里导出的,却不是"批判"与"改造",而是人生的无奈与苍凉。所谓金钱、爱情、进步、自由、家庭、亲情等一切物事,都不过是"虚应个景儿",生活中永远是卑微、琐碎、轮回,老调子永远唱不完。在表现中国的老调子难以唱完这一点上,张爱玲与鲁迅倒是有相通之处。但在鲁迅那里,"老中国"的"老调子"代表的是中国固有的压抑性传统,它的"唱不完"和力量的持久强大造成的是中国和中国人的生存悲剧,是应该被否定和希望它"唱完"的。在张爱玲这里,由衣食住行婚姻家庭生老病死构成的中国的老调子,是"中国的底子""本体",它使得中国的传统、中国人的生活和特色真实、安稳和绵长,这样的生活之流和日常之道的存在终究会瓦解和颠覆那些飞扬的思想和生活——由此,这老中国的"老调子""底子"和"平常道",才是历史与生活的真实。但这种真实也是相对的和非永恒的,最终同样都走向苍凉。如此,张爱玲在这不为新文学主流话语所注目的沪港社会、都市民间社会中,精心营造了自己的"诗学王国"和"叙事世界"。

当然,张爱玲那与独特的出身、家世和人生经历有联系的、夹杂着中国老庄、《红楼梦》和佛禅的"色空"等观念形成的对社会人生的"苍凉"感,使她不仅对五四思想、文学的所谓"滥调"进行质疑和自反,而且对人类文明、人性、家庭、友谊、爱情及社会所有永恒的东西,都抱有绝望和悲观,不相信任何社会物质的与精神道德的永恒、温情及价值。这使她对五四现代性的自反与质疑,又远远超越了沈从文式的否定和批判社会现代性的美学现代性——沈从文还想再造"希腊小庙",守护永恒的人性和社会发展之"常",而张爱玲根本就不想守护和再造任何东西,人性也好社会也好,根本就没有永恒,一切都是"废墟",由此,张爱玲这种彻底的悲观主义就超越了社会现代性与美学现代性的缠绕,表现出与西方虚无主义和存在主义哲学"同气相求"的精神特质。

在五四及五四后的新文学中,具有或表现出对五四启蒙主义思想价值和文学主题质疑倾向的"自反性"文学,远不止上述作家的作品,像废名和30

年代左翼文学、40年代解放区文学，也都在或一定程度上具有这样的倾向。过去学界曾用"反现代性"来概括这类文学，现在看来是不够准确的。如上所述，作为五四启蒙主将的鲁迅就不是笼统的"反五四"和"反现代性"，而是表现出现代性追求中的复杂性和"建构中的自我反思与批判"。张爱玲也不是简单的"反现代"和"反现代文明"，她对所谓"五四"代表的"新文艺滥调"的质疑和反感，实质是对建立在直线进化论基础上的现代性的单一性和决定论的否定，是对所有历史与文明的非永恒性、虚无性的确认。30年代以后的左翼性质的文学在对五四文学有所继承的同时，也以救亡和革命的主题偏离和否定了五四文学的启蒙现代性，表达出自己对另一种现代性——同样肇始于工业化和社会现代化进程的革命现代性的追求。而这些文学对五四启蒙主义思想和文学价值的偏离或否定，确实都表现出或符合"自反性"特征——对五四思想和文学进行质疑与抽离，建立自己的另类现代性文学世界。即便张爱玲的彻底的"苍凉"和无常叙事，也与现代存在主义的思想价值相勾连。就是说，否定和"自反"五四思想与文学的启蒙现代性而建构和表达另类现代性，是上述大部分作家的共同诉求。吊诡的是，这种从新文学内部产生的"自反性"文学，不仅建构、拓展和丰富了新文学的现代性，而且同样成为新文学的有机组成部分和资源，成为新文学的新传统之一。

"九一八"国难与东北抗战文学中长篇小说[*]

一

1931年的九一八事变,标志着近代以来屡遭侵略的中国,遭遇了一场最大的国难。是时,执掌国家政权的国民政府及其领导人虽然没有下达不抵抗的指令,并且在策划和组织国防建设以应对越来越明显的来自日本的侵略威胁,但是由于国力和战略的考虑,以及正与地方军阀进行征伐与战争,特别是与具有阶级性和政治性的中共红色政权处于高度对抗状态,所以面对日本帝国主义悍然发动的侵略行为,只能采取暂时避让不扩大事态的政策,"不抵抗"和"卖国"的指责,端肇于此。而中共正在与国民党政府进行以革命夺权为目的的土地革命战争即阶级战争,此时意识到民族危机的加深并发表宣言痛斥日本帝国主义的侵略,但其主要行为还是国内革命战争,加上受到共产国际和苏联把日本对东北的侵略主要看成对苏联的威胁、提出"武装保卫苏联"方针的指示和影响,也难以大规模组织关内力量对抗日本侵略,只得通过中共满洲省委组织抗日队伍进行战斗。中共领导的抗联和原隶属国民政府的马占山国民军虽然与日寇进行了保家卫国抗击侵略的殊死战斗,国内新闻报刊也进行了宣传报道,像马占山抗日和江桥血战还成为媒体关注的热点,但总体上还没有成为全国性持续性的热点。因此,九一八事变肇始的中国抗

---

[*] 本文原载于《广东社会科学》2016年第6期,收入本书时,略有改动。

战和民族解放战争的历史性重大意义，也还没有成为普遍的共识——国内现代史一般都把1937年的"七七事变"作为全面抗战的开始。甚至由于信息传播的有限性、大多数国民的知识和受教育程度的有限性，以及长期的封建统治造成的民族国家意识的相对薄弱，九一八事变后，国内部分百姓对这场国难的认识还是有限的，鲁迅在此后为东北作家萧军小说写的序言里，就提到距东北最近的京津一带的部分民众，对来自东北的流亡百姓存在一定的拒斥，不愿意租房子给这些"亡省奴"。①

在这种情形下，最感到痛苦的，自然是陷于铁蹄之下的东北人民，以及作为人民思想情绪"感应的神经"的东北作家。此时的东北作家处于两种环境中：一种是在东北北部哈尔滨从事东北左翼文艺运动的"北满作家群"，即萧军、萧红、罗烽、白朗、舒群、金剑啸等人。面对故土沦陷的巨大灾难，冲天的悲愤和报国反抗之情自然勃发，萧军就一度打算到磐石一带去参加抗日义勇军。投笔从戎不成，他们就或者以自己的工作实际从事反抗侵略者的斗争，如舒群等人实际是在职业掩护下为中共和共产国际进行地下斗争，或者开始以笔墨为武器，进行抗日反帝的文学创作，如萧军和萧红着手《八月的乡村》和《生死场》的写作，同时从事左翼文学和戏剧运动。另一种是九一八事变时在上海、北平等地求学同时参加左翼文艺运动的东北青年学生，如身在上海与北平的李辉英、端木蕻良等人。最早以九一八事变后的东北为题材进行创作的，就是身在上海的李辉英。他在九一八事变发生三个多月后，就在1932年1月20日的左联刊物《北斗》上发表了小说《最后一课》，是年的3至5月间，他又写作长篇小说《万宝山》，于1933年3月出版。这是九一八事变后最早出现的长篇小说，也可以说是东北抗战文学、中国抗战文学和世界反法西斯文学最先出现的长篇小说，自有极其重要的文学史价值。上海左翼文坛在"左联"决议中提倡"抓紧反对帝国主义的题材"的时代号召及其弥漫于整个左翼文坛的反帝思潮构成的语境，故土沦陷使自己成为最早的流亡者，以及由此引发的民族情与故乡情交织的情感旋律，是使得李辉

---

① 鲁迅.田军作《八月的乡村》序[M]//鲁迅全集：第6卷.北京：人民文学出版社，2005：295.

英先于萧军等人最早写出东北抗日文学作品的重要因素。

随着占领东北的日本殖民当局的法西斯主义高压统治的日益严酷,在"北满"从事左翼文艺和抗日文学写作的哈尔滨左翼作家,于1934年前后被迫陆续流亡到关内青岛、上海和北平等地。在鲁迅的支持下,萧军的长篇小说《八月的乡村》、萧红的中篇《生死场》等描写东北抗日义勇军和人民苦难中崛起的小说,于1935年出版。鲁迅先生的支持和序言、小说内容的鲜活与独特,不仅在左翼文坛引起重大反响,也受到日益感受到民族国家危机的关内读者的欢迎。与此同时,舒群、罗烽等人也发表了《没有祖国的孩子》《呼兰河边》《第七个坑》等小说,马加出版了中篇小说《登基前后》,东北流亡作家的创作成为左翼文坛瞩目的焦点。1936年上海生活书店出版了《东北作家近作集》,标志着集体性、流派性的东北作家得到文坛与社会的公认。

身在上海的东北作家反映东北抗日作品的饮誉文坛和鲁迅推荐所产生的巨大影响,实质形成一种"召唤结构"和效应,对所有东北流亡青年和作家都发出了写作抗日文学作品的召唤:用中国文学史上很少描绘的广袤的黑土地上的人民苦难和奋起抗争的新的题材与主题,丰富左翼文学的表现领域,满足广大人民由国难频仍、民族危机加深引发的阅读期待和时代需求,鼓舞与振奋民族精神以反抗帝国主义的侵略。当此之际,在清华大学读书期间就参加北平左翼文艺运动的端木蕻良,作为东北流亡青年的一员,在故乡沦陷和北平左翼文艺运动受挫期间,以21岁的年龄开始着手宏大的长篇小说《科尔沁旗草原》的写作。这部长篇小说辗转出版于全面抗战爆发后的1938年,但在此之前,受到上海东北作家在鲁迅推荐下取得成功的模式的影响,端木蕻良也给鲁迅写信,并开始写作《大地的海》等一批反映东北抗日军民生活的长篇与中短篇小说。类似的情形还有年轻的、来自东北中朝边境地区的青年作家骆宾基。在时代共振、共鸣和鲁迅与茅盾等左翼文学大师的推荐与引领下,骆宾基也创作了长篇小说《边陲线上》。于是,一批东北作家写作的东北抗日反帝题材的长篇小说,就成为九一八事变后中国文坛数量最多、成就最大、影响最广泛的抗战文学经典。截至1945年抗战胜利,东北作家在抗战前、抗战爆发后、抗战中后期,都陆续有长篇小说问世,在东北抗战文学史上写下了辉煌的一页,也为中国的抗战文学和世界反法西斯文学,作出了独特的、意义重大的贡献。

二

东北抗战文艺暨抗战长篇小说,应该包含两重含义:第一,不论是东北籍还是非东北籍作家写作的以东北抗战为背景和题材的长篇宏制;第二,东北作家写作的以东北或整个中国的抗战为背景和题材的小说。其中,东北籍作家写作的作品,放到整个抗战文学的格局中来看,都属于佼佼者;而他们创作的以东北和中国抗战为题材和内容的长篇,在他们的全部抗战时期写作的小说中,又是最有价值和影响力的部分。这些小说虽然具体的描写对象不同,但都从各自的视角对东北沦陷后的现实社会,作了不同层次的剖视与叙事。它们整合起来,就构成了1931年九一八事变到1945年抗战胜利期间,东北以及全国抗战宏图的立体的时代画卷。

如上所述,李辉英是最早发表聚焦九一八事变后东北人民物质与精神生活创痛的作家,其1933年出版的小说《万宝山》,是根据真实事件创作的半纪实、半虚构的"事件体"小说。万宝山事件是日本人在九一八事变前策划的一系列为侵略东北制造借口的事件之一,并借万宝山事件挑拨同属东亚被压迫民族的中朝之间的民族矛盾,把自己装扮成是被他们全面殖民的朝鲜民族的保护者、东亚民族矛盾的协调者和恩主。由于李辉英在1931年以前就入关读书、1934年才得以回乡探亲,此后又离开故乡,所以他只能根据各种新闻报道的资料,加上自己以前的故乡体验,来谋篇布局。因此长篇小说《万宝山》基本上属于纪实体小说,只是把群体性的农民个体化了,写出了具体的中国的农民为了保卫家园掀起的斗争,矛头并非朝鲜移民,而是背后的指使者和阴谋的策划者即蓄谋侵略中国的日本,并对汉奸型人物郝永德进行了从行为到心理的具体刻画。事件性、过程性、阴谋性和反日抗日的主题,是小说的最大特色,相比之下,中国农民个体与群体的形象和心理,情节与结构的安排,事件中寓含的政治与民族矛盾的深因,场面和气氛的营造,还显得简单，也显示出年轻的李辉英尚难以娴熟驾驭长篇小说。不过，相对于九一八事变后关内左翼作家艾芜等人写作的东北抗日题材小说《咆哮的许家屯》等，李辉英由于有故乡生活的经验，所以对于东北乡村环境与景物的描绘，人物乡土性语言和心理风俗的把握，还是比较真实和"入色"的，不像从未到过东北的艾芜那样把东北农民的名字叫作"幺娃子"——彼时东北乡村农民及其风俗不会有这样四川化的名字，也避免了把抗日主题塞进一个不真实描写的环境硬性"突出"概念化叙事的弊端。

李辉英的另一部写东北抗战的长篇小说《松花江上》，出版于1945年1月，距抗战胜利已经为期不远。此时故土沦陷已经十四年，李辉英也从青年进入中年，但对家乡的思念、对沦陷中的同胞的生死挣扎与抗争的关注，从未止息，相反，在流亡的处境中，那份故乡情与民族情交融的流亡者的心理情感世界，更为丰富而浓烈。《松花江上》就是这种心理的投射和外露。这部长篇小说在极其浓郁的东北自然、土地和乡村构成的风情中，不再聚焦于"事件"及其对事件真相的揭露，也摆脱了《万宝山》的那种印象式、速写式的描写方法，而是真实地叙写了九一八事变后东北某乡村农民参加义勇军、组织抗日队伍的过程和过程的复杂性。在初期的东北抗战题材小说中，有把人民在民族苦难到来之际奋起反抗的心理与行为简单化、浪漫化的倾向，"苦难降临"必然地、迅速地引发人民的觉醒和起而抗争，把不同阶级、阶层、政治经济地位、文化教育程度和利益诉求存在差异的东北民众想象为同一性的"民族反抗共同体"，甚或带有民粹主义色彩。而《松花江上》难能可贵的，就在于看到和描写了生活于东北乡村的不同阶级与阶层的民众对于遭受民族敌人殖民的不同态度，对于是否奋起抗争的不尽一致的举措。小说在"父子冲突""阶级差异"的原型与模式中，既写了以王德仁老头为代表的老一代农民的顺民心理和对儿子组织抗日义勇军的劝诱与千方百计的阻止，更着重描写了以地主乡绅和恶霸为代表的传统守旧势力对农民参加义勇军的阻挠和破坏，甚至以雇凶杀人的方式企图瓦解义勇军。而他们作为中国人之所以如此没有民族廉耻和大义，根本上还是利益的考量：担心日本人的报复，担心自己在乡村地位的动摇和瓦解，担心自己的利益受到损害——义勇军的征粮行为已经实质上对他们构成了威胁，使他们痛恨之后也"组织"起来，形成一种对义勇军和民族抗日大业的破坏力量，他们做得比日本人还有过之而无不及。小说对此的描写是真实、细致和充满乡土气息的，对义勇军领袖王中藩、老农民王德仁、参加义勇军的钱寡妇、傻大哥和乡村士绅人物的塑造，也是富有个性和充满立体感的，如一般文学作品那样，对老一代农民、有缺陷的农民和乡村守旧绅士人物的描写，甚至比对义勇军领袖和正面人物的描写更为个性化，对其形象、行为和心理的挖掘表现更为细腻和充满生活的质感。

更值得称道的是，李辉英在小说中固然遵循着他从30年代左翼文学继承的传统，以阶级的视角俯视和描写东北沦陷后抗日队伍崛起的复杂性与艰难性，在民族矛盾成为时代主旋律之际不忘阶级矛盾，把乡村绅士势力描写为破坏抗战和抗日队伍形成的主要"坏蛋"，一如抗战以后抗日根据地和国统区左翼作家的小说的叙事模式；但是在描写所谓正面形象时，李辉英继承的五四新文学的现实主义传统发挥了作用，没有把抗日力量绝对化和神圣化，而是遵循真实性原则，写出了生活本身的复杂性。王德仁的儿子王中藩在回乡组织抗日义勇军时，对盼子爱子的老父亲显得薄情寡义，对乡绅和乡民的征粮行为显得蛮横和霸道，有点胡子砸窑绑票的味道，孔武有余而说服不足；钱寡妇是带着在乡村由于不守妇道遭受的歧视和屈辱、带着个人生理的与心理的欲望和不满参加义勇军的，傻大哥是带着反抗民族敌人压迫的民族道义感和在乡村出人头地的双重欲望携情妇走进抗日队伍的。小说这一方面的描写，显示出现实主义的真实和原则，没有以流亡作家仰天长啸、壮怀激烈的情感把历史简单化和人民浪漫化。而这也是《松花江上》比《万宝山》更具有艺术力量的原因。

萧军的长篇小说《八月的乡村》，不仅是受到鲁迅推荐后引起重大反响的东北抗战小说——30年代左翼文坛发生激烈论争的"民族革命战争的大众文学"和"国防文学"两派，都把这部小说作为证明自己主张具有政治正确性的标志；而且是中国近代以来反抗帝国主义侵略的文学主潮里，第一次描写中国军民在沦陷的土地上正面的、大规模的与帝国主义敌人进行战斗的战争小说，从而把五四新文学的反帝主题和30年代左联停留于主张和口号的反帝要求，以长篇小说的形式具体化和形象化了；同时，也是中国抗战文学的先声和旗帜，甚至是世界反法西斯战争文学最早的果实。因此，该小说的文学史价值和意义是怎么估计都不过分的。

这部小说在同样具有浓郁东北地域气息的环境里，以比较粗线条的方式，表现了九一八事变后中国共产党领导的抗日义勇军与侵略者的战争场面，写了义勇军领袖的粗犷与成长和整个队伍的成长，参加义勇军的知识分子的软弱仁慈和在血与火的战争中的转变，写了义勇军战士与早已没有祖国的朝鲜女战士的战地恋情，写了中国农民在民族敌人的强暴下觉醒和抗争的艰难历程，写了日本兵的暴行和被俘后受到的优待。值得指出的是，这部被所有人都视为中国现代最早的抗日反帝小说，其实表现了民族解放战争中的阶级斗争和不属于抗战而属于土地革命的内容，即义勇军在民族抗战压倒一切、迫切需要结成统一战线共同面对民族首要敌人的历史时刻一度犯下的失误：打土豪分财产，甚至枪毙没有对义勇军构成任何威胁，也没有投敌当汉奸的乡下土地主夫妇。自然，过早离开东北的萧军，没有知晓中共中央和共产国际后来下达的关于团结一切阶级、阶层力量，建立广泛民族统一战线打击共同民族敌人的指示和满洲省委会议精神，因此把九一八事变后初期的东北抗日义勇军既打击民族敌人，也继续进行土地革命战争和阶级斗争的错误行为，都正面地予以描写和肯定。这种政治不正确的描写固然是失误，但也给我们呈现了东北抗战初期的真实的历史状貌。小说尽管艺术上还显得比较粗糙，多是粗线条的勾勒式、场面素描式的手法，人物个性特别是义勇军领导人的个性描写还很简单，远不如对于一度软弱的知识分子和动摇不定是否参加义勇军的农民的描写，但小说真实、质朴，充满浓厚的生活气息和东北大野粗犷壮美的地域色彩。

端木蕻良直接描写抗战的长篇小说《大地的海》和《大江》，在东北作家写作的抗战小说中，饶有自己的视角、思考与特色。端木蕻良出身于东北科尔沁旗松辽大地上一个大地主家庭，母亲是被豪族的父亲抢婚而来的农家女儿，这样的家庭背景使他说自己一出生就带有忧郁性和内向性。南开和清华大学的求学经历，参加北平左联的经历，对中外哲学与文学的深厚造诣，使同样成为家国蒙难时代流亡者的端木蕻良,在聚焦和描写家乡人民铁蹄下的生活与反抗时,不仅有强烈的爱憎分明的浓烈情感,还总是力图把现实的人民反抗民族压迫的行为,放到更宽广的历史文化视野里,带有历史哲学的形而上意味,带来他推崇的长篇小说的深度与宽度。《大地的海》就是这样的抗战小说,它把家乡人民在沦陷后遭受的各种苦难和在苦难中爆发的像大海狂啸般的激烈抗争,放到农民与土地、土地与国家、民族国家时代侵略与反侵略斗争中蕴含的民族生存空间争夺的历史与正义等宏大视域和背景下,予以描绘与呈现,同时还把人民反抗外来敌人的壮举与历史上的抗争和神话联系起来,从而把东北大地上的农民反对日寇铲除庄稼抢修公路的武装暴动的现实意义历史化和哲学化了。这也是端木蕻良一直强调和追求的小说应该挖掘和发现生活流之下的"意义流"和"潜流"的表征。这种历史文化与哲学的铺垫和氛围的营造,造成小说的厚重感和哲思色彩,相比之下,没有亲身经历而更多是间接听闻、以流亡作家的激情和"文字的流",讴歌故乡人民反抗斗争的"热血的流"[①]的强烈功利目的,驱使作家写出的人民抗战的故事和场面,则较为简单和单薄,小说中的艾老爹、儿子艾来头作为大地之子的农民形象,比他们作为抗日战士的形象,更为生动和鲜活。对汉奸和敌人的描写,则难免有点概念化。《大地的海》由于有历史文化哲学的"底色"和农民与大地血肉关系的透彻与出色的描写,所以展现的农民在悲凉中并非一蹴而就的缓慢的崛起过程,为保卫土地家园而最后进行的抗争,既真实且具有了宏大与壮烈的意义。而《大江》的背景更为宏阔,时间从"九一八"事变前到1938年武汉保卫战,地域则从东北的深山老林写到北平、山西直到武汉,从东北到华北再到华中,在这样的大背景里,小说倾全力打造了一个保家卫国的抗战英雄:铁岭。小说以浓烈的诗与绘画的手法,先追溯"九一八"事变前的东北深山老林,即萨满教的气息与渔猎生涯构成的原始洪荒环境,铁岭就是一个打猎谋生的壮汉,粗野而质朴,混沌而勇迈。是突然到来的巨大民族灾难破坏了山林的寂静和狩猎生活,迫使铁岭逃出山林逃入关内,一如

[①] 端木蕻良. 大地的海[M]//端木蕻良文集:第2卷. 北京:北京出版社,1999:206.

东北的大批难民。他参加了军阀军队成了大兵，在北平镇压过学生，学到了兵痞的一切恶习，善恶是非、民族大义都泯灭无存。抗战的爆发和所在军队被迫参加的抗战，艰苦卓绝的民族解放战争的血与火、生与死的磨难与锤炼，促使他的人性和民族性一起觉醒，将一己的生死苦战、流血负伤与民族生存和国家利益联系起来，最后一路征战来到华中，在保卫大武汉的战斗中，铁岭站在象征中华民族的长江岸畔，如神话英雄安泰挺立大地一样，深情俯视着长江，涌起了强烈的民族爱国之情，感觉到曾经是一个猎户的自己成为担负民族国家道义的战士，个人的生死安危中有着祖国的影子和希望。如此，端木蕻良"写出一个民族战斗员的成长"的创作动机，在屹立长江边的铁岭身上得以实现。在小说里，民族的灾难和随后的民族解放战争，被"神圣化"和"宗教化"了，民族苦难固然是巨大的不幸，但它使无数铁岭一样混沌蒙昧的人民走出自我生活的圈子，民族抗战使他们不断地洗去满身物质的与精神的"灰尘与血污"，在民族解放战争的悲壮熔炉里，焚毁个体的与民族的精神负累和渣滓，粹化和造就大批的民族战士和英雄，拯救和再造新的国家与民族——这也是当时"抗战救国"与"抗战建国"的时代性主潮。因此，从九一八事变到七七事变中国遭遇的侵略，既是民族苦难，也是民族凤凰涅槃的烈火和熔炉，苦难不止具有苦难的意义，还有超出苦难的粹化民族、再造国家的巨大意义，而这是侵略者没有想到的，也是灾难到来之际的人民和民族没有想到的，我们的人民是在苦难和战争中感悟到并越来越自觉地在熔炉中锤炼和锻造着自己，从旧世界的奴隶变为新时代的战士；也锻造着民族和国家，使其从东亚病夫成为崛起的吼狮。端木蕻良在小说中通过一个东北农民和猎户的逃难与战争的经历和传奇，表达和寄托了他所追求的"潜流"和"哲学"及"诗学"，通过一个从农民到民族战士的"战斗员"的成长史，表现和讴歌一个民族的成长史。而这样的成长小说，不止是写实的，更是诗意的和浪漫的，是写实主义与浪漫主义交融的战争英雄曲、英雄创世神话和民族浴火重生的史诗。

　　受到萧军成功模式的英雄和启迪，另一位年轻的东北作家骆宾基，也在从东北流浪到北平、上海之后，在不安定的生活和流亡者心曲的驱使下，写出了长篇小说《边陲线上》。小说的笔法和艺术还是稚嫩的，但其内容则表现了东北抗战的另一方面。李辉英、萧军和端木蕻良都是20世纪30年代的左翼作家，所以他们写作的东北抗战文学中的武装力量，不论是义勇军还是游击队，都是中国共产党领导和组织的，政治立场和意识形态加历史真实，是这些小说如此描写的成因。不过，九一八事变之后，东北的抗日队伍的构成是多元的，既有中共领导的声势浩大的抗日义勇军和抗联，也有隶属于原东北国民政府和组织的抗日武装，还有来自大韩民国的参战队伍和北朝鲜的民众武装。由于历史和政治原因，这些抗日武装多被遮蔽于历史深层，直到20世纪90年代出现的反映东北抗日的小说如《雪殇》等，才被展现和叙写。而30年代的骆宾基能遵循历史真实的原则，在《边陲线上》表现了他的故乡——吉林省珲春中朝苏交界的县城与山乡的旧国民政府的党派和职员，教师和商人，在"九一八"之后，在民族大义感召下组成抗日队伍抗击敌人。民族灾难和侵略者的力量都是巨大的，在远离祖国内地、缺少明确政治目标和人民支持的边陲山乡，这样的抗日队伍的战斗是可歌可泣的，动摇和逃离也是不可避免的，坚持下去更是极其可贵和艰难的。骆宾基的小说写出了这一面的历史真实，因此尽管年轻的骆宾基尚难以驾驭这种重大的历史和战争题材，艺术水准也未见得有多高，却为人们提供了东北抗战历史的一隅，从边陲线上的小小抗战队伍的构成与活动，展现了东北抗战历史的全貌，弥补与缝合着历史的缺失。

此外，作为东北流亡作家之一的罗烽，也在流亡岁月中继续书写沦陷故乡人民的悲歌与壮歌，左翼批评家周立波在一篇评论中曾经评价罗烽的小说多写民族敌人的残暴，[①] 而长篇小说《满洲的囚徒》则不止于写敌人的残暴，更力图写出东北人民反抗一切压迫的原始而强悍的精神与力量，像端木蕻良的小说把东北大地"直立"起来一样，罗烽的小说也是借文学的形象把东北人民直立起来。还有进入关内参加抗战工作的马加，在东北读大学时代就是

---

① 周立波. 一九三六年的回顾·小说创作：丰饶的一年间[J]. 光明（上海），1936，2（2）：861-869.

文学青年和校园文学活动的积极参与者，对故乡的沦陷同样有着切肤之痛和冲天悲愤。但是他暂时把这份感情封存起来，在抗战胜利之际写出了《滹沱河流域》，表现华北地域的抗战故事。而对故乡沦陷前后的记忆与故乡人民的苦难与抗争的历史，则在几十年后写成了长篇小说《北国风云录》，完成了一个遭遇故土沦陷的东北流亡作家的夙愿。

三

东北抗战题材的长篇小说中，反映现实抗战宏大内容的作品，最符合一般的抗战文学定义，也是一般人认为的最有特色的东北抗战文学。但是，如果放宽抗战文学的定义，把东北流亡作家和其他作家写作的并非直接描写抗战、表面无关抗战但与抗战的时代大背景密切相关的作品，也纳入东北抗战文学的范畴，那就不仅大大拓宽了东北抗战文学的边界，也会看到更为丰富的东北抗战文学的内容与主题，会看到东北流亡作家更为复杂丰富的、与流亡者处境和心绪融为一体的创作诉求。

即如端木蕻良，他在故乡沦陷、左翼文艺运动受挫之际写下的第一部长篇小说，并非《大地的海》《大江》那样的直接聚焦和反映抗战烽火的作品，而是描写九一八事变之前东北农村生活的《科尔沁旗草原》。这部篇幅浩大、笔力遒劲又细腻、被评论家称为把"科尔沁旗草原直立"起来的大作，既是容纳了端木蕻良家族、家庭若干事迹和影子的类"家族小说"，也是东北大地百年历史变迁的史诗性小说，是中国的《百年孤独》。时年二十几岁的端木蕻良以巨大的热情和如椽大笔构制的这部鸿篇巨制，追述和描写了清末来自关内的流民丁家在动荡时代的发家史，而这样的发家史伴随着欺骗、暴力和残酷的阶级压迫——一种原始野蛮性的东北大野的阶级的分化与斗争，写了父亲的抢婚与母亲的哀怨、阶级压迫与性暴力的野蛮组合，更着重描写了受过现代教育的新型地主丁宁——聂赫留道夫式的忏悔贵族，力图缓和阶级矛盾而进行的改良及其失败，长工大山代表的农民的觉醒即反抗阶级压迫的力量的形成。这种描写既受到托尔斯泰的影响，也受到30年代左翼政治与文学理论的影响，但是超越了30年代左翼文学描写农村阶级斗争的直白性与简单性，具有了更为博大的内容。小说的最后是九一八事变爆发之时，以胡匪老北风代表的绿林队伍和部分农民参与的攻占县城的抗争义举。至此，这部内容浩繁的长篇史诗加传奇、写实加神话的长篇小说，其功利追求昭然若揭：在东北大草原百年的历史中寻找反抗阶级和一切压迫的力量与洪流，为作者要以自己"文字的流"讴歌故乡人民反抗异族压迫的抗暴之洪流，寻找和发掘历史的源头，以证明暂时沦陷的东北大野和人民绝不会屈服，因为在那片土地和人民中蕴含着巨大的反抗压迫寻求解放和幸福的"原动力"。在这个意义上，可以说这部下笔很早却出版于抗战以后的小说，实质是中国现当代文学中最早的"寻根"小说之一。而这部小说的题材和内容是中国文学少有表现的东北大野和粗犷的人民，就更给小说带来了传奇与史诗的奇特性和浓郁的地域色彩。

具有这种"寻根"意识和倾向的，绝不止端木蕻良一人。另一位著名的东北作家萧军，在写作和出版了引起巨大反响和轰动的东北抗战小说《八月的乡村》之后，也开始写作长篇小说《第三代》。这是一部艺术上比《八月的乡村》更成熟的优秀之作，在抗战前发表的第一部，即引起批评界的好评，著名学者常风曾经赞誉它是雄浑的史诗。此后，不论是在30年代的左翼文艺运动时代，还是抗战爆发后颠沛流离的旅途和最后的定居延安时代，不论个人的婚姻、家庭还是时代与政治的动荡变迁，萧军一直执着于这部长篇，并最终完成于延安。与端木蕻良的《科尔沁旗草原》不约而同的是，萧军也力图在这部长篇中把他引以为自豪的故乡"三千万无教养"的人民的生活、形象与不屈服于压迫的原始"强力"，通过他们的乡村生活、啸聚山林的生涯、离开乡村进入都市的漂泊求生以及最后的返乡，在清末至民国的外乱与内乱交加的动荡时代，在东北乡村与城市广大的时空背景中，表现东北人民从参加义和团反抗外敌、到与官家和地主豪绅势力殊死搏斗的壮烈强悍的生活与性格，在呈现东北大地壮阔雄伟的自然风貌之时，着重诗意地挖掘和放大东北人民的原始洪荒般的生活意志与斗争意志，为此，这部小说用很多篇幅描写山林胡子的绿林生涯，像古典小说《水浒》一样，胡子不但不是打家劫舍的土匪，反而是积聚反抗能量、反抗官家和地主豪绅的"义匪"和"好汉"，是受到不公平压迫的农民的避难所，也是统治阶级的敌对冤家。更令人称奇的是，小说中写到的东北妇女也巾帼不让须眉，敢恨敢爱，极端者甚至敢于进山入"匪"等待报仇。这样的人民及其生活和性格，一旦遭遇民族压迫，同样会揭竿而起殊死战斗。这就是萧军写作这部长篇巨作的深因——他也是在故乡沦陷和随之而来的中国遭到野蛮侵略的时代，特别是在抗战进入中后期的艰难时世，以一个流亡者的心态和思绪，进入了具有时代普遍性的文化与历史的反思与寻根。这种反思与寻根，脱去了《八月的乡村》的一味壮烈和高歌，使《第三代》显得更为隽永绵厚。当然，与《科尔沁旗草原》一样，它们都是史诗和大河般的小说，而史诗与英雄和传奇是分不开的，传奇自然会有写实的"传"和浪漫的"奇"，大河的波涛汹涌之中也有芜杂和乱石，但根本上不影响大河的壮阔。

如上所述，抗战进入相持阶段后，民族进入全面抗战和艰难的苦战。当此之际，在作家和知识分子中，出现了一种被史家称为文化反思与寻根的倾向。特别是在大后方，这几乎成为一种普遍的思潮。中华民族为什么会遭此浩劫？帝国主义为开拓生存空间的殖民侵略固然是被侵略国家难以制止的，但近代以来国弱民弱的国情及其文化，也难辞其咎，落后挨打的思路是其中主线。由是，一批具有文化反思意味的文学作品陆续涌现，特别是在继承鲁迅启蒙主义传统的作家那里，表现尤为明显。曹禺的后期剧作《北京人》与《蜕变》，老舍的《四世同堂》，路翎的小说和穆旦的诗，以及上述的萧军在延安续写的《第三代》，萧红在流亡中写作的《马伯乐》与《呼兰河传》，实质都是这种文化与文艺思潮的不约而同的自我实践。

东北籍作家的这种反思、寻根和写作，除了上述的萧军、端木蕻良等人着重挖掘人民的原始强力的创作倾向之外，还有以萧红长篇小说《马伯乐》代表的挖掘批判国民性病象的作品。在流亡生涯中，萧红仍然继承她写作《生死场》时的立场，以鲁迅式的启蒙主义和国民性批判的态度，对马伯乐代表的部分中国人的无民族国家观念、只在意吃喝活着和一己利益的愚弱性格与素质，予以辛辣的讽刺与批判，体现了萧红在1938年一次座谈会讲述的作家的使命是对着人类的愚昧的写作诉求,而这样的诉求无疑与鲁迅的批判和改造国民性的启蒙主义存在精神血缘。马伯乐这类国民其实是长期的封建专制统治"愚民"的结果,是统治阶级的"治绩",萧红的描写针对性很强,惜乎对愚昧可笑的行为现象描写揭示过多,而深入的具有内在揭示性的东西挖掘与表现得尚不充分。

第三种是对国统区大后方现实的扫描与叙述。李辉英的《雾都》和端木蕻良的《新都花絮》,都是对战时陪都重庆的或纸醉金迷或苟安无为的林林总总的人物与现实的批判性描写。在民族面临生存还是灭亡、抗战已进入最艰苦的时代,偏安于大后方的各色人物,却似乎忘却国恨家仇,已无兵马的旧军阀将军表演似的总说要上前线却毫无行动,时髦男女依然在物质追求与虚飘爱情中萎靡享乐,全不顾广大的中国此时或沦陷或苦战的沉重。《新都花絮》里写的上流社会的男女,根本不像生活在国难沉重的时代,吃喝歌舞看电影"闹爱情",是他们生活的主要内容,间或会有从北平来到重庆的富家小姐对孤儿院孤儿的一时同情,但这也是暂时的为排遣寂寞孤独的"赈灾"式的时髦,不会有对苦难人民和国难国家的真正关怀。"商女不知亡国恨,隔江犹唱后庭花",这是古代诗人针砭时弊的痛语,鲁迅在为萧军小说写的序言里,对"九一八"之后的中国内地社会"一边是庄严的工作,一边是荒淫与无耻"的现实,曾予以揭露和针砭。东北作家的这类不以沦陷的东北及其抗战为题材,而是描写大后方社会之怪现状的作品,看似不涉抗战,骨子里却是抗战爱国之情的忧思,是对忘却故乡、对不关心祖国蒙难和民族解放战争艰难的豪门权贵和上流社会的鞭挞,是流亡者难以忘怀的家国之情面对大后方沉痛现实的抒愤。可惜的是,东北作家的这类小说的思想深度、批判力度、讽刺强度,皆存在不足,艺术功力与水准也远不如他们写东北、写抗战的小说。

还有一位东北籍作家齐同,此时写作了反映北平"一二·九"学生运动的长篇小说《新生代》。齐同是亲身参加了这场学运的学生,而这场学运的目的是促使国民政府组织全民抗战不再退让,齐同作为故土遭难有家难归的流亡青年，与那个时期大多数身在北平的东北学生一样，强烈的乡情与民族情使他们感情冲动数倍，渴望打败外敌收复故土，一如端木蕻良短篇小说《乡愁》里写的那样，希望"王师"早日"北定中原"而不是"南望王师又一年"。齐同之参加学运和后来写作以此为背景和题材的小说，其内心的动机和诉求尽在于此。这部小说也属于广义的抗战时期大后方的历史反思与寻根之作，对运动的过程和各种各样的学生的描写，战前北平社会的描写和历史场景的呈现，都有较好的表现和艺术功力。对于齐同小说的背景和内容，如果结合台湾东北籍作家赵淑敏的长篇小说《松花江的浪》、台湾东北籍学者齐邦媛的自传纪实《巨流河》，就会对从"九一八"到抗战以后，流亡北京与大后方的东北青年学生可歌可泣、感天动地的流亡生涯和悲苦壮烈，有更深切的理解和感受。从这个意义上看，《新生代》是在比较平缓的叙述中蕴含沉痛、关乎抗战的忧愤寄托之作，有历史的风云和家国关怀的生命之流与时代寄托。

综上，当九一八事变这场巨大民族灾难降临之际，是东北作家以他们饱含血泪的笔墨，最先将"作者的心血和失去的天空，土地，受难的人民，以至失去的茂草，高粱，蝈蝈，蚊子，搅成一团，鲜红的在读者眼前展开，显示着中国的一份和全部，现在和未来，死路与活路"[①]。抗战军兴，他们在投入各种实际的抗战活动之余和之后，继续挥毫写作，为中国文坛贡献了一大批有特色的长篇小说，在现实描写与回溯历史之中，书写着爱国作家和流亡作家对于故乡、祖国、抗战、民族振兴、人民解放的思考与关怀，为中国的抗战文学贡献了具有历史与文学双重价值的重要作品，如果没有这批作品，中国的抗战文学的价值和面貌将大打折扣；有了这批作品，中国的抗战文学才如此丰富而令人难忘。同时，也为世界的反法西斯文学和战争文学，掀开了新的一页和篇章。在这个问题上，我们也应该充满文学的自信，抛却西方和

---

① 鲁迅.田军作《八月的乡村》序[M]//鲁迅全集：第6卷.北京：人民文学出版社，2005：295.

欧洲中心主义的世界史模式的影响，真正将东北抗战文学，作为世界反法西斯文学的开篇，将东北和中国的抗战文学，纳入世界反法西斯文学之林，并占据历史应该给予的地位。在纪念抗战胜利七十周年之际，在中国、亚洲、世界反法西斯文学的更广泛的时空视域里，对东北抗战文学的历史面貌和价值进行梳理与审视，衡量与定位，是义不容辞的历史责任。

当代文学中的"九一八"国难叙事及其征候[*]

九一八事变的历史学意义,实质是它最早预示了第二次世界大战的开始。由于中国当时是鸦片战争后列强瓜分东方殖民地的弱国和牺牲品,也由于当时西方以英美法为代表的国家存在着绥靖主义思潮和政策、远东发生的两个亚洲国家之间的战争没有纳入他们的历史意识和国家战略意识,所以九一八事变的巨大世界历史意义一直没有受到世界主流史学的重视,迄今亦然。但是对于身在其中的中国和中国人而言,"九一八"是近代中国被帝国主义列强侵略蚕食历史趋势中的一次突变和巨变:近代以来中国虽然不断遭到瓜分,都只限于赔款和割地——以租界和租约的形式把若干地方列为具有治外法权的租界,而九一八事变带来的是中国百万平方公里的大片富饶土地被强行割据和占领,成为另外的国家,中国的领土版图被暴力撕裂。不仅如此,东北被占领还只是日本占领和灭亡中国的第一步,其后的历史也证明了这一点。因此,九一八事变的悲剧意义,沦亡的东北人民感受到了,东北流亡作家感受到了,整个关内左翼作家甚至右翼作家都感受到了。于是,在当时的中国,出现了被左翼著名作家茅盾命名的"反日文学",身在关内和从东北流亡出来的作家,北京和上海的左翼作家,不论是否熟悉东北的历史、现实与民风习俗,都写出了表现东北人民及其抗日行为的作品,这些作品,可以视之为"九一八"国难文学。而且这种文学,具有很高的时代价值和文学史价值:它们不再是描绘近代反帝爱国文学中的个别的反侵略战斗,诸如《三元里抗

---

[*] 本文原载于《理论与创作》2015年第2期,收入本书时,略有改动。

英》,而是在东北的大野山河的背景上,直接地大规模地表现东北爱国军民与比西方列强更为凶残的日本侵略者的搏斗与战争,属于中国的也是世界最早的反法西斯战争文学;不再像近代文学和五四文学那样涕泪交零地表达对帝国主义的悲愤控诉与抗议,而是以血与火的愤笔表达整体中国人民的愤怒与怒吼,当然,其中也掺杂着来自家国沦陷的东北流亡者的仰天长啸与悲愤情怀。"九一八"国难文学极大地提升了近现代中国反帝爱国文学、救亡文学的思想深度与容量,极大地拓展了上述文学的表现领域,为后起的抗战文学提供了思想精神的资源,也为世界反法西斯战争文学提供了最早的范本。由此,使其具有了重要的文学史价值和意义。

历史是赓续不绝的长河。"九一八"在中国近现代史和世界史的价值与意义,"九一八"后出现的大量的"九一八"背景的国难文学与电影(一直延续到40年代),在共和国建立后,一直对当代文学的写作提供重要的思想资源和文学资源。如果说,在十七年文学中,对"九一八"国难的文学表现,由于受到政治与意识形态的影响,主要还是反映和描写赵一曼、杨靖宇等中共领导下的东北抗联的英雄事迹,是一种时代和政治所要求的为中国革命胜利寻找和制造"苦难辉煌"的历史合理性,因此"九一八"后东北由国民党和共产党分别领导的抗日武装、包括土匪胡子和毁家纾难的地主自发组织的武装和抗日义勇军(甚至像红色经典作品《林海雪原》里被描绘为对抗解放军的土匪头子谢文东,都曾经拉起抗日队伍),这些政治和党派立场截然不同的武装为救亡救国展开的一度轰轰烈烈的抗日斗争和行为,都被十七年的"九一八"国难文学"洁净"和"提纯"为只有中共领导的抗联武装及其英雄独自抗击外侮,其他的抗日武装和队伍的抗日行为被"遮蔽"和埋没于历史的深层,那么,"文革"结束后进入新时期,思想解放和实事求是的历史大潮,驱使新时期文学对整个抗战历史进行新的审视和反思,自然,对"九一八"之后的国难和东北抗战,对整个东北沦陷区和中国沦陷区人民在暴力压迫下的日常生活,都有了新的认识。历史价值观的重新树立及对历史的尊重意识,使得新时期以"九一八"国难为背景的文学,出现了为十七年文学所难以呈现的历史场景与价值视域。虽然它们还难与世界一流的反法西斯战争文学相伯仲，缺乏它们那种的宏大的历史与战争场景和人性心理的深度与复杂内容，但就中国语境而言，它们已然具有 20 世纪 30 年代胡乔木评价东北作家群时所说的"新的场景，新的人物，新的内容"。

这种"新的内容"中最显著的，是新的历史观带来的对"九一八"国难后东北抗战历史真实的一定程度的还原和再现。得益于思想解放潮流中政治禁区的破除和史学界率先对中国抗战史、东北抗战史的全面研究，得益于这种历史研究带来和树立的历史观，紧随其后的纪实类文学对"九一八"国难后坚持抗战的武装，都予以描绘和表现，中共领导的抗日联军艰苦卓绝的抗战史和英勇事迹，继续被挖掘与放大，甚至迹近于民族史诗和创世神话的性质，成为现代的民族史诗和英雄传奇、英雄神话原典的组成部分，当然，也成为与政治党史模式紧密相连的历史、政治和国家意识形态机器的组成部分。从赵一曼、杨靖宇、赵尚志、冯仲云、李兆麟、周保中等人的传记到纪实文学甚至影视剧，中共领导的抗联群英谱系被不断重彩描绘和塑造放大。与此同时，对马占山等属于原东北军、在政治上属于国民党政府军队的"血战江桥"和几起几落的大规模抗日斗争，从纪实到影视，也予以浓墨重彩的挖掘与近似讴歌的叙写。单是描写马占山抗日的纪实类大型报告文学就有好几种。对于原东北军将领王铁汉、东北民间抗日英雄邓铁梅，也有专文和专书予以纪实。而虚构类文学，主要是小说，也以新的视角和史实，直面过去被遮蔽的东北"九一八"国难后抗战的武装力量的多元性和复杂性。其实，早在 30 年代，东北作家群之一的年轻的骆宾基，在他的长篇小说《边陲线上》写的中朝交界处活跃的东北救国军和义勇军，就是原先的隶属于国民政府的县政府官员、学校教师和青年学生组成的，另一位当时的东北作家舒群的中篇小说《老兵》中英勇抗战的军队同样是旧东北军的残部。它们与萧军暴得大名的小说《八月的乡村》写的中共领导的抗日游击队、萧红《生死场》写的民众的自发揭竿而起组织义勇军，共同反映了"九一八"国难后东北大地抗日武装的广泛性与多元性。当代东北作家辛实的长篇小说《雪殇》，基本上是一部未脱离"正史"观念的作品。但就是这样一部作品，在叙述杨靖宇将军领导的东北抗日联军气壮山河、艰苦卓绝的战斗历程中，也着意突出民族战争的悲壮性、英雄性而淡化正统史观的意识形态色彩，同时浮现和复原以往有关东北抗联的"正史"叙述所遮蔽的真实态历史：在白山黑水与日寇进行殊死搏斗的，除了中共领导的东北抗联外，还有隶属于大韩流亡政府李承晚的高丽独立军十八师，和隶属于国民政府的辽宁民众自卫军十九路军，三支不同国家和党派的队伍以传统的磕头结义方式建立了生死情谊，与共同敌人浴血奋战直至悲壮地毁灭。这样的叙事和对历史真实面貌的揭示，是十七年文学的"九一八"国难叙事难以企及的。而如果扩及当代台湾和海外华文文学的"九一八"国难文学，则那种力图还原东北国难后的历史真实、把被遮蔽和压抑的全息的历史图景浮现出来的东北抗战叙事，就更为多姿多彩。台湾作家赵淑敏的长篇小说《松花江的浪》是与老东北作家端木蕻良的《科尔沁旗草原》相似的家族史小说，其中的英雄人物是家族的三叔——一个毕业于北京大学而在家乡师范学校教书的作家，是他组织和领导了沦陷后家乡义勇军的殊死抗战和暗杀敌酋的所有行为，义勇军失败后被迫流亡到北京和重庆，又被派回东北继续领导抗日直至被捕就义。而他的政治立场、态度和身份则是地道的国民党人。纪纲的长篇《滚滚辽河》描写的则是东北沦陷时期坚持现地抗战十四年的国民党地下工作者群体的抵抗与被捕，被捕后的狱中斗争直至日本垮台被营救出狱。《滚滚辽河》并非向壁虚造，作者就是当年国民党在东北坚持现地抗战的领导者之一，而史学界对于东北沦陷时期国民党地下特工的抗战研究，日伪政府编纂的对于重庆国民党地下工作人员和组织的防范资料，以及日伪警宪机构把主要力量和精力用于对国民党地下工作者的侦破，也以沉甸甸的历史存在为小说的叙事提供了史实和资源。

不止是对"九一八"国难后东北涌现的抗日武装的政治、阶级和国别成分多元性的历史还原，以呈现被遮蔽和窄化的历史图景，还有更多的当代"九一八"国难小说，如从伪满时期走过来的老作家刘迟的长篇小说《新民胡同》、40年代在东北解放区写作土改小说闻名的老作家马加的长篇《北国风云录》、迟子建的60万字的长篇《伪满洲国》，还有林林总总的东北各省市地方作家写作的"九一八"小说，都力图展现"九一八"国难后东北社会情态与人民日常生活和思想构成的更为全面与真实的面貌。在这些小说中，迟子建的《伪满洲国》是最具有代表性而至今未得到深刻认识的压卷之作。

这部作者几乎"披阅十载"的小说，是一部力图对伪满洲国的历史存在进行全方位扫描和描绘的浩大之作。它以编年史的叙事模式，把1931年到1945年的东北沦陷史和国难史，每一年作为一章，截取不同的社会与人生形态，进行全景式、大河式的描写。似乎受益于20世纪90年代在中国大陆风靡一时的法国年鉴学派的史学观念与方法的影响，《伪满洲国》在看似絮絮叨叨的平铺直叙和女性作家的"聊天录"中，把伪满洲国的从城市到乡村的所有地域、从伪满皇帝官廷的上层、都市商人和市民的中层到地老天荒的乡村和原始部落等下层，从日伪的残酷统治到抗日联军的悲壮反抗与失败，从中国不同阶层和阶级地位的人的生活到日本开拓团的生涯，伪满洲国时期社会生活的几乎所有层面和角落，几乎都纳入视野并予以叙写，显示出与年鉴学派相近的把历史的长时段、中时段与近时段，历史的上中下各个时空的内容都作为叙述的内容，也显示出迟子建写作和叙述伪满洲国历史的小说家的历史观。当然，受制于时代思想解放的程度和史料开放程度的影响，迟子建在构建这部历史长河小说的叙事世界时，那种作为历史大事记和历史主流事件的宏观的、主体的内容，如伪满建立、溥仪登基、出访日本、宫廷内幕、溥仪与皇妃的遭际、平顶山惨案、731细菌部队、东宁要塞、抗日联军血战、杨靖宇战死、义勇军的风起云涌与失败、土匪抗日、日本开拓团、当国兵与抓劳工、抗联失败后在苏联的躲避与培训、苏联红军的进攻和东北解放、伪满洲国垮台……把几乎所有构成伪满洲国历史的"骨骼"性和宏大性事件，都纳入叙事范畴，且与50年代至90年代大陆的伪满洲国历史著作的"正史"和"官史"的叙述和释义基本吻合，是与正史模式和释义同构的小说化的伪满洲国史，换言之，是以小说形式对伪满洲国历史的演绎与铺陈，与公开出版的各种伪满洲国史的史实并无二致，只是叙述方式与语言不同而已。宏观性与正史性是这部历史大河小说的骨骼和基干。

但是，这部小说最大的亮点和价值，却不在于对宏大性历史事件的叙事与释义，老实说，尽管它们构成了《伪满洲国》的重要内容，舍此小说就会显得缺乏历史的底气和氛围，然而在小说中，这些却不是一般的历史小说必备的所谓主线或主要情节,《伪满洲国》也没有一般的历史小说的结构模式——一条红线式的贯穿始终的主脉与主要人物,再按此配置次要的复线式的情节线索和次要人物,主要情节与次要情节、主要人物与次要人物缠绕包裹的纵横交错的网状结构,而是完全采用了编年史似的流水时间结构,所有的人物和事件都按照年代的延续而次第出现和退场,所有的人物——上至伪满皇帝下至山林猎户,都是历史年代中与历史性质互相证明的历史存在物,是历史的召唤结构中进出的被召唤的人物,是历史大河中随波逐流的浪花,个人生活与命运随历史年代的起伏而起伏,所有人物在小说中都是等值的存在,皇帝的价值与村民和妓女、叫花子的价值都是编年史价值的无差别个体。如果说这部小说有主人公的话,那么主人公就是历史。这构成了迟子建的历史小说的叙述与结构的特点,是她的历史观在小说叙事世界的呈现。

这些宏大性的、构成正史化的伪满洲国历史的宏大性事件和三教九流的人物,在小说家迟子建的视点和叙述中却被打上了鲜明的个性化特征。她不是从历史学家的视野而是从小说家的视野,以她与萧红近似的叙事话语切入和描写,即便从纪实到影视被写滥了的、几乎定型化和模式化的末代皇帝和伪满皇帝溥仪,迟子建也从自己的角度窥探和描写其内心和性格,揭示他多疑胆怯、志大才疏、身披黄袍却是玩心未泯的不堪大任的未成年人。重大的历史事件如日本制造的平顶山惨案,她也从个人命运和遭际的角度予以叙述和揭示,虽然没有历史教科书的全面,却有更切近的也更含历史与道义的苦难叙事的价值与控诉的意义。其他类似的构成伪满洲国史基本结构的重大事件,也大都如此处理。

相比较而言,迟子建在这部小说中写得最好的,还不是以个性化的方式和语言描摹的历史事件与尽人皆知、真实存在与活动的历史人物,包括正面的抗联英雄杨靖宇和反面的伪满皇帝溥仪(由于离历史较远,迟子建只能在她接触的非原生态而是次生态的正史材料的基础上建立作家对这类人物的想象和书写),而是中下层的广大的芸芸百姓——商人、市民、农民、猎户、胡匪、妓女、叫花子、傻子、婢女、卖油郎、算命先生、民间医生、纨绔子弟、出家人、教师,等等。尽管由于历史观和编年体小说的限制,迟子建未能把每一个人、每一类人的身份职业和个性特征都充分刻画与展示，未能把所有人都写成始终在场的"小传"式人物，却还是能够把若干人物，如土匪出身的胡二与其妻子紫环、罗锅子弹棉花匠人王金堂、当铺老板王恩皓、棺材铺老板杨三爷、叫花子狗耳朵、纨绔子弟王吉来、棺材铺学徒杨浩、大烟馆跑堂王小二、教师王亭业和郑家晴等人，以小传式笔法让他们既有较鲜明的个性又基本贯穿于小说的始终。更值得指出的是，迟子建在描画这些人物时，是既通过这些人物的个性和遭遇叙述伪满洲国的历史，那个整体上大恶的历史如何影响他们的生活与命运，他们的生活与命运如何那个大历史息息相关，也通过个体的人物的活动揭示和展示与作家的历史观相关的伪满洲国的日常生活。历史不管善恶都不是概念和空话，而是表现和凝聚于日常生活，各个层次尤其是普通大众的日常生活，才构成历史的内容和历史的主体。殖民主义的罪恶统治下也有人民大众的日常生活，这种日常生活并非铁板一块而是善恶交加，这种日常生活的主体与大环境密不可分或受到大环境支配与影响，也有自己的日常生活的逻辑和轨迹，生活如此，人物更如此。迟子建的历史观所构造的日常生活场景，或者说通过大量的殖民统治下的日常生活的场景，展示她的对于伪满洲国的历史认识和历史观内涵，是这部小说的独特之处和价值所在。

殖民主义罪恶统治下的日常生活，自然时时受到殖民之恶的支配与左右，小说在十四年沦陷史的每一年度的叙事中，逐步描写和展现表现于大众日常生活中的沦陷之苦难与罪恶，殖民统治出台的从政治高压到经济剥夺、从思想控制到肉体蹂躏的每一项措施，都以苦难突至且无法预知的方式降临到人民身上，教师王亭业的无辜被捕投入监狱成为731细菌部队的实验对象、罗锅子王金堂杂货铺老板外出运粮被抓到中苏边境修要塞九死一生、普通人民制度化的"勤劳奉仕"和"粮食出荷"、经济犯和生活的日益穷困、烟馆妓院的繁荣、劳工的非人苦难和惨死……这些至今被日本当局否认的日本殖民主义的残暴罪恶，在小说中都化为具体的人民生活的遭遇，以具体的细节被描写出来。不管当年的日本殖民统治者如何吹嘘和美化伪满洲国史所谓"五族协和"与"东亚乐土"，今天的日本当局如何否认殖民主义历史罪恶，《伪满洲国》通过大量日常生活的场景，真实细腻地表现了弥漫于整个伪满洲国人民生活中的法西斯细菌，以及作为后起的、亚洲的帝国主义者日本统治伪满洲国时令人发指的罪恶，这样的罪恶甚至令欧美的老牌的殖民主义统治都自愧不如或望尘莫及。殖民统治之恶行的无所不在和对日常生活的整体苦难化的影响，是小说对东北沦陷区日常生活的描写重点所在。

然而，这是一种具有新的历史观视域的小说，迟子建对沦陷区殖民统治下的日常生活的描写，却又不是概念化和一律化的，而是体现出走进历史、还原历史真实语境的诉求，这种诉求表现在小说对沦陷区人民生活的全面性、立体性和多层次全方位的描写与揭示。过去在很长时期内，大陆及台湾对沦陷区社会与人民生活的描绘，多是二元论的：殖民者的残暴压迫与人民的苦难，舍此维度没有其他；沦陷区人民及行为要么是反抗，要么是顺从和屈服。而迟子建在小说里的描写却颠覆了这种既成的认识与观念：即使在伪满洲国这样存在高压的法西斯统治的地方，人民的生活几乎无所不及地被苦难和压迫笼罩，小说里写的大多数百姓及其家庭都遭遇各种各样的不幸，不过由于东北地域的广大，也有统治者鞭长莫及的社会裂缝，有游离于殖民统治的个人空间。胡匪出身的胡二及其一家在大山里的生活，似乎就是殖民统治下的化外之地，他们与鄂伦春人一样过着狩猎与采集、以物易物的原始部落式的生活，虽然也与社会进行生活物质的交换且与社会交往，但他们似乎没有受到大的伤害——不是殖民者的善良而是地域和生活领域的浩大使得殖民统治并非企及每一个角落。而其他的伪满洲国的社会与人民生活，也是立体和多元的：既有在殖民主义凶残压迫下揭竿而起英勇抗争的抗日联军和杨靖宇那样的英雄，有李文那样在抗敌失败后逃入苏联接受培训最后作为苏军打回东北的战士，也有既非反抗也非屈服的一面，有无奈之下忍气吞声苟活的一面，亦有不关心国事只关心个人生活和追求享乐的一面，如教师郑家晴的妻子沈雅娴，来往于东北与上海之间，一心想当演员而根本不关心社会的变化，当铺少爷吉来整天吃喝嫖赌玩乐不休；还有稀里糊涂丧失民族意识的一面——杂货铺老板祝兴运被抓劳工后，他的女儿祝捷在学校里却稀里糊涂地充当殖民者要求的各种"模范"。这样的人物，也出现在《新民胡同》里的四海茶馆家的女儿孙福贞身上，孙福贞也是在被征调担任户籍调查员的过程中，"近墨者黑"地成为殖民者的帮凶而失掉了民族道德的贞洁。即便是受到压迫、遭遇苦难的人民，那些五行八作的百姓，他们还是在不断加重的政治与经济压迫下苟延残喘，延续婚丧嫁娶、生老病死、吃喝拉撒、偷情打架、羡慕嫉妒、过年过节、耕种收获等各式各样的日常生活，那种既非反抗也非屈服的生活，按照本能和习惯延续中国百姓千年一日、千篇一律的日常生活。

不仅如此，迟子建不动声色地继承了萧红在 30 年代写作《生死场》的传统，在对"九一八"前后日常生活和人民起义的描绘中，暗含着对人民愚昧落后一面的批判。90 年代著名剧作家田沁鑫改编自萧红《生死场》的同名话剧，也继承了萧红的这一思想传统并加以放大和拓展。迟子建倒是没有这样鲜明的意识和揭示，但也对《伪满洲国》里出现的很多日常生活中的人，抱着既批判又同情的态度，哀其不幸，指其凡庸，对其"不争"则既怒又不怒——因为他们如萧红和鲁迅批判的那样长期处于奴隶状态，长期置身于缺教少文的环境和处于精神的动物状态，只追求满足于口腹之欲，而且自得其乐于这样的环境与生活，况且，迟子建与张爱玲和余华一样，在思想认识里觉得在天灾人祸、暴政苛政和强敌侵占下的人们大众的平凡的日常生活，自有其合理价值，不损人利己地活着就是一切，甚至无害于他人的苟活也无可指责，无权无钱无力的小民百姓只能如此生活，是长期的被压抑、被奴役和频仍的历史动乱中动辄被统治者抛弃的过于苦难的生活造成的，这并不光彩，却长于历史和时代的轰轰烈烈与沧海桑田。当然，迟子建小说对那些凡庸的大众或小奸小坏的人民及其凡庸的日常生活，抱有理解之同情，但对于任何人民中都存在的恶人坏蛋，则在描写中暗含批判和讥刺。迟子建在小说里还写了不少负面的中国人形象，如棺材铺老板杨三爷、卖油郎、民间郎中吴老冒等，都是唯利是图的市侩和小人恶人，还有吃人的土匪和妓院的老鸨，他们不知道国家民族和人性，只有利益和贪婪，只会按照行业积习和个体心性之贪婪敛财作恶，做一切统治者的顺民和一切善良弱小者的恶霸。还有那些受到侮辱与损害的人们，如杂货张及其女儿，丈夫和父亲被抓劳工惨死，她们在等待中不是变得善良而是变得邪恶，没有丝毫的伦理道德和同情弱小之举。至于纨绔子弟吉来一类人，全然是恶魔转世，只是一味作恶、玩乐、混世，不论中国女人还是日本女人，能玩的都玩，即便被迫结婚生子，也没有丝毫的家庭伦理道德，对长辈、妻子、孩子都没有正常的人类感情，更遑论道德。30年代东北作家萧军就说自己的故乡东北有"三千万无教养的人民"，那里的人民崇拜土匪军阀而蔑视知识和道德。迟子建小说里的很多伪满洲国子民，似乎都是自然本能强大、强悍而伦理道德缺失之徒，小说里的女人少有不被自然欲望支配偷情养汉或性关系随便的。有无外来殖民者的统治，他们都这样生活，尽管生活的代价和苦难由于殖民者的存在而加大，但这样似乎影响不了杨三爷一类恶人的生活与道德。杨三爷一类恶人的日常生活，作者并没有认为也有合理性价值，只是表现它们在沦陷的东北——其实也在晚清、民国和中国的任何时代都存在，是伪满洲国大众日常生活，也是中国人日常生活中的一部分，不论是本国的还是外来的殖民者的统治，这样的中国人及其日常生活都存在，不可能从日常生活中剔除，没有了它们也就不是完整的伪满时期以及其他时期中国大众的日常生活。迟子建的如此叙事和描写，一方面是那个时代东北本然的生活情态的写真，历史上一直作为化外边缘之地和蛮夷之地的东北，粗野少文，清朝中叶以后才有大批关内的闯关东者来此开荒伐木、挖参淘金，自然与社会的原始洪荒和渔猎骑射的地域传统，造就了东北之民的生活与道德的荒野自然状态，日本殖民者的到来并没有根本改变这样的状态；另一方面，这样的描写也是作家观照伪满洲国历史时的思想和历史观所导致的叙事策略，在展现立体的全方位的伪满洲国沦陷状态下人们生活与思想的面貌的同时，暗含萧红开创的批判国民性弱点、从中国内部寻找造成国弱民愚原因的思想诉求，尽管这不是迟子建的全部诉求。

对伪满洲国社会与生活形态的百科全书式样的描写，自然少不了对殖民侵略者、对殖民宗主国的日本人的描写，它们也是伪满洲国社会存在和日常生活的一部分。中国现代和当代的小说，有一种制造和寻找敌人的现象，不论是反映阶级矛盾还是民族斗争的小说，都尽可能塑造和描绘"敌人"和坏蛋的形象，甚至不惜以漫画化手法予以制造和塑造，如十七年抗战题材作品中的"毛利大队长""猪头小队长""胖翻译官"和阶级斗争题材领域的黄世仁、南霸天、周扒皮、座山雕等。这已经成为新文学的新传统和叙事模式，个中原因，值得深思和玩味。有意味的是，迟子建在小说中一方面写了作为历史之恶势力的坏的日本人，即那些凶残的殖民压迫者，这是任何叙述殖民地生活的小说都必然出现的人物。其中用墨比较多且比较形象的人物，是731部队的细菌战专家北野南次郎。无情残酷地强奸中国妇女，拿中国人作为细菌病毒实验和解剖的对象，这些世人皆知的事情，北野南次郎样样不少，恶魔部队的恶魔专家，是小说对此人描写的基本定位，也是较为概念化的描写。不过，迟子建与正史模式的历史叙事不同之处，在于她对这个恶魔人物的残酷性的揭示，不是从种族主义、殖民主义、民族歧视等政治和意识形态角度，而是从此人的天性入手。北野南次郎从小就对解剖动物痴迷，对动物和人体试验着迷，不问试验和解剖的动机、目的，只要有人体供他试验和解剖，多么残酷和非人道他都愿意干，都感到满足，甚至在对无辜的中国教师王亭业作为试验对象的过程中，他甚至产生了某种同情，尽管只是一种让他自己试验而不让别人试验、让王亭业稍稍延长生命的想法，如果这想法实现，王亭业就可能迎来日伪垮台而不会丧命。当然，在那样的恶魔环境，北野南次郎的想法被其他法西斯专家的行为打断。也许可以指责迟子建对这样的法西斯野兽专家的描写过于人性而缺乏政治正确，不过从文学的角度看，这样的描写可以避免过于模式化和千篇一律，更具有人性批判的深度，而这样的人性深度，同样可以达到对法西斯兽性的揭示——他们已经非人化了，是人类中天性嗜血的异类和兽类，这样的非人化使他们可以干任何泯灭人类道德和良知的恶行。

迟子建小说还写出了另一类伪满社会中的日本人，他们是殖民宗主国的国民，但或者还保留着人性的东西，或者既是殖民利益的受益者也是受害者，前者以柳树村日本警察所头头铃木喜一、日本少尉羽田为代表，后者以喜欢中国文物的山口川雄、日本开拓团成员中村正保和日本少女麻枝子为代表。铃木作为日本殖民统治者的利益的执行者，却能在征国兵、出荷粮等事项上对中国村民多少网开一面，没有斩尽杀绝，尚有人性存在，羽田作为侵略者鹰爪参与镇压中国人，事后还多少有些心虚和忏悔。当然，小说写得更多的

日本警宪，多是大恶残暴之徒，像这样的日本军警人物在真实的历史中也是稀少和罕见的，作品在这个方面的尺寸把握还是准确的。山口川雄则酷爱中国文物且与商人王恩皓友善交往，平等平和，未有殖民宗主国国民的傲慢与偏见，倒是中国人王恩皓出于民族意识后来与之中断了交往，而山口不仅娶中国人为妻，甚至直到回国也不忘与王恩皓的友情。中村正保则既享受到殖民宗主国的利益，到中国耕种土地且被伪满政府强行分配了中国女人为妻，但又能友善对待妻子且热爱孩子，反倒是他的中国妻子因为被强行拆散了未婚夫强迫嫁给日本人而民族仇恨意识未泯，把生下的中日混血儿弄死，致使自己母性发作而发疯夜行被野狼吃掉——民族侵略和压迫是恶行与暴力，在这样的恶行下导致的孽缘生下的孩子确实是无辜的，民族仇恨再大，弄死孩子终究是不可饶恕的大恶，所以迟子建写她的结局是大有用意的。麻枝子一家也是利用殖民宗主国国民的特权在新京开店，享受到殖民红利，但麻枝子却无殖民者的意识，在被中国纨绔子弟王吉来弄大肚子后，中国女孩李小梅以有孕在身逼迫王家婚娶，麻枝子被欺骗说王吉来已经结婚后自愿放弃索赔和出嫁，自己单独生养，不惹王家一点麻烦。在东北整体上被日本侵略占领成为殖民地的环境里，这样描写作为敌方国家的若干子民，把他们殖民受益者与受害者的两面性和复杂性描写和揭示，是迟子建的伪满洲国叙事中大胆而又有深意之处，它超出了有关是否政治正确和民族主义意识形态的藩篱，超出了当代国内战争和抗日战争题材小说中描写与塑造的敌人形象的模式化，写出了比较丰富多样的殖民宗主国国家的统治者和百姓形象。就像不能以二元论观念简单地把沦陷区人民分为抵抗/屈服两大类、把不抵抗或不能抵抗的甚至屈服苟活的人民都视为汉奸一样，对伪满洲国境内的日本人及其形象，在揭示其主体和主流的殖民者性质、根本上的大恶的同时，也一定程度地看到若干被绑架到侵略战车上的个别人的复杂性或善恶交加的两面性，是文学创作的艺术真实的体现。当然，也更接近和符合历史的实际状貌，合于作者的历史观所要呈现和描绘的伪满洲国社会存在与日常生活的立体性、多面性、复杂性和交叉性的艺术图景。

  当代文学中的"九一八"国难作品当然远不止上述所论，要把它们全部加以收集和阅读,是一项浩大的工程,本文也是择其要者予以阐析。不过,单从上述所论也可以看出,"九一八"国难文学已经构成当代文学的一种现象和风景,已经在若干方面对当代同类题材文学的思想与艺术价值有所超越,且新作还在涌现,虽然总体上还不能与世界范围内的二战文学和反法西斯文学的思想艺术成就比肩,但相信假以时日,差距会不断缩小。在最早遭受二战炮火袭扰和法西斯侵略、最早出现反法西斯文学的中国,应该出现世界史意义和世界水准的二战与反法西斯文学。当代的"九一八"国难文学,已经是向此迈出的重要而坚实的一步,在现当代文学的国难文学和抗战文学史上,自有其值得重视的价值,而迟子建的《伪满洲国》,则是当代"九一八"国难文学的时代性扛鼎之作和集大成者,惜乎90年代以后,尚未见能够有所超越的新作,尽管随着时间的推移,它的优点和不足愈发昭然,也愈发启示和召唤着新的更有历史、思想和艺术深度的"九一八"国难文学的诞生。

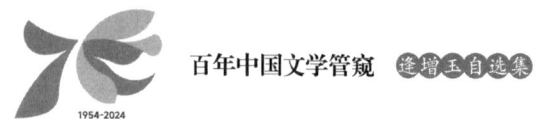

革命时代的城市和工业风景*
——论东北解放区城市和工业题材戏剧创作

解放战争时期的东北根据地，在中共东北局的安排组织下，东北解放区的戏剧运动如火如荼，为配合革命建国大业，发挥了非常重要的意识形态武器作用。虽然东北解放区的戏剧没有出现经久不衰的经典型作品，但是就创作的数量、戏剧作品的类型与戏剧运动的规模而言，东北解放区的戏剧是对延安戏剧的赓续发展和壮大，特别是东北解放区出现了在其他解放区罕见的城市与工业题材戏剧，为中国现代戏剧和话剧史带来了独特风景。

一

东北解放区戏在短短几年间就呈现爆发式发展的重要因素之一，是抗战胜利后被派往东北的大批文化干部中，一些人是戏剧专才，原在陕甘宁、晋察冀及山东苏北根据地时，就是从事戏剧运动的活跃人物，如戏剧理论家张庚、戏剧创作和表演家王大化等，延安"鲁艺"派出的数批东北工作团里，也包含很多戏剧领域的人士，他们在延安就是延安戏剧运动的参与者和推动者，创作演出了像《夫妻识字》《兄妹开荒》和《白毛女》等作品。其次，与关内各地的根据地和解放区大多数是农村内地不同，东北历经沙俄、张作霖父子和日本的殖民统治，直至伪满垮台，其城市化合格工业化水平都居全国

---

* 本文原载于《广东社会科学》，2020年第1期，收入本书时，略有改动。

前列（城市化水平在 20 世纪 90 年代还在中国名列前茅），日本殖民者还在哈尔滨、长春、沈阳和大连等地兴建了话剧戏剧团体和剧院，以及便于殖民主义"国策"电影演出的电影院及其院线体制。① 东北的这种较为发达和领先中国的工业化与城市化，也为东北解放区戏剧运动的开展和繁荣，提供了农业文明地域的关内解放区所不具备的物质条件。同时，善于在政治军事、经济文化所有领域进行精心设计和组织实施的中共及其东北局，从其一贯的极其重视文艺特别是戏剧电影的策略出发，也积极组织和推动东北解放区的戏剧运动的开展，东北解放区城市和工业题材话剧就是在这一背景下产生的。

而来到东北解放区的戏剧人士，他们大多经历过延安文艺整风运动，都是作为干部被派往东北的，从较为自由化的文人到文艺干部，不仅仅是身份的变化，实质是思想和世界观的彻底变化，已经重新确立了世界观与文艺观，认同文艺是武器和文化军队、文艺家是执掌文艺武器的文化军队一员、文艺为工农兵和政治服务的意识形态规训，把文艺作为齿轮和螺丝钉、作为服从和配合政治与意识形态的工具和武器，是他们的共同文艺价值观和创作思想模式。东北根据地作家们没有任何障碍地、自觉地把话剧的写作与演出，融入东北局宣传部具体的文艺要求和整体的建国夺权的目标中。因此，明确的政治与政策的要求指导，和作家们自觉地服从政治、配合政治和政策形成的文艺机制与装置，使得东北解放区的城市与工业题材话剧，在写什么和怎么写的问题上几乎趋于一致，在题材、内容和主题上步调一致地甘愿做政治和政策的传声筒。这也使得东北解放区城市与工业题材话剧几乎就是政治性的"任务剧"和"政策剧"。而中共东北局在积极组织实施文艺工作和开展戏剧运动时，面对东北解放区不同于关内各解放区的政治经济环境和人民群众的"阶级"构成，有目的地引导城市与工业题材的话剧创作及演出。其中东北局领导东北解放区接收和管理城市工业过程中的每一个重要的举措和步骤，都同步地在戏剧中得到积极的配合和反映，化为戏剧作品的创作主题。主题先

---

① 石建国. 从开埠设厂到"共和国长子"：东北工业百年简史[M]. 北京：中国人民大学出版社，2016：22-52.

行和配合政治与政策的任务化写作，东北解放区戏剧固然不是始作俑者，却是普遍的戏剧装置与形态。

由于东北当时是城市化程度最高的城市，中共的军队和干部最初到达东北都是先来到沈阳、大连、抚顺、长春、哈尔滨等城市，在东北解放战争一度失利退出"南满"后也继续存在于哈尔滨为中心的"北满"地区，最终又反攻和占领了失去的城市，中共东北局领导层也一再发出关于如何适应和接管城市的指示，加之长期的伪满殖民主义统治在部分群众中形成的"满洲国脑瓜"——部分人对殖民主义者为了侵略而建立较为发达的工业文明颇有自豪，① 对于刚到东北时的中共军队和干部朴素的衣衫、军队比较落后的武器装备，有些瞧不起，存在把国民党视为抗战主力和代表中国合法政权的正统意识。范政的小说《夏红秋》和其他一些东北解放区文学作品，都写到了东北民众包括被压迫的下层百姓身上较普遍存在的"满洲国脑瓜"和思想意识。因此，肃清殖民主义意识和所谓正统意识、改造城市民众的思想和思想舆情，为接收东北、掌管城市和工业、进行解放战争和革命建国制造历史与政治合法性，是东北局领导下的各种报刊媒体和文学艺术的重要任务之一。按照中共革命遵循的马克思主义意识形态理论而言，在殖民主义统治下被殖民意识毒化而产生的"满洲国脑瓜"，是占据统治地位的统治阶级，把自己的思想意识灌输给没有自己物质和精神生产资料的被统治人民的"虚假意识"，因此必须打破之，用革命政党和阶级的意识形态洗刷人民的头脑，进行"政治的灵魂化"工程。② 而在实施这种战略和策略时，来自关内各个根据地的革命文艺家们驾轻就熟地采用了导源于政治和意识形态规训的、来自延安传统的解放区文艺共有的叙事模式，通过创作和演出表现东北城市贫民题材的话剧，进行了以戏剧为载体的、以洗刷和瓦解"满洲国脑瓜"、以对东北人民进行精神重构和对红色政权认同为目的的意识形态的生产和再生产，即在意识形态的生产和再生产中夺取和建立思想文化的话语领导权，建构与物质的国家机器

---

① 截至抗战胜利，东北的长春、哈尔滨、沈阳和大连等地，都设有管道煤气设施。而关内的上海、天津、青岛等城市（包括北京），都没有铺设煤气管道。
② 曼海姆.意识形态与乌托邦[M].黎鸣，李书崇，译.北京：商务印书馆，2014：237，255.

同步的意识形态国家机器，而戏剧不过是东北解放区所有文体文类必须承担的、建构新国家政权机器和意识形态机器的组成部分和工具。

曾任延安青年艺术剧院编导室主任、东北文艺工作团副团长的李之华，与人合作创作的三幕话剧《血债》，就是其中的代表性作品。该剧前两幕主要表现了伪满汉奸区长、协和会干事的杨静轩对王家一家人的迫害，伪满时代人民的各种难堪的不幸全部落在王家。第三幕写抗战胜利东北光复后，伪满区长杨静轩摇身一变成为国民党党政军要员，伪满协和会会长张敬亭任县党部书记长，伪满特务股长日本人广田也成为奉天国民党党部参谋长。这样的叙事意在揭示一度前来接收和掌管东北的、被东北部分民众误认为是抗战主力和国家正统的国民党政府的"罪恶"性质——他们是与伪满殖民主义政治和政府一脉相承、与外来殖民主义一丘之貉、内生的本国新殖民者和压迫人民的反动派。将国民党政权与伪满政权的性质混淆在一起进行"揭黑"与"诉罪"，有一定的历史真实，伪满解体后确实有一些旧伪满政权的官吏警宪和土匪被国民党政府收编，但也是政治和意识形态的宣传在文艺中的"落实"和投射，几乎所有的东北解放区文艺和后来的共和国文学中的东北叙事，都把被部分东北民众存在幻想和希望的国民党政权进行"匪帮化"与"妖魔化"叙事，将其与伪满殖民主义统治者的性质进行"合并同类项"——最著名的当数红色经典《林海雪原》。① 这样的历史与文学叙事目的，自然是为革命夺权包含的阶级、政治、意识形态的合法性进行确证，为"解放"所内含的历史新世纪意识、解放民众后将其纳入革命夺权的历史洪流成为大批阶级战士的行为，提供政治、经济、意识形态和心理的铺垫与鼓动，这也是善于进行武装斗争和思想宣传、把武装军队和文化军队看得同等重要的中共经略东北和夺取政权的法宝之一。

因此，《血债》在叙述了伪满与国民党时代统治者罪恶之后，当然就要表现解放者的应然正义和正义的清算——血债血还，把中国几千年历史和民

---

① 史料记载《林海雪原》写的土匪谢文东等人，在九一八事变后曾经毁家纾难起兵抗日，成为东北抗日联军的一部分，后来在日寇的不断讨伐下，抗联趋于失败，谢文东等人投降了日本殖民当局。他们曾经有过抗日的历史。

间文化崇尚和流行的血亲复仇，予以政治化和历史合法化。东北民主联军到来后抓住了反动派罪人杨静轩等人，召开斗争会进行民众的诉苦和对罪人的"控诉"，把杨静轩"三天三夜也说不完"的罪恶公开化和反复控诉，动机和目的就是运用革命斗争学和群众心理学手段，通过把坏蛋坏人对几个人、几个家庭所做的罪恶公开化和公众化，使之变成公众的集体"受难记忆"和"公愤"，且在不断的罪恶曝光中使仇恨叠加和倍增，最后群众自然在被激起的"极端仇恨状态"中要求血债血还，枪毙和杀死罪大恶极的"仇敌"，公众化和阶级化的仇恨导致的消灭敌人的诉求和行为，就具有了阶级的、大众的、社会的也是历史的合法性与合理性。而能代表群众、帮助群众血债血还、打击罪恶和仇敌的政党和团体，当然也就具有了"替民做主"的"恩人"性，群众当然也就自觉自愿地跟随"恩主恩人"，愿意被领导去进行更大的代表着历史与阶级正义性的消灭罪犯仇敌、解放更广大受苦受罪的阶级兄弟的革命和斗争，成为大批赴汤蹈火在所不辞的阶级战士，革命建国大业就会在这种历史与社会基础之上得以胜利和完成。这样，这部被称为"东北十四年来一部血泪仇的缩影"的话剧，在清洗市民旧思想意识和宣传共产党及民主联军的解放者形象和人民恩人等方面，发挥了极大作用。该剧于1946年6月15日在大光明电影院首次演出，赢得了东北人民的许多眼泪，"许多人看了一次又来看第二次"，并在7月9日《东北日报》第四版上发表，由此可见该剧产生的极大的感染力和思想舆论阵地争夺的巨大成功。

李之华还著有话剧剧本《刘家父子》《光荣灯》和独幕喜剧剧本《反"翻把"斗争》，主旨都定位于对东北解放区人民进行阶级和阶级斗争意识等"革命思想启蒙"、旧意识形态改造和新意识形态生产，并因此于1947年被东北局宣传部记大功一次。在来自关内老根据地的话剧作家的创作纷纷涌现之际，在东北局宣传部的领导和设计下，还创新性地营造和推出了以城市劳动者和工人写作话剧的现象，在东北解放区领导和倡导工人写作和工农兵创作，影响及于新中国成立后的当代文学。① 表现东北城市底层小市民众生相和城市

---

① 除戏剧外，还广泛出现于几乎所有文类中，如小说《高玉宝》就是在文化干部帮助下的士兵创作。

下层贫民在新旧社会遭遇的大型话剧作品《穷汉岭》（原名《祭瘟神》）就是1947年底，大连寺儿沟大粪合作社的群众白玉江、孙树贵及社员们根据现实生活，在职业戏剧工作者赵慧深、田稼等人的帮助下创作完成话剧，该剧"充分吐露着工人阶级底干脆痛快，明朗单纯的风格"，真实表现了城市底层劳动人民的生活。方冰、白玉江在《为什么要演出〈穷汉岭〉（代序）》中说："这真是一出有血、有泪、有哭、有笑的动人的好戏。"①

这部戏剧尽管时间跨度从伪满到东北解放后，但侧重点与《血债》有所不同，它通过5幕17场的宏大的结构，以伪满殖民统治时期大连一个名叫寺儿沟的"红房子"一带底层海港装卸工人居民区即"穷汉岭"底层人民的众生相为背景，通过大胆的剪切和在舞台上频繁转化不同的城市阶级阶层空间和人民日常生活各种场面的戏剧艺术手法，一方面呈现穷汉岭、贫民窟"老虎屯"的闯关东而来的山东流民、苦力和各种挣扎求生的底层人民的受压迫的困苦屈辱生涯，一方面通过对比和控诉的手法，表现伪满时代日本殖民主义的官吏爪牙，对人民无比歹毒的压榨盘剥和各种罪恶。在同一个城市的上层统治阶级和压迫者的暴政恶行，与底层市民百姓等小人物的被侮辱被损害的生活视景的对比和转换中，作品旨在揭示伪满殖民主义统治时期的东北不是"五族协和"的王道乐土，没有现代工业文明带来的社会文明和人民的福祉，而是人间地狱。这个地狱及其恶魔恶棍被推翻打倒，人民从地狱般的苦难被解放进入新社会和"天堂"，是由于共产党的到来和人民政权的建立。新时代新政权才使底层大众人民脱离苦海当家作主，他们把过去遭受的来自旧政权恶势力的迫害及其暴力，转化为合理的人民暴力，在政府支持下报仇雪恨，打死打垮恶人和旧政权，贫苦民众的解放与复仇和对旧世界的"送瘟神"至此真正实现。这部戏剧的内容，可以说是新中国成立后50年代老舍的话剧《龙须沟》的先声，与整个解放区文学和新中国成立后十七年的红色经典文学的新旧对比、革命翻身叙事及其模式，存在着历史和精神的诸多联系。

《穷汉岭》在艺术形式和手法上，较之其他东北解放区戏剧显得更为成熟

---

① 白玉江，孙树贵，赵慧深，等.穷汉岭[M].北京：新中国书局，1949：2.

和多姿。不仅空间场面各有内涵和意义,而且转移切换自如自然,大小场面有分有合,上层统治者与下层百姓的人物形象比较具有个性和典型性,悲剧与喜剧交互掺杂,运用大量东北方言入戏,使戏剧语言朴素洗练又增强了生活气息和地域文化氛围,能够十分传神真切地表现人物的个性与阶级的共性。由于该剧具有强烈的清理和颠覆旧殖民地意识的毒素、再造东北解放区的思想舆情的现实针对性,加之戏剧艺术性上也有相当的水准,所以演出后产生极大影响,仅在大连就公演了十几场,《大连日报》于1948年1月29日设置《穷汉岭》整版专刊,次日以大部分版面刊登相关评论文章:"虽然,它只是关东人民在日寇奴役下痛苦生活的一面,它只是解放后关东人民新生活的一个开端。但是,却是具体地,真实地,和相当形象地叙写了出来,而且是以群众自己亲自的生活体验,以群众自己的丰富的语汇,以群众自己真实的情感和自然的,毫不做作的动作表演出来了。"① 关东教育行政会议召开关于《穷汉岭》的座谈会,认为《穷汉岭》是"写现实,写群众""说事实,演自己"的戏剧,表明群众自己演自己的生活,有真实的体验,群众中有戏剧人才,可以大力扶植和发展,实际生活是创作的丰富源泉,工农需要知识分子帮助,知识分子应该面向和深入现实,体验群众生活斗争与思想感情,与工农结合起来才能创造优秀的作品——来自延安的文艺思想和意识形态在这部作品的评价和"造势"中,被娴熟地运用和发挥。

二

改造东北人民的"满洲国脑瓜"和进行以革命政治和阶级斗争为核心价值的意识形态生产的目的之一,是为了新阶级的生产和制造——大批的被革命意识形态洗刷思想和树立阶级与阶级斗争意识的"觉悟"了的民众,即"唤起工农千百万",才是革命意识形态和新阶级生产的宗旨。意识形态国家机器的建构,归根到底是为国家机器的建构服务的,思想和精神的生产目的

---

① 白玉江,孙树贵,赵慧深,等.穷汉岭[M].北京:新中国书局,1949:134.

是借此转化为物质力量,当代西方马克思主义甚至认为精神思想本身就是物质力量的一部分,政治和社会与历史问题的最终解决还须靠物质力量:"批判的武器当然不能代替武器的批判,物质力量只能用物质力量来摧毁;但是理论一经掌握群众,也会变成物质力量。"[1] 而新意识形态和新阶级都是物质力量的组成部分。为此,东北解放区话剧与其他剧种一样,围绕着城市与工矿企业的环境和具体的工业活动,叙述了新阶级的生产与完善的"流程"。

在城市与工业化空间与环境中,描写和塑造与物质活动密不可分的人的活动——大群的产业工人的形象,是东北解放工业题材话剧的突出特点和亮色,也是所有解放区戏剧与文学作品中罕见的情境与人物类型。对于来自关内农业社会环境的解放区作家而言,在比较陌生的"物化"的工业环境中描写陌生的人物——工人及其群体,是新的带有挑战性的写作任务和课题。他们结合历史环境的真实状况,在紧密配合政治和政策的戏剧文本中,设置和描写了工业环境的"物件"与"事件",如献纳器材运动、修复机器设备、恢复和扩大生产、为全国解放提供资源和武器装备、建设工业基地——这些革命夺权所必须而又为东北独有的工业事件,通过这些"事件"与工人的关系、他们在这些事件和活动中表现出的思想状态的多样性,来表现他们如何从旧时代雇佣劳动者转变为"新人"。当然,新的阶级的生产和生成,是与洗刷"满洲国脑瓜"、改造东北人民的世界观和进行意识形态的生产再造的"精神工程",几乎是同步进行的,改造旧思想的意识形态生产是基础,新阶级的生产是必然的程序和结果。

东北解放区的重要的政治与工业事件之一,是活献纳器材和恢复工业生产,这必然成为具有配合功能的东北解放区城戏剧表现新人与新阶级生产的应然内容。抗战胜利后,东北的工业遭到了严重的破坏,败退之前的日本统治者、进入东北的苏联的军队、战败前的国民党接收政府和军队,都对东北的工业设施、物资、交通工具等,进行了破坏或劫掠,称之为"敌产",进

---

[1] 马克思. 黑格尔法哲学批判:导言[M]//马克思恩格斯选集:第1卷. 北京:人民出版社,1995:9.

行了大规模的拆解和运回苏联本土。中共及其领导的军队在争夺东北的"拉锯战"中,"出于军事斗争的需要,也炸毁了一些桥梁、电厂等工业基础设施"。^① 因此,将遭受破坏和损毁的东北工业企业恢复正常,是东北局工作的重要任务之一,东北解放区各地党组织、政府、工会组织先后发出献纳器材的号召,沈阳市职工总会筹备委员会向全市职工发出了"努力生产支援前线,献交器材建设工厂"的号召,中共鞍山市委做出《关于发动群众献交器材》的决定^②,《东北日报》《哈尔滨日报》等报刊上刊登众多相关报道文章,东北各地很快掀起了"献纳器材运动"的热潮,有力地支持了东北解放区的工业生产恢复和经济发展。

为了配合"献纳器材运动",东北解放区创作了许多表现"献纳器材运动"的作品,其中《刘桂兰捉奸》《一条皮带》就是代表性话剧。《刘桂兰捉奸》以刘家"献器材"问题上刘老汉与妻子的矛盾和刘桂兰在"终身大事"上的"寻找和击溃敌人"的双线结构,以家庭成员思想的变化,将具体的献纳器材与工人阶级新旧社会的不同地位、即从受压迫者成为国家主人公的政治主题结合起来,在表现和歌颂工人阶级的变化与成长的主题中,既揭示了特定历史时期和事件的真实性,更揭示被解放的工人由思想感激、地位变化做出的"义举"的历史合理性与性格合理性,以及总体性的对中共解放者和新国家创建者的"恩主"地位的确认与感激。该剧着重揭示的是新政权到来之后工人阶级的解放感和主人公地位的确立,即从旧有企业的雇佣劳动者变成了"当家人",这种政治和经济地位的变化使得刘老汉把自己的私产皮带交给工厂化为公产——该剧写到了工厂生产关系的制度性和革命性变化:成为主人的工人享受着从来没有的医疗、教育、合作社、假期及其补助、女性职工的产假照顾和婚姻解放等共产党带来的"制度性福利",这种政治经济地位的解放和变化是工人们献纳器材、为自己的企业和新国家建设工业化的内生

---

① 石建国.从开埠设厂到"共和国长子":东北工业百年简史[M].北京:中国人民大学出版社,2016:56.
② 辽宁省地方志编纂委员会办公室.辽宁省志:工会志[M].沈阳:辽宁科学技术出版社,1999:121.

动力,"如今的工厂是咱们工人自己的了。咱们是当家的人,就应该爱护工厂,建设工厂。再说这往后有病有灾的公家给治,生孩子死人都照顾,只要好好干,饭碗一辈子砸不了。老了不能干的时候还有养老金呢,劳动保险上规定的可多啦……""有了养老辅助金,生活没有困难,比儿子都保险","共产党就是想叫天下的人都有饭吃才打天下"。① 新旧时代对比模式下,曾经被压迫状态和奴隶劳动产生的难免的自私与落后,是他们作为工人个体和群体普遍"积习"与时代性症候,而新时代新政权的政治经济制度的改变带给工人的政治经济"翻身解放"和"恩情",是促使工人向着新阶级、新人和历史主体性跨越的主因。

当然,这类解放区戏剧的情节和叙事中自然还存在着当时的政治与意识形态要求的、生产新阶级所必需的"应然"模式:一是制造、寻找和瓦解敌人,刘桂兰在新政权和父亲影响下成为新一代的工人阶级代表,以爱情和婚姻大事的允诺诱捕隐藏在工厂里的特务,使其感化觉悟后投诚,以历史和政治正义的担当及身体性别资源的允诺付出,完成锄奸和捉奸、使工厂及其代表的革命建国大业得以实现的"光荣使命"。另一种模式是描写和表现工人阶级、人民群众内部的落后意识及人物的存在。"献纳器材"题材戏剧话剧《一条皮带》,既描写和赞美了1948年秋中长铁路某工厂在大生产运动和献纳器材运动中表现突出的先进工人郭志刚,也表现了思想落后但经过实际教育有所转变的郭父、只想个人利益不愿意交出皮带的郭妻,而且郭妻虽然与先进分子的丈夫共同生活并不断"被教育",但其落后的、自私的思想意识没有得到根本转变,一定程度地揭示了东北解放区部分人民在长期雇佣劳动、被压迫和贫穷中形成的自私落后及其思想现实的长期存在,以及即便在革命建国、翻身解放的历史大潮中,人民群众思想意识的差序格局也是客观存在和难以很快化解的。这种现象虽然在戏剧中揭示和表现得并不深入,却自有历史真实性的底子和意义,当然,也从侧面表现出设计和制造新人、新阶级工程和过程的复杂性,但这种复杂性又印证了生产制造新阶级的政治力量的巨大能

---

① 蓝澄. 刘桂兰捉奸[M]. 沈阳:东北新华书店,1949:1-24.

力及其具有的历史的必然性和正义性。

工人阶级的先进性不是天生的而是需要引领与培育和制造的,这是东北解放区工业题材戏剧在表面浅显单纯的故事情节中表达和揭示的、超出一般意识形态对工人阶级先进性规定的普遍共识,也是遵从为革命夺权制造大批政治先进分子的意识形态诉求,所形成的一种主题模式。话剧如此,其他戏剧文类也如此,如《二毛立功》《一个女工的翻身》《两个时代的师徒》《大转变》《去旧换新》《识字翻身》《瞪眼瞎子》《张有才》等,都是描写东北工业企业工人翻身解放、思想转变、落后向先进跨越等主题且在当时产生很大影响的秧歌剧作品。这些新秧歌剧作品结合了陕北解放区秧歌剧政治审美因素,又融进了东北地域文化与生活特征。特别值得提出的是,在这种转变主题的戏剧作品中,东北解放区首次出现了翻身解放的工人自己创作的话剧,《解放前后》和《死车复活》,就是这类由工人创作的作品。

《解放前后》原名《劳动态度》,由沈阳铁路工厂工人祈醒非、李恩、胡点集体创作,祈醒非执笔,该剧最初是由三位工人"你一句我一段"凑出来的,语言很生动,但材料杂乱,是有些粗糙的两幕剧。后来,在工人报记者"只动口"的原则指导下,工人们将材料集中起来,用了两三天时间改编成较好的两幕短剧,在工厂演出时深受工友的喜爱,并且拿到广播台播出。后来,鲁迅艺术学院文艺工作者秉持"动口不动手"修改成两幕四场剧。戏剧演出后,立即召开座谈会,交流观剧感受、创作体会等,并在中共东北局党报也是东北解放区发行量和影响最大的《东北日报》的副刊发表,晋察冀地区的《华北文艺》月刊转载了此剧,将其改名为《解放前后》,它很快被传播到全国各地,产生了重大影响。该剧以沈阳皇姑屯工人刘成文家在旧社会的惨状,以及共产党到来后刘成文由奴隶成为厂长的翻天覆地的巨大变化,延续和表达了《白毛女》等陕甘宁文学的"旧社会把人变成鬼,新社会把鬼变成人"的主题。《死车复活》同样是沈阳皇姑屯铁路工厂工人李贵福创作的三幕剧,通过过去懒惰、酗酒、赌博、总想不劳而获的落后的工人焦师傅,如何在新政府新制度的感召下成为劳动模范和"死车复活"的过程,描写和表现新政权的巨大的改造和创造"新人"的能力。

新政权带来的解放不仅表现在工人阶级政治与经济主体性的确立上，也表现在由解放带来的工人阶级内部的、原有工业文明派生的生产关系和人际管理关系的变化上。《师徒关系》和《取长补短》，都是表现东北解放区企业内部固有的师徒关系变化的。师傅带徒弟、徒弟敬师傅是企业生产与管理中建立的工业技术权威和技术传承的必要关系，是工业文明的当然产物，但在中国，由于有封建主义的长期历史及其等级制度，这就使中国的属于企业生产和管理必须树立的师傅权威及其师徒关系，多少带有了人身依附的色彩。中共在新民主主义革命时期和领导革命夺权的过程中，特别重视和强调新民主权利和建设，不仅在文明和文化落后的陕甘宁边区进行农村干部普选等民主制度建设，到了东北解放区，面对与关内各解放区完全不一样的思想舆情和领导城市与工业的任务，使东北局一再强调在接收和管理的企业进行民主化管理，并把工人当家作主、干群关系平等和工人阶级内部既尊重技术权威又建立平等意识和关系，作为工业民主化建设与管理的三个有机环节。《师徒关系》中杨师傅在工厂的立功运动中带的三个徒弟，既有先进与落后徒弟的差别和对落后者的改造与再造，也有师傅的权威和家长制与旧师傅作风的反思和自我改造。孙芋创作的独幕剧《取长补短》则以哈尔滨某民营机械厂老师傅徐秀远与青年学徒梁二成之间的矛盾冲突的产生和化解、建立平等师徒关系为情节和主题，新的师徒关系的建立是解放区民主思想对工业文明和企业内部生产关系的改造和再造，也是通过新关系的建立最终达到"发展生产，支援前线"，把新的生产关系建立后焕发的生产力落实到为支援战争和建构新国家的目标上。具象的师徒关系和企业管理关系的描写和叙述中，包含着由革命性政治性带来的有关新民主、新工业文明和新国家机器生产与再生产的丰富的历史内容，包含着政治革命性与工业现代性、新阶级生产过程中的新的生产关系的生产，这些在以往关内解放区文学中不曾出现的问题和现象及其思考描写，虽然还不是很丰富，却也使《师徒关系》等话剧被人们称为东北解放区难得的"佳构"。

三

如上所述，东北解放区工业题材戏剧是在紧密配合每一个具体的工业企业生产的过程中，书写和表现作为新人的工人个体和集团阶级的形象的，即他们如何在工业环境中被有组织有目的地"生产"和"制造"出来的，新人与新阶级的诞生、新政治和阶级伦理生产与再生产的过程，都是与工业化物质生产和工业风景紧密关联的，因此，在表现新意识形态生产和新人新阶级的生产之际，表现工业化物质的生产和借由物质生产而生产新政权新国家，或者将新阶级新人的生产更紧密地与工业化物质生产过程的具体场景与情景融为一体，是东北解放区戏剧的又一独特风景。

在工业生产的场景和过程中塑造工人阶级的先进生产力、创造力和由此而来的历史主人公地位，描绘"有力量"的工人阶级的"力量"所在和主人公意识的萌发与确立，是三场话剧和五幕剧《劳动的光荣》和《北平号火车头》等作品的共同性主旨和诉求。另一部话剧《朱家贵》将真实的工厂车间劳动场景搬上舞台，将工厂和车间作为新的戏剧空间环境，表现在新政权下工人当家作主后主人翁意识的觉醒和树立，以及这种主人翁地位和意识确立后焕发出的责任感和使命感。这种主人翁责任感驱使朱家贵等工人师傅千方百计搞技术革新和创造，以新方法解决了炭末炉的修补问题，为企业生产提供了保障。车间和机器不再是压迫性的异己空间和冰冷物象，而是成为与工人的生活和国家事业息息相关的、显示工人阶级主体性和创造性力量的对象化空间。《劳动的光荣》是1948年6月由大连洋灰工厂工人集体创作的大型话剧，同样以东北解放区工业企业恢复生产和技术改造为主题背景，描绘在修复发电设备过程中曾经有"满洲国脑瓜"和落后意识的部分工人劳动态度的转变，新的工人劳动英雄的力挽狂澜和创造力量及优秀品质，新时代、新生活、新环境对工人个体与群体带来的思想精神的教育改造和对新人形象的发掘与育成。正是在时代政治和经济变化带来的企业空间的价值性变化、即由过去的殖民主义和旧政权的权利压迫空间"解放为"代表工业现代性、革命先进性和工人主体性的新价值场域，使得周明英这样的劳动英雄脱颖而出和成长成熟，并通过物化的企业设备的技术参与和革新，表现和解释政治性与革命性充斥的新环境空间里，技术对人的挑战和先进性工人对技术难题的克服，也即人对自然的改造和征服过程中的工人阶级主体性、先进性焕发出的巨大的生产力，这种在狭义的技术改造革新、广义的征服和改造自然、意识形态化的为新中国诞生提供工业物质过程中出现的新阶级新人物，不仅能够克服具体的技术和生产困难，勇于担责和自我改造革新，摆脱过去的奴役化劳动时代的经验主义成规，而且能够摆脱对殖民主义时代形成的对国外技术的迷信——打破"满洲国脑瓜"的意识形态诉求也表现于工业题材戏剧的细节中，这几乎是东北解放区作家工业题材文学写作的普泛现象，草明在其小说《原动力》里也表现了解放了的东北工人在修复发电厂过程中打破对日本人后裔的技术人的依赖现象。遵循政治决定一切的东北解放区各类作家，在革命建国大业即将成功之际，自信地表现出新国家领导的工人阶级可以克服旧时代留下的各种难题，驾驭机器设备、工业生产和科学技术，既可以告别和摆脱对本土旧时代及物质的依赖，也可以告别和摆脱对殖民主义的和外国的技术的迷信依赖，这种革命的政治和政权的先进性可以培育出新的阶级和力量、可以打破对殖民主义和外国技术的依赖、可以创造新的工业现代性的现象和意识，是东北解放区戏剧和文学中首次触及、揭示和表现出来的，并对后来共和国工业文学产生影响。

正是基于如此的政治与文学诉求，所以在沈阳解放后，由陈明、张为、王拙成到沈阳铁路工厂体验生活基础上创作的三幕四场话剧《北平号火车头》，就在与上述作品相似的题材和情境中，通过皇姑屯铁路机厂工人们克服困难、修复伪满时期废弃的"北平号"火车头的故事，塑造了铆工彭占元、尚厂长等先进工人代表，展现了新一代工人的光辉形象。草明小说的《火车头》也是根据这一素材创作而成的。该剧将演唱、秧歌等形式融入了话剧表现，用演唱的方式表达了工人当家作主的喜悦以及为新中国诞生贡献机车、提供物质装备的巨大能量，修复好的"北平号"火车头徐徐开动进关支援全国解放的庆典场面，表现和象征的就是工人以其阶级和政治的先进性、拥有工业文明的先进生产力而"物质"地参与了新国家机器的建造,同时也在这一过程中显示了成为企业和历史主体的工人阶级,其政治与经济地位的变化带来的精神世界的变化,而这一变化产生的巨大精神能量又必然性地转化为物质力量,马克思所说的"物质的力量只有用物质力量来摧毁,但是理论一经群众掌握,也会变成物质力量"[1],"革命是历史的火车头"[2]等思想观念,就这样被经过延安整风和马克思主义教育的解放区作家,化为多东北解放区工业题材文学的认识基础和内化于形式中的思想,成为从小说到戏剧普遍出现的"历史意识"。

此外,关于在领导工业时应贯彻民主思想和作风的政治性要求及其戏剧创作,不仅表现于企业工人的师徒关系的改造和再造,也表现于企业领导干部的思想与作风的转变和领导能力的重新获得。陈其通创作的《炮弹是怎样造成的》,是东北解放区话剧发展的重要成果,也是解放区工业题材话剧的代表作之一。该戏剧也是典型的领导出思想、作家配合的产物,作为参加过长征的军队干部和作家,陈其通军事经验和农村工作经验都比较丰富,唯独缺乏工业经验,所以在东北解放区,"是东北军区政治部主任周桓同志给他的任务,周桓同志向他交代了党的政策、方针和当前工作中的主要问题,要他写一个主要反对经验主义、事物主义和本位主义的剧本"[3],接受任务后他到鞍钢和"北满"的许多兵工厂去体验生活,收集材料,初稿完成后经周桓审阅后要他重新写过,以便更确切地贯彻主题,他修改六七次后又经过周桓的亲自动手修改,最终得以完成。这部三幕话剧的企业领导干部,是由军队团长转业到大型兵工厂担任总厂一把手的何厂长,在接收工厂、恢复生产、为全国解放生产炮弹的过程中,他工作认真负责,充满热情且毅力坚强,明确认识到肩上担子的责任:"今天我们东北的任务,就是要迅速复兴建设工业,毛主

---

[1] 马克思.黑格尔法哲学批判:导言[M]//马克思恩格斯选集:第1卷.北京:人民出版社,1977:9.

[2] 马克思.1848年至1850年的法兰西阶级斗争[M]//马克思恩格斯选集:第1卷.北京:人民出版社,1977:474.

[3] 孙泱.炮弹是怎样造成的[M].北京:新华书店,1950:序2.

席说：军队向前进，生产长一寸，经济建设、发展生产的任务压倒一切。"① 但是，如何领导一个多工种、多部门的现代化联合企业，如何指挥生产，在何总厂长过去的经验中是缺失的，因此，他采取的是过去军队工作的办法，以开会动员、战争中打冲锋和守山头时不惜一切代价完成任务、想办法克服困难等"军队里的经验"，要求属下和部门。对如何以民主和科学方法动员工人、组织生产、协调部门，他除了充满热情干劲和战斗动员式的方法而外，没有具体的企业管理与组织生产的合适经验，而军队生活形成的指挥员的坚强意志是胜利保证的思想意识，在管理企业时变成了主观主义和经验主义，因此他越忙越抓瞎，把纸上谈兵的伪满时代留用的技术人员作为倚重对象，没有深入实际和调动工人的积极性，差点造成企业的事故和耽误生产炮弹的任务。在事实教育、领导指示、上级委派新的工程师和干部的帮助、工人群众发挥实践和技术中形成的积极性与创造性解决生产难题面前，何厂长得以"转变"，逐步由外行变成了工业领导的内行，结果自然是解放区戏剧的正剧大圆满模式：炮弹试验成功，大规模组织生产，在中央领袖发出打过长江去、解放全中国的广播中，该厂生产的大批炮弹装车运给前方部队"渡长江，打南京，解放上海，解放全中国"，为建国大业提供了来自东北解放区工业的军事武器和巨大物质力量。

因此，该剧的贡献和特色，不仅在于较早描写和塑造了解放区工业企业中的党的领导干部形象，更在于比较深层次地提出和表现了革命干部如何领导现代企业、如何在工业文明中转变自身、由外行到内行的领导思路和方法改变的问题，即政治革命性如何向工业现代性过渡和转变，成为所谓"又红又专"的具有革命性与现代性双重素质的新政权领导干部。这类问题，在来到东北以前的，关内根据地和解放区干部中是没有遇到的，而来到东北后却成为普遍问题，中共领导人早就在进入东北之初向接管城市和工业的干部提出过如何转变领导方式胜任工作的问题，② 东北工业题材创作最多的作家草明

---

① 陈其通.炮弹是怎样造成的［M］.北京：新华书店，1950：13.
② 草明.英明的预见［M］//草明文集：第6卷.北京：光明日报出版社，1992：2261.

在长篇小说《原动力》《火车头》中，都提出和表现了来自陕甘宁老区、具有丰富的农业地区领导经验的干部如何适应管理现代化企业、如何从农业文明思维转变到工业思维问题。正如同样是东北解放区戏剧作家的孙泱所言："从农村转入城市，从战争转入和平建设的过程中……过去在农村和部队中的工作方法与工作作风，在今天的农村和部队中已经完全不适合了，拿来搞工业建设，就更不合适。这是转变过程中的一个主要问题，也是经济建设中的一个本质矛盾，陈其通同志所写的《炮弹是怎样造成的》这个剧本，就是充分地暴露了这个本质的矛盾，并且根据运动的要求，批判和解决了这个矛盾。因此，这剧本从它的思想性、政策性以及与当前的任务的结合来说，是很成功的。"① 而从管理和领导军队与农业向管理现代工业的转变和能力再造中，工业文明属性之一的科学、现代化科层管理中的民主，被革命政党在东北解放区接管工业和城市时不断地提出和强调，相应地，也就成为东北解放区工业题材戏剧中的问题和情节要素，这是东北解放区工业题材戏剧尽管数量众多、精品不多，却仍然具有历史价值的原因之一。

综上，东北解放区在四年多时间里，由于有政治、政权领导下的出色的宣传动员的机制和人才优势，以及相对发达的城市影剧院和工厂空间，所以使得工业题材戏剧的创作与演出，数量众多，影响广泛，目标明确，主题宏大而鲜明，时代特色强烈，以具体的戏剧内容，表现了城市贫民新旧时代的不同际遇与翻身道情、工业企业的恢复与生产、工人群众的思想意识的改造与生产、新的工人阶级个体与群体优秀人物的制造与生产、工业环境中的工人阶级内部生产关系的再造与生产等，因而，东北解放区戏剧作为政治和意识形态的精神武器，与机车炮弹等物质力量一样参与了对旧世界的武器的批判，并且作为被动员和武装起来的思想武器和精神形式，转化为巨大的物质力量，为解放战争的胜利和革命建国大业的完成，发挥了物质与精神的双重作用。

当然，东北解放区戏剧的不足也很明显，那就是为配合革命建国而进行

---

① 孙泱.炮弹是怎样造成的[M].北京：新华书店，1950：序 1.

的戏剧创作和演出，由于急迫的政治使命和意识形态目的，过多地要求为政治、政策乃至具体的革命和生产的任务服务的"指导"和要求，看重了戏剧的影响大众、易于为人民喜闻乐见的功能，而忽视了戏剧的戏剧性、文学性和艺术性，又加之中国现代文学缺乏表现革命时代都市与工业的经验，缺乏历史借鉴和资源，因此东北解放区戏剧人物和主题的模式化雷同化较多而个性不足，革命时代的都市和工业风景、工业生产的物化空间在戏剧中如何化为戏剧舞台的环境与情境空间，在表现和处理上还显得缺乏艺术性。比如在表现和揭示思想改造后的新人和阶级的生产制造过程中，不回避工人及其阶级，他们在旧的制度和生产关系中形成的小生产者的自私等心理人格弱点，并没有随着成为城市人和工业人而立即脱胎换骨，新人和新阶级的生产是需要过程和阵痛的，需要艰难的跨越和转变，东北解放区话剧没有完全遵从政治和意识形态"教条"认定的工业化生产方式，必然带来工人阶级的"先进性"的刻板规训。同时，对他们转化和蜕变的过程，基本限于制度福利感化、政治性说教与生活性帮助，甚至比较幼稚地让主人公阅读《新民主主义论》等政治文件达到思想变化的目的。这样的表现方法和手段，可能有历史环境中的真实性因素，但就总体而言是表面化、简单化和理想化的，因而也影响了这些戏剧和话剧的历史深度与艺术力度。此外，许多东北解放区戏剧是直接从事物质工业生产的工人集体创作的，这开创了解放区和新中国文学中的工人写作的先河，但由于这些工人的文化水平普遍不高，以往对文学和戏剧的造诣不足，对文学性和艺术性的理解与掌握也有欠缺，故此在艺术戏剧创作中难免出现主题先行、配合为主、政治政策性大于戏剧艺术性的通病。因此，东北解放区戏剧在当时的历史条件下完成了自己的历史使命，对现代都市和工业戏剧与文学的创作也有积极的探索作用和先导作用，但在现代文学史和戏剧史上，它们的影响和意义也随着历史的发展而成为历史，文学史价值远大于戏剧艺术和美学价值。

东北解放区文学制度生成及其对当代文学制度的预制*

抗战胜利后，中共在全面研判世界与中国形势、确立革命夺权战略的基础上，确立了建立东北根据地的决定。为此，中共中央在派出西北、华北与苏北的数十万大军火速进入东北之际，也把当时第七届中央委员的近三分之一①和两万多名干部遣派东北，这些干部中就包含着大批从事教育宣传、新闻出版和文学艺术方面的专才。可以说，中共是把被称为与"武化军队"同样重要的"文化军队"的干部和人才，尽可能派到东北，在参与打碎旧的国家机器和意识形态机器过程中，参与和建构一套与革命夺权、建政建国的国家机器相吻合并为之服务的意识形态国家机器，而这样的工作，实质上为1949年以后新中国的文学制度的建立，进行了大规模的实践和预制，是后来的国家文学制度的雏形与基本模式。

一

洪子诚教授在《问题与方法》《中国当代文学史》等著作中，认为当代文学的起源与30年代左翼文学和40年代延安为中心的西北、华北抗日根据

---

* 本文原载于《文学评论》2017年第4期，收入本书时，略有改动。
① 当时派往东北的第七届中央委员、候补委员共有21位，占全部中央委员和候补中央委员77人的27%。

地及解放区文学存在密切的关系。30 年代左翼文学在没有掌握国家机器和政权的历史条件下实质掌握了文化领导权，但是，中国 30 年代左翼文艺运动从领导、组织、性质、功能、目标到效果，既包含着红色政治及其意识形态性，也包含激进思潮带来的左翼现代性和先锋性，整个左翼文艺尽管是有组织的文学，却也在大上海的环境下难免包含着文人社团的相对自由性和文人性，即所谓咖啡馆气和亭子间气。因此，1942 年延安文艺座谈会和整风运动后，这种散漫的、带有对革命内部批判和社会性批判倾向的左翼文艺，被整肃、清算和改造，文艺被严格定位于按照为革命夺权的政治要求服务的意识形态工具，即"文化军队"和武器。因此，30 年代左翼文艺实质上被隔绝于延安文艺整风之后的解放区文学制度之外，也因此不可能进入共和国文学体制内。唯有延安整风后的陕甘宁根据地和各解放区文学，才成为资源进入当代文学，成为当代文学的制度雏形。不过，由于延安整风后抗战形势的严峻、抗战的胜利与随后到来的解放战争，以及物质条件的限制，使西北和华北解放区的文学制度虽然已经建立，但尚未来得及全面铺开和完善。将陕甘宁边区的红色文学制度继承并发展完善且成为当代文学制度资源与雏形的，应该说是东北解放区文学。

中共中央及东北局从革命建国大业的要求出发，在思想认识上把文艺与其他属于上层建筑领域的事业，看成建立和巩固东北根据地、进而夺取政权和革命胜利的有力武器，即与"物化"和"武化"的军队和政治同等重要的文化思想武器、与建构新国家政权机器同等重要的意识形态机器。在这样的政治化的顶层设计与认识指导下，中共东北局和宣传部把整个东北的意识形态工作都纳入一元化的政党机构——东北局的领导之下，实施强有力的组织化领导，并为此派来中共党政军方面的宣传文化领导人张闻天、凯丰、陶铸、蒋南翔、刘芝明、萧华、陈昕、王澜西等，主管思想文化宣传。同时，还把大批干部身份的宣传教育、新闻出版、文学艺术等方面的人员派到东北，其中仅文艺界著名人士就有周立波、萧军、杨沫、陈学昭、刘白羽、舒群、阿英、宋之的、草明、柳青、吴伯箫等数十人，他们中的很多人是延安文艺界的活跃人士且参加过延安文艺座谈会。如曾经担任合江省（今在黑龙江省内）省委书记和东北局常委兼组织部长的张闻天，在合江省接待鲁迅艺术学院文工团的招待会上说："在军事上有军事战线；在政治上有政治战线；在生产上有生产或者经济战线；在文艺上或者文化上有文艺或文化战线。文艺战线，一样也是重要的。"①参加过延安文艺整风运动的文艺家们，已将领袖提出的"党的文艺工作，在党的整个革命工作中的位置，是已经确定了的，摆好了的；是服从党在一定革命时期内所规定的革命任务的"②指示内化为自觉的遵从，将其作为来到东北后从事文艺工作的指针："在目前中国民主革命的阵营中，文艺战线是整个革命机器的一个部分，它的作用是为了团结和教育一切参加这个革命的人民，打击和消灭敌人的。"③中共一向信奉政治路线确定之后干部是绝对因素，政治和组织领导体制下的大批文宣干部到东北后，在东北局的领导下，开始了东北解放区文化、出版、传媒与文学制度的设计、建立和运转，即建立一条与军事战线并重的文化战线。

建立强大有效的思想宣传阵地即报刊、出版传媒体制及思想宣传和文化制度，改造思想舆情并建构意识形态机器，是擅长于宣传教育和争取舆论的中共东北局宣传部的首选。进入东北不久，中共东北局于1945年11月就建立了东北局的机关报《东北日报》，这是东北解放区发行量最大的报纸，面向东北全境的党政军发行，东北解放区先后创办发行的报纸近百种，仅仅冠以《人民日报》名字的就有两种。还出资创办了东北书店总店以及光华书店、大连大众书店、辽东建国书店、文展书店、兆麟书店、吉东书店、辽西书店等众多图书出版机构。利用伪满留下的比较现代化的印刷厂与造纸厂，东北解放区大量出版包括《毛泽东选集》在内的政治读物、教材、报纸杂志和文学书籍，出现了东北解放区报刊出版和传媒的大发展。仅以东北书店为例，从1946年到1948年，总共出版图书杂志七百六十种、各类图书一千五百二十余

---

① 张闻天.文集·序[M]//张闻天文集：第3卷.北京：中共党史资料出版社，1990：365.
② 毛泽东.在延安文艺座谈会上的讲话[M]//毛泽东选集：第3卷.北京：人民出版社，1991：866.
③ 殷之华.白毛女使我们认识了什么？兼论东北文艺运动新方向[N].东北日报，1946-08-27（4）.

万册，在数十个大中小城市建立了分店，发行网点遍布东北全境。东北解放区纸张和印刷质量上乘的大量出版物，是当时其他解放区无法比拟的，不仅发行于东北各地，还随着东北野战军进关和南下，为陆续解放的北平、天津和武汉等内地城市提供大量人民急需的读物。在中国历史上一向"人文不盛"的东北，第一次有大量图书和出版物反哺关内文化发达之地，成为当时盛事。此外，还接收了伪满当局的广播电台，新组建了党政军各个系统的广播电台并一度与国民党当局的电台进行了电波争夺大战。可以说，在短短四年时间内，中共东北局领导党政与军队系统的宣传部门，在新闻出版、戏剧电影、广播电台等诸多领域出色建立了文化领导权和舆论权，建立了比较完善发达的传媒系统并掌控了传媒领域和空间。

出版传媒的繁荣为文学文化发展及文学制度的实施提供了丰裕基础。创办文学刊物和出版文学作品，成为东北解放区文学制度建设的首选。《东北日报》创刊不久就辟有文艺副刊，进行文学探讨和发表文学作品。此外，在东北局宣传部统一领导下，还在地方与军队创办了多种文化与文学的刊物，如《知识》《部队文艺》《东北文学》《东北文艺》《东北文化》《人民戏剧》《人民音乐》《好孩子》《群众文艺》《戏曲新报》《东北画报》等数十种，从地方到军队，从成人刊物到儿童刊物，从高雅刊物到面对大众的通俗刊物，从文学到艺术，靡不具备。诸多文艺报刊为文学作品的产生提供了园地，同时，各个书店和报刊也大量出版文学作品。这些被选择出版的作品包括翻印五四以来的新文学作品，如茅盾、鲁迅、曹禺等人的作品和关内解放区作家赵树理等人的作品，同时也重视和组织翻译出版苏联文学作品。经过更为周密设计和领导的东北解放区文艺，从刊物建立到作品出版的一整套文化文学制度的运作，自然使其在短短几年内、在历史文化土壤薄弱和殖民主义文化曾经泛滥的东北，出现了文学出版传媒制度的同样高效地运转，并带来了东北解放区的文学繁荣。

建立受党组织领导的作家艺术家的社团和协会，是东北解放区文学制度建设的组织化行为。五四以来的新文学制度中，社团流派的建立是推动文学发展的主要方式，延安时期（1937年—1948年），延安共存在过至少75个文

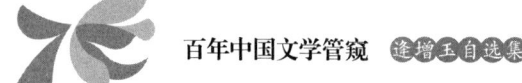

艺社团单位，整风之前几年间，有一些已停办或改办其他，到整风后还剩 12 个。人员主要来自延安又继承了其传统的东北解放区，延续了延安整风后对文艺社团组织化、政治化、统一化的领导模式。凡是中共控制区内的文艺界，社团建立与运作都须经由东北局宣传部或部队与地方的组织批准和领导，加之国共内战形势的反复拉锯和剧烈变化，东北解放区建立的文艺社团数量不少，大小不一，活动和存在时间也不一致。东北局宣传部副部长刘芝明在总结东北三年来文艺工作时也说："为了使得文艺工作做得更为有力，更能发挥文艺工作的力量，则必须改变目前文艺工作中的各自为政的状态，上下不通气，互不相关的散漫状态。……文艺工作的思想、方针、政策的保证，首先是要有文艺组织的统一而集中的组织上的保证，才能发挥文艺工作者与作家的集体力量，才能实行有计划有组织的文艺领导工作。"[①] 早在 1946 年，东北局就在黑龙江佳木斯成立东北文化工作委员会，成员有张闻天、吕骥、张庚、塞克等，此后陆续有若干文艺与文化团体建立，其中最大、最有影响的，是 1946 年 10 月 19 日上由全国文协的老会员萧军、舒群、罗烽、金人、白朗、草明 6 人在哈尔滨发起筹备的"中华全国文艺协会东北总分会"，这个文艺团体表面上是文人的自由结社，实则主体是来自延安的干部身份的文化人，其中不少人是党员或东北文艺界的领导干部。此外还有中苏文化协会、"鲁迅文艺研究会"等文艺社团的建立。随着东北解放战争的发展和胜利，像东北文协那样成立之初还有萧军那样的较为自由主义的作家参加的文艺组织和团体，已经被更加党派化和制度化的组织所取代，1948 年 3 月，中共东北局宣传部首次召开了由文学、戏剧、音乐、美术、电影等各部门的 150 余名文艺工作者参加的文艺工作者会议，对抗战胜利以来东北解放区文艺工作进行了总结，并制订了随后一段时间的文艺工作计划。此后，中共中央东北局宣传部内部成立了文艺工作委员会，吕骥、舒群、刘白羽、张庚、罗烽、何世德、严文井、袁牧之、朱丹、王曼硕、华君武、白华、向隅、田方、沙蒙、吴印咸任

---

① 刘芝明.东北三年来文艺工作初步总结[C]//中华全国文学艺术工作者代表大会纪念文集.北京：新华书店，1950：333.

委员，具体指导东北解放区的文艺工作。① 尽管如此，还有成员觉得这样的政治化的文学组织的组织化程度不够，需要加强，如周洁夫在给舒群、周立波、马加、刘白羽和严文井的信中提到加强文艺界的组织工作时表示，"文艺委员会成立以后，做了不少工作，例如出版文学战线，召开座谈会等，但我觉得在组织工作上还不够健全，这或许是人力比较分散，有的同志忙于他自己的工作的缘故。今后由于转入经济文化建设、客观条件一定是比以前好一些，加强组织工作我想是可以做到的"②。总体而言，东北解放区文艺社团的数量远小于文艺整风前的延安，这是由于战争形势变化和汲取延安根据地初期对文艺社团一度放松的教训，对文艺社团建立实行统一管控和领导导致的结果。

相对于文艺性社团，东北解放区各种文艺演出和文艺团体、文艺教育体系却发展迅速数量众多，成为东北解放区文学制度的重要环节。为了配合解放战争和赢得东北人民支持，在中国东北局领导下，沙蒙、于蓝、王大化、刘炽等人带领的"东北文艺工作团"，以及任虹、吴雪、李之华等人组成的"东北文艺工作二团"，在东北开展了广泛的文艺宣传工作，影响甚大。1946年秋天来到东北哈尔滨的原延安鲁迅艺术学院，按照东北局的指示北撤到佳木斯并入东北大学，成为鲁艺文学院。同年12月，东北局决定让鲁艺脱离东北大学，组建东北鲁艺文工团，鲁艺师生先后在佳木斯、牡丹江、哈尔滨和"南满"建立了东北鲁艺文工团第一至第四团，还组建了音乐工作团。从此，东北鲁艺文工团在东北局宣传部的领导下，在后方与前线、在整个东北大地进行了频繁的演出。1948年秋冬之际，随着沈阳的解放，东北鲁艺文工团在经历了三年多艰苦卓绝的转战和工作后进入沈阳，随后在此正式成立和恢复了鲁迅艺术学院，恢复了延安鲁艺的学校建制。

当时在东北的文艺演出和宣传教育体制的建立中，还有许多隶属于东北局宣传部和军队的文艺单位，如安波等人组成的"冀察热辽军区文艺工作团"，柯夫等人组成的"热东军区战声文艺工作团"，何士德等人组成的"东

---

① 刘增杰.中国解放区文学史［M］.开封：河南大学出版社，1988：111.
② 周洁夫.文艺动态［J］.文学战线，1949，2（1）：97.

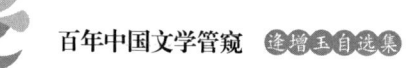

北民主联军总政治部文艺工作团"等,总数有十几支,几乎每个大的军区和单位都有自己的文艺团体。在组建大量文艺团体和地方与军队的文工团之际,军队与地方政府和宣传部门还非常重视文艺人才的培养和文学教育体系的建立,在演出之余也招收文艺人才进行实践培养,如白山艺术学校、东北民主联军部队艺术学校、冀察热辽鲁迅艺术文学院等。在短短四年间,东北解放区建立了如此众多的文艺工作团体与人才培养学校,足见东北局对其在改变人民思想舆情、教育部队和人民参与革命建国大业的重视,将其视为文艺体制建设的相当重要的一部分,实施了大规模的组织设计与制度创设。

中共东北局还非常重视对伪满洲国文化文艺单位的接收改造,其中对"满映"的接收改造是工作重点且成绩出色。"满映"是日伪1937年建立的"株式会社满洲映画协会"的简称,是宣传日本殖民主义的文化侵略工具,其主要活动发生在1938年到1944年,拍摄了数百部"国策"片、纪录片(文化映画)和娱民片(娱乐化通俗电影),成为当时亚洲最大的电影制作基地。东北光复后,中共派来了随东北民主联军进入长春的舒群、袁牧之、钱筱璋等人,前往"满映"解体后成立的"东北电影公司",并将其更名为东北民主联军总司令部东北电影公司(以下简称"东影")。此后随着中共军队在初战失利后进行战略撤退,东影公司器材设备和人员(包括数百名原"满映"的日本人电影人),也随之转移到合江省兴山市(今黑龙江省鹤岗市)。自此,东北电影公司(后改名为东北电影制片厂)拍摄了大量红色电影,包括首部中共领导区域内的故事片及美术片,纪录片纪实片更是奠定了红色政权建政建国后纪录片的基础与模式,并与苏联中央文献制片厂联合拍摄了新中国成立的开国大典纪录片。接收改造"满映"基础上成立的东影,成为新中国电影的摇篮。

二

东北光复后到来的中共思想宣传和文艺界干部,面对的思想文化舆情与他们在西北、华北和苏北根据地的情形,存在很大不同,主要表现在部分东北人民在长期的殖民主义统治和毒化下，存在所谓"满洲国脑瓜"，对伪满时期日本殖民者为盘剥东北经济而推行的、高于全国的工业化和城市化水平，有一定的认同；对国民党政府存在一定的"正统""王师"意识；对苏联红军解放东北和部分苏军违反军纪行为的好感与反感的心理相互掺杂。因此，为解决"满洲国脑瓜"、破解殖民统治遗留的舆情与思想精神状态，东北局宣传部除了在文学出版、发行、建立文艺团体和院校进行制度建设外，还非常重视来自延安传统的发挥文学作品的思想改造与斗争机器的功能，在建立强大高效的新闻出版传媒体系之时，充分利用和发挥文学作品的精神作用，以改造和建构新的思想与舆情场域。

有选择性和针对性地刊印关内的、陕甘宁地区的相关新文学作品并进行讨论，是改造东北殖民地遗留的思想舆情、从文学内部建立文学制度的方法和尝试。舒群曾经在沦陷时期的东北从事过地下工作，后成为东北流亡作家，抗战时期先后在延安鲁艺、《解放日报》等文化文艺单位担任领导职务，参加过延安文艺座谈会，来到东北后曾经担任《知识》杂志的主编。在主编《知识》杂志的过程中，为了打破东北人民对国民党政府正统性认识的思想误区，舒群组织和发起了对于茅盾的长篇小说《腐蚀》的讨论。此前东北解放区已经翻印了茅盾的包括《腐蚀》在内的诸多作品，翻印五四以来的特别是关内根据地的文学作品，是东北解放区文学制度建立和组织文学生产的重要内容。而《腐蚀》的内容是写爱国女青年赵惠明出于对国家民族的热爱和抗战报国的理想，加入国民政府的特务组织，结果却发现那里是腐蚀青年、打击爱国抗战人士的魔窟，赵惠明最终在挽救自己过去的情人失败后弃暗投明。这样的主题显然非常适合用于教育光复后部分东北人民的思想。利用既有的、来自著名作家和关内根据地的文学作品对人民进行舆情改造和思想洗涤，是东北解放区文学体制建立过程中的有效步骤，目的性很明确，就是通过这类讨论，瓦解和颠覆东北部分人民由于历史环境和信息渠道原因对国民党抗战历史和政府存在的合法性认知。作为综合性刊物，《知识》从创刊时的每期发行三千册到后来每期发行四万册，共出版十二卷六十八期，累计出版发行百万余册，并出版发行十余种青年知识丛书，影响力很大，为配合东北书店出版

《腐蚀》,《知识》杂志及时发表了介绍文章,杂志社负责人还组织召开读者座谈会,并把座谈纪实以"赵惠明还能走出来吗"为题发表出来,引起广泛注意和反响,使《腐蚀》很快销售一空。① 作为曾经创作抗战反日小说和接受过注重启蒙教化、把文学作用过分强调的五四新文学传统的舒群,是深知文学的教育改造功能的,因此才会有意识地发起和组织这类讨论,而这类借助文学作品讨论对人民实施思想改造的做法,在陕甘宁的延安时代已经开始,东北解放区对此可谓继承和发扬光大。②

与此相应的,还有利用东北解放区新出现的作品对具有"满洲国意识"的人们进行思想清理与教育,这集中表现在对 1947 年《东北文艺》第 2 至 3 卷发表的小说《夏红秋》的讨论与争论上。这是作家范政创作的一部中篇小说,主要内容是描写原来的"满洲姑娘"在新时代转变为"女八路"的故事。夏红秋在伪满读书时就受过表彰,殖民主义的奴化教育使她对日本人的占领和统治不反感,反而认为日本人干净,懂礼貌,文明程度高。伪满垮台后,她又一度对国民党中央政府抱有认同感,慨叹国家的命运和前途。但是经过一段时间的观察和现实的教育后,夏红秋对红色政权逐渐改变了看法,她加入了革命队伍,并最终成为一名革命战士。这篇在前后情节的对峙中写主人公从"满洲国"跨进新时代的"转变"模式的小说,发表后在东北文坛引起了不小的争论,舒群、柳青、草明等作家和文艺工作领导者,以及一些读者,纷纷参与批评论争。这些批评基本上围绕两个方面展开。一种观点认为夏红秋这类东北青年的形象不典型,不具有普遍性和真实性,伪满时代的大部分人民和青年对殖民主义统治是反感和以各种形式抵制的,像夏红秋这样的青年只是少数和另类,而她在伪满解体后的转变和参加革命也是投机性和不真实、不可取的,作品的描写及倾向是错误的乃至反动的。这类批评中有的比较政治化和意识形态化且脱离文本,草明的批评是其代表。另一类批评以舒群和柳青的意见为代表,认为夏红秋在伪满时代接受的殖民主义思想毒素,

---

① 周保昌. 东北解放区出版发行工作的回顾 [M]. 沈阳:辽宁人民出版社,1988:31-33.
② 纪云龙. 在出版《知识》杂志的岁月里 [J]. 新闻与传播研究,1987,2:110–118.

不仅是夏红秋一个人,而是一批"夏红秋们"普遍具有的,因而是真实的。这种思想状态和社会心态,正是亟待正视和解决的,因而小说的内容和人物形象是有意义的。但是他们认为小说在描写人物由旧到新的转变过程,显得仓促和简单,人物性格自身也存在矛盾,有些情节如描写夏红秋的同学们对日本人统治充满民族性的不满与仇恨,却对于夏红秋与日本教师之间的友谊又充满嫉妒,这样的描写也是自相矛盾的,被殖民化的思想意识的描写比较充分,而转变及转变后的描写则与前面的情节比例失调,无法真实地表现和说明转变的真实性与可信度,这也是造成部分读者和批评者困惑与不满的主因。在讨论的后期,也有中学教师发表文章,以在学校讲授此篇作品引起的普遍认同的事例,说明小说较有真实性和普遍性。这场批评与争论,在中共建立东北政治经济军事根据地和思想根据地的舆情战中,是非常重要的一次,它既有政治和意识形态舆情阵地的破与立的思想宣传战的目的,是打造意识形态国家机器的重要一环,但又完全在文学场的局域内,在正常的文学创作与批评的生态圈内比较平和地进行和展开,是和风细雨而非暴风骤雨式的,是思想舆情争夺战的大背景下局限于文学内部的批评与争论。虽然个别人的批评开始带有政治和意识形态斗争的火药味,却不是主流。这种批评与争论,与延安时期对赵树理等人的善意文学批评一样,总体和深层里难免以政治和意识形态为标准介入文学批评,却能基本不脱离文学批评的藩篱。这样的文学批评体制在当时的东北根据地出现了好的开端,但很快就被非文学的政治化批评所代替。

这种超过文学论争的政治化批判,就是众所周知的萧军创办的《文化报》,与中共东北局宣传部秘书长刘芝明委托宋之的创办《生活报》之间的论争。萧军作为 30 年代东北左翼文艺运动参加者和流亡作家,在鲁迅的支持下出版了长篇小说《八月的乡村》,一时震惊文坛,这部小说成为中国抗战文学最早也是最出色的作品之一。抗战爆发后,他于 1940 年到延安,参加了著名的延安文艺座谈会(召集延安文化人开座谈会的动议起初来自萧军),没想到萧军自命为鲁迅启蒙主义和独立自由思想传人及一切社会批判者的思想和身份,与开始建构国家意识形态、把文艺家看作国家意识形态机器组成部分的规训，发生了结构性的矛盾，萧军的思想受到批评乃至批判，不过除了三个月在延安乡下自我放逐式的暂短生活外，他仍然被作为受到最高领导人器重的干部作家留在体制内。但是他与政治文化体制的规训之间的矛盾并未根本解决。当抗战胜利后同大批干部被派到东北后，他在哈尔滨受到热烈欢迎，几十天内发表了数十次讲演，并在东北局书记彭真和宣传部长凯丰的支持下（凯丰代表东北局资助了三两半黄金），萧军于1947年5月4日创办了《文化报》，并开办了鲁迅文化出版社。萧军在《文化报》发表了大量随笔，影响越来越大，而他的政治与文化观点虽然在总目标上与中共经略东北根据地的大政方针并无矛盾和扞格，不过，萧军的思想与文章在支持中共革命的同时，仍然存在鲁迅式的文明批判与社会批判的启蒙主义诉求，在即将取得革命夺权胜利之际的东北解放区，必然会被认为是个人主义即所谓小资产阶级的倾向和立场，而遭到越来越统一化、政治化的革命意识形态装置的排斥和挤压。这场论争一开始好像是两张报纸带有宗派主义的文人之争，但随着论争的深入和扩大，随着最后将论争上升为政治化的革命与否的大是大非，人们才明白这场由《生活报》挑起的论争，其实一开始就是即将胜利的革命政党延续延安整风传统、对不符合新国家意识形态机器规训的自由主义和启蒙主义（被认为是资产阶级和小资产阶级的思想意识）全面清理的开始，联系到邵荃麟等人同一时期在香港通过《大众文艺丛刊》对自由主义思想和文学的激烈批判，就更清楚发生于东北的对《文化报》及萧军本人发动猛烈批判的"思想卫生和扫除运动"的性质与目的了。萧军本人在论争开始时还不以为然，屡屡反驳乃至于反击，但对方批判的调门越来越高，性质越来越趋于将萧军定性为反苏、反革命和反人民，萧军终于意识到到底发生了什么，但是为时已晚。最终，东北局做出《关于萧军问题的决定》，对萧军进行了政治上的宣判，等于将萧军彻底逐出文坛。而这样的意识形态制度和文化文学制度的建构及其运转方式，在革命夺权大业完成后，就成为正式的文学制度的装置之一，对《夏红秋》那样的比较说理和悦的批评虽然还有，但越来越少，对萧军批判和宣判式的思想政治和意识形态讨伐则成为常态。从这个意义上看，对萧军及其《文化报》批判就不仅是偶然事件，而是后来国家文学制度的一次带有历史必然性的预演和操练。

三

除了建立学校、文艺宣传队伍、创办文化文学杂志等方式外，在如何培养作家、组织作家创作、设计创作的主题与文类等方面，中共东北局宣传部也进行了直接领导和规划安排，使之成为东北解放区文学制度的组成部分。

早在《东北日报》创立不久，其副刊就刊登读者来信，探讨东北这块旧殖民主义统治的区域内，在新时代到来之后应该有什么样的文学，为此，《东北日报》组织了专题的讨论。其实这样的讨论是有目的安排和策划的，如同《知识》杂志讨论茅盾的《腐蚀》，《东北文艺》组织关于《夏红秋》的讨论一样，目的都是为改造东北的民心舆情，动员和组织人民翻身解放后参军参战，实现革命建国的宏图。为了创造新的文学，在文学场域和制度安排上，东北解放区进行了如下的设计和规划。

一是利用报刊大力培养青年作家和文学新人。在短短几年间，东北解放区的报刊出现了爆发式的增长，大量的文化与文学报刊，带来了一种嵌入式的文学繁荣，这种繁荣既依赖媒体也需要大量的作者。于是培养和造就符合政治和革命需求的文学新人成为迫切的任务。在这方面，来自延安的老作家如柳青、周立波、草明、陈学昭、张庚、萧军、吴伯箫等人，通过读者来信、创办学校、文学评论、发掘新人、培养工农兵文学力量、书写关于文学创作与批评的书籍文章、举办文学讲座等形式，以及他们开展的各种文学活动、戏剧演出活动等方式，引导和鼓励文学新人与作品的涌现。甚至美术家艺术家也都身体力行地以创作和指导的方式培养新人，如古元就为东北解放区带来了新兴的木刻艺术，在东北留下了木刻艺术的种子。同时，一些报刊也有意培养文学艺术新人，其中的《东北文艺》发挥了很大作用。1946年12月《东北文艺》创刊，聚集了一大批优秀的作者，如周立波、赵树理、罗烽、公木、萧军、塞克、舒群、白朗、严文井、刘白羽、西虹、范政、宋之的、戈宝权、金人、马加、雷加等。在他们的带领下，《东北文艺》也不断提携文学新人，这成为刊物的一种传统。从创刊到终结，《东北文艺》在新中国成立前后具有很大的文学影响，许多50年代成长起来的著名作家、诗人都是从这里起步的，如杨大群、浩然、胡昭、刘真、邓友梅、李云德、崔德志等。他们的文学起步与《东北文艺》有着很大的关系。可以说，《东北文艺》在解放战争和革命胜利后对新中国文学新人的培养，起到了很好的作用。

二是以组织的方式安排作家深入生活第一线，创作政治与革命需要的文学。让作家到基层体验生活，获得人民生活的实际感受，在延安整风以后，已经作为一种对作家世界观改造、打掉知识分子优越感、获得人民作家新身份从而以写作为工农兵服务、实际也是为政治和革命服务的重要方式，像诗人李季深入陕北三边地区采风写出《王贵与李香香》、延安鲁艺人员将深入农村获得的民间故事素材改编和创作为歌剧《白毛女》，都是遵循《在延安文艺座谈会上的讲话》的文艺律令和规约获得的成果。不过由于地域的限制和抗战形势的变动不居，延安文艺界还没有大规模的有组织、有要求、有任务的对作家深入基层体验生活的设计与安排。在东北解放区，由于战争形势的快速转危为安、大部分地区的解放和工作任务的要求，以及物质和工业文明程度远超过关内解放区的环境条件，使得东北局和宣传部可以根据形势和任务要求，指导和安排作家深入基层生活，成为一种基本的制度模式。比如，来自中央和东北局的东北土地改革任务，使得很多作家被作为土地改革工作队、工作团的成员到农村参与土改，即他们是以土改干部和指导者的身份被上级委派到乡村，像周立波、马加等人都是如此，①而他们的土改小说《暴风骤雨》和《江山村十日》，都是他们参加东北局安排的以干部身份参加土改获得的创作成果。草明本来也打算到农村参加土改，后来被派到企业体验参与企业接收、改造，因为东北解放区是当时中国最大最发达的工业基地，中共在抗战胜利后派往东北的高级干部中，懂得城市和工业的不乏其人，如李富春、李立三、林枫等人，草明在小说《火车头》中引述了主管工业的东北局领导人李富春关于如何学习和管理工业与城市、干部如何转变来自老根据地的农村

---

① 周立波当时是区委书记，马加是区长。

习气问题的观点。在东北局组织部长林枫的教育下，草明认识到工业接收、恢复生产和工业管理对革命胜利的重要性，于是改变了去农村参加土改的打算而到工矿企业参加实际工作，并由此写出在解放区文学史上，也是现代文学史上较早和较有代表性的工业文学，草明也由此成为现代和当代著名的工业题材作家。还有的作家如刘白羽，则像许多随军作家一样成为军队一员，几乎参加了东北解放战争的所有过程，以新华社随军记者身份亲身经历了解放东北并随军南下，直到解放战争全面胜利，成为著名的军事题材文学的作家。他参加编制反映解放战争的影片《中国人民的胜利》，1950 年曾获斯大林文学奖。可以说，作家在组织安排下的参加实际工作和体验生活的体制，使得东北解放区文学出现了周立波和马加的农村土改题材文学、草明和陈其通等人的东北工业题材文学、刘白羽的军事文学，周立波和刘白羽参与的作品均获得当时被誉为社会主义阵营最高文学奖的斯大林文学奖，这在其他根据地是少见的，说明此种体制在当时对于解放区文学和后来的共和国文学产生的重要作用，也由此成为共和国建立至"文革"前的一项基本文学制度。

当然，在号召和组织作家艺术家深入生活、以文艺为武器全面配合党的工作的同时，东北局各级组织也对文艺家们的生活给予充分的保障，纳入与党政干部同样的体制保障中，甚至还享有一定的优越性。在延安时期，对文艺家的生活与写作的体制化照顾已经开始出现并被写进文件："应该用一切方法在精神上、物质上保障文化人写作的必要条件，使他们的才力能够充分使用，使他们写作的积极性能够最大地发挥。须知爱好写作、要求写作，是文化人的特点。他们的作品，就是他们对于革命事业的最大贡献……文化人的最大要求，及对于文化人的最大鼓励，是他们的作品的发表。因此，我们应采取一切方法，如出版刊物、剧曲公演、公开讲演、展览会等，来发表他们的作品。"[1] 东北解放区由于工农业的发达，物质环境和条件远超其他解放区，所以对文艺家身份的干部化以后的生活予以优惠和照顾，也随之开始。1946 年 3 月，吉林省政府颁布的《吉林省各级行政人员待遇暂行办法》规定，吉

---

[1] 张闻天. 张闻天选集：第 1 卷［M］. 北京：人民出版社，1985：291-293.

林省各级行政人员,采用半供给半津贴制。除了350元至800元不等的津贴之外,还供给棉衣、夏衣、粮食、菜金等。《办法》甚至还规定为家庭贫困行政人员的直系亲属发放家族津贴①。萧军夫人王德芬在《我和萧军风雨50年》中多次提到关于东北大学生活配给,包括提供住房、粮食、铺盖、棉衣等。东北解放区的各类文艺机构已经有了新中国"单位"的部分功能,除了固定的工资之外,生活实行配给制,好一点的"单位"甚至还会解决孩子的教育问题。这种照顾不但包括文艺工作者的工资和生活照顾,同时也包括提供下乡以及去工厂参观等活动的费用。很多作家下乡或者去工厂体验生活的行程还以文艺动态的形式发表在《文学战线》等期刊上。不过,这种体制化的照顾和优待是有政治条件的,一旦违反或被认为违反了政治规约,就会受到来自体制的组织化规约的处分,随之而来的就是干部身份的撤销、工资停发、降职、撤销资助、作品无处发表,甚至停止发行和销售已发表的作品,全面进行各种形式的组织和制度性惩罚。中共东北局《关于萧军问题的决定》中的最后一条明确指出,"停止对萧军文学活动的物质方面的帮助"②,包括"1.银行不再贷款;2.纸厂不再供应纸张;3.各机关单位不准订阅《文化报》;4.不准售票处和报贩子售卖《文化报》",随后,各地"订户纷纷退订《文化报》,吉林、佳木斯两处分社被迫停业"。③失去了身份和体制依赖、保障的作家会付出政治与经济的巨大代价。

三是有目的、有组织地设计和确定文艺类别发展的扶植对象,鼓励符合政治和革命要求的文类的发展及其表现的倾向与主题。其中比较典型的是大秧歌。秧歌和秧歌剧因其符合《在延安文艺座谈会上的讲话》提出的人民大众喜闻乐见的民族形式和表现工农兵生活的要求,曾经是延安整风后得到大力发展和鼓励的民间文艺文类。如上所述,文艺整风后一批作家艺术家开始深入民间和基层体验生活、收集素材和采风、以达到改造世界观和创作为工

---

① 吉林省地方志编纂委员会.吉林省志·政事志·人事[M].长春:吉林人民出版社,1994:306.
② 中共中央东北局.中共中央东北局关于萧军问题的决定[M].沈阳:东北书店,1949:1.
③ 王德芬.我和萧军风雨50年[M].北京:中国工人出版社,2004:206.

农兵服务的作品的目的,戏剧家王大化等人在此基础上创作的《兄妹开荒》等秧歌剧轰动延安城,而民间的闹社火性质的秧歌表演,成为延安文艺的盛事。东北解放区继承了这一传统,加之王大化、张庚等戏剧家和延安的东北文艺工作团和鲁艺整体性的到来,以及改造思想舆情、动员和组织人民参与土地改革、恢复工业生产、参军支前等革命建国大业的紧迫,使东北局宣传部在思想认识和组织措施上都大力倡导和扶植新秧歌剧的发展。不仅像《翻身乐》等群众性刊物发表新秧歌剧作品,其他的刊物也多有刊载,秧歌剧成为东北解放区最红火、数量最多的文学种类,根据不完全统计,在不到五年的时间东北秧歌剧数量达上百种,1948年5月4日中共东北局宣传部和文委召开的文工团长联席会议的报告称,此次会议收集到的不完全的材料(主要以旅大地区为多),共读到六十八种戏剧创作,其中秧歌剧三十七篇,超过50%。从题材上看,则包括拥军秧歌剧、翻身秧歌剧、生产秧歌剧、除奸惩恶、反霸土改秧歌剧、部队生活秧歌剧等。这些大量出现的红色秧歌剧,今天看来虽然少有经久不衰的艺术生命力,但在当时却产生了很大的影响,对建立和巩固东北根据地、支援解放战争及顺利实施革命建国大业,发挥了极大的作用。而从文艺意识形态的生产和建构的角度看,东北秧歌剧堪称是中共在文化领导权和意识形态机器建构中成功的实践,直接影响到新中国成立后的文化与文学的形成与发展机制。

除了秧歌剧之外,东北解放区文学中的戏剧,包括话剧、歌剧、拉场戏、活报剧、皮影戏、京剧与评剧,都得到比较充分的发展。在中国现代文学史上,有几次大的戏剧运动与创作的高潮,一是20年代到30年代,以戏剧学校的创办,戏剧刊物的出现,从田汉、洪深到夏衍、曹禺等大批话剧作家的出现和作品的问世,遂成话剧运动和创作的高潮。二是抗战以后以重庆为首的大后方,出现了以话剧为主要代表的戏剧运动的又一次高潮,这一戏剧运动的高潮也延及陕甘宁边区及其他抗日民主根据地,对西方歌剧的中国化改编、对历史剧目的改编、对秧歌剧为代表的民间戏剧形式的吸收和推广,使得陕甘宁边区的戏剧运动和创作蔚成规模。继承了陕甘宁边区的戏剧传统和资源,东北解放区掀起了又一次戏剧运动的高潮。据统计,仅东北书店在1945—1949年间出版的200余种文学图书中，包括歌剧、话剧、戏曲、秧歌剧等多种体裁的戏剧作品就有七十余种，整个东北解放区出版并演出的剧目达几百种。从工厂、农村到部队，各种形式的戏剧演出已经成为当时东北民众最主要的文学接受与文化娱乐活动。东北解放区在短时间内出现的爆发式戏剧高潮的规模和气势、出版和演出的戏剧的数量、戏剧种类的繁多，在所有解放区堪称首屈一指。同时，东北解放区繁荣的戏剧创作和演出，既根据政治的形势与任务要求确定文艺文类的重点发展和扶植对象，也在题材和倾向、主题与内容、刊物发表与演出等方面受到组织宣传部门的指导和规约，因此其内容集中在土地改革、工业生产、诉苦道情、翻身解放、参军参战、拥军支前、剿匪扫盲、英勇杀敌、反对反攻倒算等，都是在中共领导层的文献文件中明确提出和要求的政治内容，而东北局忠实地执行了这些政治要求和规约，引导东北的戏剧运动按照规约的主题创作和演出，出现了一些在当时产生很大影响的作品，如话剧《炮弹是怎样造成的》，歌剧《杨勇立功》，新秧歌剧《血泪仇》，拉场戏《姑嫂做军鞋》，以及京剧、评剧和音乐作品《咱们工人有力量》，还有舞蹈、曲艺、美术、摄影、木刻、版画等，加之东北电影制片厂的中日员工合作摄制的红色政权的第一部故事片《桥》和第一部美术片，以及《民主东北》《内蒙人民的胜利》等纪实片和纪录片，东北解放区可以说有计划有步骤地领导和建构了从创作和生产到宣传演出的一整套比较完整的戏剧电影艺术体制。

总之，东北解放区从东北局的顶层设计与政策实施、文化和文艺领导干部的单位体制与配备，到新闻出版与传媒建构、文艺社团与演出团体和文艺教育体制，以及文类扶持、作家培养、深入生活、创作与批评等涉及文艺发展繁荣的各个方面，将延安文艺体制全面继承、发展、扩大和完善，相当于在雏形化的新国家政权环境中，有效地预制了隶属于意识形态国家机器的文艺制度，并在1949年后整体性移植、整合到共和国文艺制度中，对当代文学和文艺制度产生了重要和深远的影响。

文化殖民主义与东北沦陷时期的话剧生产及其装置*

近现代日本作为东亚地区后起的、夹杂着本国封建主义和模仿西方而形成的新帝国主义国家,在发动九一八事变侵占东北后,在其实质是以殖民主义控制和统治的伪满洲国,不断制定和出台各种文化殖民主义的"国策"与统治政策,从 1932 年到 1945 年,陆续制定和实施了《记者法》《"满洲国"通讯社法》《新闻社法》(号称"弘报三法")和《思想对策服务要纲》,以及针对文艺制定实施的《艺文指导要纲》《决战艺文指导要纲》等,还有更为具体的"八不主义"规训。[①] 在这些公开的殖民政策之外,还有警特机构对于文艺文学及其作家作品的秘密侦查监视及其侦缉名单和报告,也实际抓捕并杀害了一些左翼的、进步的或者他们认为具有反日反满反殖民倾向的作家文人,制造了一系列法西斯主义性质的镇压事件,凡此种种构成了伪满洲国严酷恐怖的社会文化语境。在打压与限制、管控与规训的同时,为了呈现伪满洲国的所谓"五族协和""王道乐土"的"新国家"形象和"气象",显示日伪与经济物质建设的"计划"与"开发"[②]并重的文化建设,日伪当局也实施和建立了一套管理和控制文化与文艺的殖民化机制、体系和装置,而沦陷时期东

---

* 本文原载于《厦门大学学报》2023 年第 1 期,收入本书时,略有改动。
① 冈田英树.伪满洲国文学[M].靳丛林,译.长春:吉林大学出版社,2000:304.
② 日本满史会."满洲"开发四十年史[M].长春:东北师范大学出版社,1988;日本"满洲国"史编纂刊行会."满洲国"史[Z].东北沦陷十四年史吉林编写组,译.长春:内部资料,1990.

北的戏剧与话剧的生产和传播，也属于这套装置的组成部分，带有东亚日本帝国主义的文化殖民化统治的症候。

一

日本的东亚文化殖民主义及其体制和装置，在文艺文学的各个领域都逐步建立和完善了一套有步骤、有目的、服务和配合殖民"国策"的意识形态国家机器及其规训和控制机制。在戏剧和话剧领域，也采取和建立了一系列殖民化的打压与监管、扶植与"奖惩"杂糅的政策与策略。

九一八事变及伪满洲国成立后的一段时间，日满当局一方面为了"装点繁荣"和制造伪满洲国及境内的"协和"与"共荣"的假象，曾经一度默许了沦陷区东北出现话剧的"剧团热"现象——到 1939 年前后，如果包括各地纷纷涌现的放送剧团，数量超过五十个。① 另一方面，1931 年至 1939 年，伪满洲国还没有官方实施的对戏剧部门的具体管理规约的政策，对于剧团管理还有点放任自流。不过到了 1940 年 3 月以后，随着"株式会社满洲演艺协会"（伪满政府、"满铁"和民间合作成立，资金由"满铁"和民间对半）的成立，对戏剧的监管和规约正式出台，《演艺协会成立要纲》明确提出了这一协会建立的目的："指导和统治满洲的演艺界，促其正常发展，施健全的娱乐于国民大众，通过演艺普及建国精神并提高文化水平。"② 其后，在伪满政府总务厅弘报处、治安部、民生部及其他政府部门的指导监督下，演艺协会按照其要纲规定了八个方面的内容，其中包括"审查国内外的戏剧内容""取缔不良作品""精选佳作""创造满洲国独具的戏剧和演艺""促进剧团组织的合理化，谋求剧团与观众的共荣共立"等，③ 并且相当紧密和富有成效地对演艺界进行和实施了全面的管理和实施上的掌控，到 1941 年就实际上把伪满洲国的剧团纳入和运作到"国策剧"的范畴和体制内，建立起与电影（"满映"）一

---

① 因篇幅所限，这些剧团名录从略。
② "满洲国"现势 [M]. 长春：伪满洲国通信社，1941：511.
③ 大久保明男. 伪满洲国的汉语作家和汉语文学 [M]. 哈尔滨：北方文艺出版社，2017：119.

样的殖民主义的监管机制。其实在《艺文指导要纲》里，就已经对戏剧和话剧则有专门的指导和要求，"演艺方面，随其发达之程度，逐次按其种别而组织团体"，"政府直接指导各团体，但剧团及演艺团体，随满洲演艺协会之发达，渐次使之关联"，"结成地方剧团，使满洲演艺协会辅导育成之"。① 而在其后颁布的《决战艺文指导要纲》里，明确规定艺文协会下属的机构就有"演艺局"，规定"将演艺局设置为满洲艺文协会的成员"，演艺协会的性质、组织、职能等与"满映"一样。为了配合"要纲"，戏剧方面成立了"满洲剧团协会"，下设"剧术研究会"和"剧本研究会"，制定开展事业的十一项章程，下辖十五个"加盟剧团"。将伪满官方与民间剧团组织统一纳入监管体系之下，统统由伪满国务院弘报处控制。② 在这样的管制和"指导"下，伪满的话剧团体，大致存在以下几种状况。

第一，是对进步和左翼的、抗日性质剧团的打压与剪灭，其中最典型的就是对哈尔滨"星星剧团"的镇压。星星剧团是东北沦陷区成立最早的戏剧社团，也是维持时间最短的一个，仅维持了两个多月。它是东北沦陷后，由一度活跃于哈尔滨为中心的东北左翼作家所组织建立的，发起人有金剑啸、舒群、萧军、萧红、罗烽等人，其实数位是中共地下党员。1933 年 7 月，在"牵牛房"密商成立剧团事宜，并取"星星之火，可以燎原"之意，将其命名为"星星剧团"。这是一个半公开性质的抗日演剧团体，他们团结文艺界进步人士，开展戏剧活动，创作抗日救国的文艺作品，成为"北满"的文艺革命运动的先锋。然而这个秘密反日反殖的剧团，诞生不久就遭到殖民当局的监视和打压。1933 年 9 月 15 日，是"满洲国承认日"，星星剧团排练的场馆——"民众教育馆"的馆长要求他们在那天演出献礼，社员们断然拒绝，结果导致他们辛苦排演数月的剧目没有场地上演，且该场馆从此拒绝提供给星星剧团排练。不久剧团的小徐突然被捕，迫于敌伪的严酷镇压，剧团被迫解散。随着伪满环境的日益严酷，到 1934 年，哈尔滨左翼爱国作家萧军、萧红、罗

---

① 伪满"国务院"弘报处.艺文指导要纲［M］//刘春英,吴佩军,冯雅.伪满洲国文艺大事记.哈尔滨：北方文艺出版社,2017：452-457.
② 吉林省文化艺术志编辑室.资料汇编·文化艺术志：第 7 辑［Z］.长春：内部资料,1988：64.

烽、白朗和舒群等人都不得不离开东北进入关内，而坚持在东北的金剑啸则被捕入狱且罹难。这个左翼戏剧团体，就这样在严酷环境下坠落。

第二，就是日伪政府一定程度地默许民间剧团的自生自灭，特别是没有剧本、没有演出的剧团，在热度过后难免凋零，以致某些从事话剧创作和演出的人士，都慨叹东北戏剧的"荒芜"，如东北沦陷区任职于"满映"的著名话剧作家安犀，在《一年来的满洲话剧界》里，对于伪满"建国"十年之际的东北沦陷区话剧、实际也是对于整体的东北话剧在沦陷前后的状态，进行了较为细致的阐述。他认为"满洲"即东北历来没有戏剧学校及其戏剧教育传统，人民缺乏接受和欣赏话剧的戏剧审美心理和积淀，属于先天不足，故此虽然"伪满洲国"成立后剧团和剧运一度从冷寂趋于表面的繁荣，但大多数剧团都属于"素人"演剧——所谓素人，就是没有一点戏剧表演素质和基础、对戏剧完全是外行之人。同时由于剧本荒一直笼罩在"满洲"剧运与剧坛，只能翻演日本、欧美和关内戏剧，"满洲"的刊物也不愿意刊发没有读者和市场的话剧作品，职业化的剧作家少之又少，以及各地缺少好的戏剧演出场所，凡此种种，皆造成表面轰轰烈烈的剧团热和演出热之后的一地鸡毛和凋零萎落，或者有名而无实。① 孟语也作为东北沦陷时期戏剧运动的在场者和过来人，在伪满解体后写的对于沦陷时期东北话剧的综述性文章里，描述和表达了与安犀大致相同的见解。

不过，尽管由于剧本荒、缺乏戏剧教育和培养机制、完全没有戏剧素养的"素人"凭着热情和理想从事戏剧、话语演出场所有限和缺少经费等原因，以及日伪政权处于殖民化目的的收编和纳入管控体制，沦陷时期的东北的民间化剧团及其演出和活动，还是存在和发展，如孟语就凭着回忆指出了在伪满首都新京，先后有"银星新剧雅乐团""三友俱乐部"、文艺话剧团、演剧研究会等，以及哈尔滨的艺文剧团和驼铃剧团、沈阳的国际剧团和吉林市四平市与大连等地的剧团及其活动。② 孟语承认自己所记忆的是挂一漏万而不是

---

① 安犀.一年来的满洲话剧界[M]//东北沦陷时期文学作品与史料编年集成：第21卷.北京：线装书局，2015：1531.
② 张毓茂.东北现代文学大系：第1集[M].沈阳：沈阳出版社，1996：646-658.

翔实的统计，没有消失或活动时间长短不一的各地剧团，还是为数不少且剧运活动也比较频繁。而"剧本荒"现象虽然一直存在，但是经过各报刊的副刊、话剧和电影专刊的剧本募集、推荐、奖励评比等活动，还是陆续出现了为数不少的话剧与放送剧剧本和电影剧本，总数达到数百种，只是著名话剧剧本较少而一般化的或者意识形态化过多而已。

第三，是日伪政权出于宣传殖民思想和建构殖民化话剧体制之目的，积极扶植和建立职业化剧团，使其成为伪满洲国戏剧生产装置和体制的主体存在。日伪政府在伪康德四年（1937）还自我总结和继续希望"满洲建国以来……惟文化运动尚未达于勃兴之境地"，"倘出现演剧机关，大可与之提携"。[①] 其实在1935年后组织成立了各种半职业的协和剧团，其后不久就积极扶植建立了伪满职业和体制化剧团最有代表性的三大话剧团，即伪满首都的大同话剧团、沈阳的奉天协和剧团和哈尔滨的剧团哈尔滨。大同剧团成立于1934年8月，是在原银星剧团、"满洲剧研究会"、"满洲国满剧研究会"、滕川研一剧团基础上合并而成。奉天协和剧团成立于1936年（一说1938年），起始是业余性质，东北话剧创作的三个名家李乔、安犀和徐百灵都是创始者，1939年在此基础上成立了职业性质的协和剧团。这三大话剧团在戏剧活动的特色上各有不同，安犀将其归纳概括为：大同话剧团是演员中心主义，协和话剧团是导演中心主义，剧团哈尔滨"既把实力注重在流行歌上，所以对于演剧的态度，就显得很不郑重，也可以名之为趣味中心主义"。[②] 这三大话剧团是东北沦陷时期伪满洲国话剧活动、话剧创作和演出最多和影响最大的团体，也是最能代表伪满洲国殖民化戏剧生产与传播机制和装置的复杂性构成与"特色"的。一方面，他们的主脑人物都是日本人，受日伪殖民政府在政策和经济上的扶植支持，为日伪政府的"国策"宣传及其"主旋律"服务，是与抗击英美恶魔的军事战争相配合的"精神圣战"和意识形态机器；另一方面，在伪满洲

---

① 吉林省文化艺术志编辑室.吉林省文化艺术志：第7辑[Z].长春：内部资料，1987：50–51.

② 刘慧娟.东北沦陷时期文学作品与史料编年集成：第21卷[M].北京：线装书局，2015：157–158.

国的环境中，为了所谓"日满一家"和"五族协和"，这些剧团也起用"满系人"（中国人）和"鲜系人"（朝鲜人）参与其中，如伪满洲国最著名的话剧之一的作家李乔，就是沈阳协和剧团的主创人员，其创作的话剧既有配合和服务于殖民化"国策"的，也有倾向复杂难以简单化概括和批判否定的。当然，像大同剧团这样的职业化殖民剧团，其建立的根本宗旨还是为殖民主义的"五族协和""日满一家"和"东亚共荣"服务的，伪满《大同报》1938年8月7日的文章就毫不掩饰地指出了这一点："该团纯系以融合民族协和为主旨，非功利主义一般职业剧团可比。"①

在这三大职业话剧团以外，伪满后期还有若干职业话剧团，其一是奉天省公署弘报处1943年4月11日发起成立的日系剧团"剧团奉天"，其二是1943年由新京放送剧团扩建而成的、基本主体是日本人但也吸收了若干"满系人"的"满洲中央剧团"，以演出"圣战"报国的宣传剧为主，其三是1943年成立的以宣传"国策"为主旨的专业剧团"剧团协同"，是朝鲜族剧团。②此外还有一个电影界的职业化的剧团，就是沦陷时期的"满映"（株式会社满洲映画协会）话剧剧团。"满映"是日伪政权和"满铁"（南满铁路株式会社）出资出人建立的宣传殖民主义政治、意识形态的电影机构，从1937年成立到1945年解体，在不到八年时间里拍摄数百部故事片和时事片与科教片，成为东北最大的、后来也成为亚洲最大的电影基地。在从事电影摄制之余，"满映"的一些中国人剧作家和演艺人士，主要是梁山丁、安犀、张辛实、李映、刘国权、徐聪、张敏等人，于1942年8月6日，在"满映"日籍管理方的同意和出资支持下，发起成立了"满映"的话剧研究会和剧团。这是一个具有排练场地和演出场所、有脚本家（剧作家）、导演和演员、依托影响和实力强大的"满映"而建立的半职业化的话剧团体。发起成立"满映"话剧团的中国人，都是具有爱国情怀的人，虽然不能算作完全的职业剧团和完全隶属于日伪殖民政权的官方团体，但是由于得到"满映"官方的支持和资金帮助，

---

① 吉林省文化艺术志编辑室. 吉林省文化艺术志：第7辑 [Z]. 长春：内部资料，1987：53.
② 大久保明男. 伪满洲国的汉语作家和汉语文学 [M]. 哈尔滨：北方文艺出版社，2017：120-121.

所以这个电影机构的剧团，实际带有半官方的性质，当时在"满映"任职的安犀和张辛实有都是伪满时期著名的、专职的影剧作家（时称脚本家），尤其是伪满话剧创作方面的成就更大，而"满映"的演员力量更是在伪满首屈一指，所以他们的话剧创作和话剧演出活动一度产生较大影响，并因此受到伪满首都警察部门的监视甚至迫害。

二

在职业剧团之外，伪满政府还在各地、各县设立了殖民化的"协和会"，协和会是日本通过伪满政府控制社会的基层单位，每个协和会的会长都是日本人，都下设剧团，日伪政府要求"伪满洲国各地县旗协和会中心结成协和剧团，县旗公署弘报官方结成地方"①。这些大量的协和剧团不一定都能演出戏剧，用农安县（新京即与长春毗邻的县域）协和会日本人会长渡边的话说，就是"我的话说给上级'满洲人'听，上级人再转给中级人，'下级人'我叫'剧团'去说"②，即"协和会"下设的剧团实际成为日伪政权沟通上下级和实施"话语"控制的机构，其中不少协和剧团都是以地域和协和命名的话剧和戏剧团体。③数量众多鱼龙混杂水平不一的协和剧团中，有些还具有一定的知名度或影响力，在演出各种配合"国策"的储蓄剧、慰安剧、劳军剧、宣抚剧、放送剧（即广播剧）和戏剧活动方面，颇有能量和声势。

伪满还存在另外两种比较特殊的戏剧和话剧团体，一类是汉族和日本人以外的其他民族剧团，如朝鲜人分会文化部研究班（朝）、哈尔滨金刚剧团（俄）、露西亚艺术研究会（哈尔滨铁路局支持的白俄剧团，以上演歌剧为主）、朝鲜剧研究会（剧团）等。伪满洲国的所谓建国"国策"里有"五族协和"的宣旨，加之东北原来就有"北满"哈尔滨的俄国人（白俄）、三省遍布的朝鲜族与满族人和"九一八"前后一直存在的日本人，所以由各个民族组

---

① 何爽.伪满洲国戏剧研究［M］.长春：吉林人民出版社，2016：48.
② 张毓茂.东北现代文学大系：第1集［M］.沈阳：沈阳出版社，1996：657.
③ 篇幅原因，剧团名称从略。

成的剧团在伪满洲国出现,也就是不足为怪的了。而最大的职业剧团大同剧团,就存在日语部、满语部和鲜语部三个系列。另一类是行业剧性团。自晚清到"九一八"前大连为核心的"南满"地区先后有俄国和日本兴建的港口、铁路和工业企业,这些企业和行业也从事文化事业,特别是"满铁"在东北大肆扩张之时也建立学校、图书馆、电影院等,进行广泛的殖民文化布局和扩张,"九一八"吞并整个东北后,日本把"满蒙"当作自己的生命线,全面和大肆进行矿业、产业调查开发与工业化建设。① 故此日本在伪满的各种工商业界乃至宗教界等,也都出于需要而建立了行业性质的剧团或职场剧团,且达到一定规模。② 依托于工商业等企业和宗教教育等事业单位的剧团的存在,也是沦陷时期的东北所独有的现象,在抗战时期的其他沦陷区域比较少见。

与上述的剧团剧院和戏剧活动紧密联系的,还有伪满洲国的放送剧团体。这是伪满洲国殖民化戏剧活动与生产较为独特的形态和装置。放送剧是日本帝国和殖民者,为了将伪满洲国纳入帝国殖民体系、改造和毒化中国人民的历史与现实记忆、成为接受和屈从于殖民主义的所谓新国民(俗称"满洲国脑瓜"),而有目的实施的将殖民性意识形态与现代性技术混合一体的东亚殖民主义策略。在伪满洲国的各种戏剧团体及其演出活动中,放送局团占据了相应的比例,其体制、管理、演播、传播效果和对殖民主义意识形态宣传与建构的"贡献"等方面,完全是东亚殖民主义的声音政治与戏剧美学的独特形态,在世界殖民主义文化和戏剧政治与美学上别具一格。但是,实事求是地看,在伪满的数量众多的放送剧中,也还存在一些不属于或不完全属于宣传日伪"国策"及其"主旋律"的戏剧作品,其中包括一些改编播出的外国戏剧、关内著名戏剧作家的作品、伪满影剧文化团体的"满系人"即中国人创作的一些话剧作品,如安犀和李乔的若干话剧作品就有一些被改编为放送剧。这些放送剧表达的暗夜环境下人民的生死挣扎、爱恨情仇、山野猎人和

---

① 日本战后的"满史"会编写的《满洲开发四十年史》(上、下卷)对此有比较详细的描述与数据,当然,他们是站在美化殖民侵略的立场编撰的。
② 如吉林满铁厚生会演剧部、奉天青年会新剧团、西安(辽源)碳矿剧团(日)、昭和制钢所(鞍钢)剧队(日)等。

都市白领男女的日常与反常的人生情态，以及对畸形都市的伪现代性批判和对山林大地回归的呼唤，总体上不属于日伪殖民宣传、意识形态说教，也不是返殖民或解殖民，而是殖民环境下的曲折压抑乃至畸形的非常态的人生表现，以及个别细节和曲笔表现出的"解殖民"形态。

此外，伪满洲国境内的各民族"协和"共存的各种戏剧和话剧研究会，也是沦陷时期东北的殖民主义戏剧生产装置和体制的构成部分。这些研究会分布各个地域地区和行业，有官方的、半官方的、民间的、企事业单位的，其中比较有代表性的就有二十几个。各种各样的戏剧（包括传统的"国剧"，如京剧等）和话剧研究会及其团体，他们各自的活动内容、规模、频次、坚持的时间等，也不相同。有些研究会如"满映"文艺课同人发起组织的"影剧研究会"，在组织和从事话剧创作与演出之际，还费时一年多组织写作了研究电影和戏剧的理论批评文章，并集为《影剧》专刊第一辑发行于文化市场，虽然效果不尽如人意，就像《新青年》杂志费时两年筹措组织的专刊《剧运特辑》社会效果和反响也很一般一样，但他们还是努力争取出版第二辑的《影剧》。这样的戏剧研究团体在伪满洲国还有一些，但像"满洲演艺协会"这样的官办团体，其主要任务还是在《艺文指导纲要》和伪满弘报处领导下辖制和控制戏剧团体，1940年伪满《大同报》就刊文指出："演艺（'满洲演艺协会'）将统制各地话剧团……鉴于目前各地话剧团如雨后春笋，演出良莠不齐，反成立新团，必须向该会呈报。"①

戏剧不同于一般文艺的地方，就是它的生产和传播不仅仅是剧本创作发表出来就算成功，更重要的是进行舞台演出和实践。而舞台演出及其实践，是需要舞台、剧院、戏院、电影院等公共空间场地场所的。任职于"满映"的脚本家即剧作家安犀论及伪满成立十余年的戏剧评论中，就指出伪满洲国的比较现代化的适于戏剧演出的剧场，只有1942年"伪满建国十周年"时重建的新京纪念会公堂，演出了一些有影响的话剧，但也认为有四千五百万人的伪满洲国，只有一个这样的剧场，且定员一千二百人，是无法满足戏剧演

---

① 吉林省文化艺术志编辑室.资料汇编·文化艺术志：第7辑［Z］.长春：内部资料，1988：59.

出的。而且他还认为即使在北京上海等一线大都市，近代的演出剧场的不足是普遍问题。① 不过，这可能只是身在新京的安犀的一孔之见，未必准确。如若仔细考察，早期沙俄和日本在他们殖民化统治的哈尔滨和大连，就开始兴建剧场，"九一八"以后日本全面对东北进行殖民化侵略和统治，各地还是重建、修葺和兴建了一些剧院剧场，尽管其容量、规模和质量不尽一致。② 据不完全统计，伪满时期东北各地隶属于日本人经营的电影院（馆）112个（座），中国人经营的电影院有102个（座），白俄经营的电影院和剧场约近十个，③ 此外东北各地还有以日语或协和语命名的剧场剧院，如胡桃座、新富座、平安座等。"满映"随着事业的发展和势力的扩大，他们为配合固定放映和巡回放映，也在伪满各个地域建设了一批"满映直映馆"，共11个，"满洲电影总社"隶属的"直映馆"有32个。④

伪满十四年期间，设立了大大小小的各种文学艺术奖。其中具有全国性的有1936年设立的"文艺盛京赏"、1942年设立的"大东亚文学赏"、1937年设立的"满洲文话会赏"、1938年的"满洲国民生部大臣文艺赏"、1942年伪满弘报局和蒙疆新闻社设立的"满蒙文学赏"等，此外，还有若干主催（主办）部门设立的规模不一的各种文学和文艺奖励。

其次是包括放送剧在内的剧本征集活动。这类募集和征集活动，大致有两种情形：一种是日伪文化管理机构和部门发起的各种募集活动，如伪满协和会1938年发起了"满洲建国映画脚本征集大赛"；新京中央放送局为了鼓励放送剧的创作和演播，从1940年开始，先后六次举办了"推荐放送文学节目的活动"；⑤ 伪满帝国协和义勇奉公队中央总监部，1942年11月发起放送话

---

① 刘慧娟，刘姝旭. 东北沦陷时期文学作品与史料编年集：第21卷 [M]. 北京：线装书局，2015：1553.
② 在伪满首都和各地的几十家话剧和戏剧演出场馆名称从略。
③ 如哈尔滨的亚细亚（アジア）剧场·电影院、敖连特电影院、莫斯科电影院、道里巴拉斯（パラス）电影院·剧场、马迭尔电影院等。
④ 吉林省文化艺术志编辑室. 资料汇编·文化艺术志：第5辑 [Z]. 长春：内部资料，1988：229–234.
⑤ 何爽. 伪满洲国戏剧研究 [M]. 长春：吉林人民出版社，2016：58.

剧剧本悬赏募集规程，募集表现"奉公队员之意气与荣誉、使之认识奉公队之真实使命"的放送剧话剧剧本，并在1943年7月再次以"演剧使满系大众彻底认识时局，启发新体制观念"为由，向伪满"全国"发起募集话剧剧本活动；"满洲文艺联盟"以所谓"为贡献于决战下之战力增强，由艺文报国而促进明朗建设"为背景和目的，1943年7月向伪满"全国"募集演艺脚本，一等奖名为"弘报处长赏"，奖金七百元，二等奖为"满洲演艺协会社长赏"，奖金四百元。[①]另一种是报纸期刊举办的剧本募征集活动，比如影响很大的《盛京时报》在1942年3月，为庆祝"伪满洲国"的"建国十年纪念"，连续多日刊登"十年剧本总选"的征集活动，并于5月揭晓入选剧本，总计推选出47种剧本，对前十名入选剧本予以刊载，并将剧名、作者、推荐者、演出剧团与场所、推荐理由等予以公布。[②]此外，还有伪满较为知名的期刊《青年文化》，于1943年发起"专收独幕剧"的剧本募集活动，《麒麟》于1943年第3卷第9期发起"话剧脚本大悬赏"，并对于所募集剧本提出了认识时代、大众容易接受、适合于伪满境内的舞台演出等要求。这些报刊其实也是有伪满政府部门或日本人辖制的背景，或者是以不同形态服务于殖民及其"宣抚"工作，当然是打着报刊或艺术的旗号。

第三是名目繁多的话剧和放送剧比赛及其奖励。其中规模较大的有伪满电电总局为了庆祝广播听众突破五万人，于1937年4月举办了"广播文艺和广播作品征文比赛"；"满洲剧团协会"于1941年10月25日至31日，以"启蒙大众艺术"为宗旨，举办"国民演剧周间"，凡戏剧团体均须参加，演剧周举行脚本（剧本朗读会）、公演试演会、无线电放送、研究会与讲演会即座谈会，活动结束时颁发伪满弘报处及协会赠与的奖状与纪念品；1941年12月1日至12日，该协会又举办"全满放送剧比赛大会"，共有11个剧团参加；1941年12月1日至17日，举办"全国话剧竞赛大会"；伪满演艺协会在1942年4月12、13日，在"全国各大都市开展国际献金大演剧"活动，以此

---

① 吉林省文化艺术志编辑室.吉林省文化艺术志.资料汇编：第7辑[Z].长春：内部资料，1987：51-79.

② 何爽.伪满洲国戏剧研究[M].长春：吉林人民出版社，2016：27-32.

为"东亚战争奉公献纳"。而新京电电总局从 1941 年到 1944 年 11 月，总计举办四次"全满放送话剧竞赛会"①。其中，1943 年 10 月举办的第三次放送剧竞赛，也是第三次国民演剧周，"全满"有 13 个剧团参加。② 每次竞赛都有剧团监护人剧作家及其作品获奖。

第四是组织巡演活动。组织戏剧团体到伪满各地的城市和乡村、面对一般百姓和日满地方公职人员和军警边防部门进行巡回演出，是作为东亚殖民者的日本不同于欧美老殖民主义的、即日本统治殖民地的思想文化战和宣传战的一种政治与文化行为和"东亚模式"。伪满最大的电影机构"满映"，就专门设有体制化的巡回放映课和专门人员，到伪满各地放映"国策"故事片、文化时事片（新闻纪录片）和部分的科教片，后期的巡回放映课课长还是日本著名左翼政党人士大塚有章。戏剧和话剧也是这样，东北沦陷区的官办职业的三大话剧团以及其他协和剧团，也频繁地进行巡演活动。仅以新京的大同话剧团为例，其不仅到日本进行了巡回演出并"满载而归"，而且在伪满各地频繁地进行各种名目的殖民主义宣传和所谓"宣抚"性巡回演出，演出剧目近百种，从 1937 年到 1944 年的巡演数量就达到近百次，巡演地域包含伪满全境的各个大中小城市，以及各地军政部门，足迹遍布"满蒙"百万平方公里的土地。这种帝国殖民意识驱使下为东亚侵略战争与日伪"国策"服务的"勤劳奉仕"和"敬业"与职业精神，大同剧团身的表现堪称"翘楚"和"榜样"。③ 当然，巡演的话剧也如广播剧一样，主体是配合意识形态帝国机器的"国策"宣传剧，但也有非"国策宣传"的中外改编话剧和本土本地剧作家的表现沦陷语境下人民生活的作品。

伪满时期的其他话剧团体，如奉天协和剧团、剧团哈尔滨、银星剧团和各地协和剧团等，也都频繁地在东北各地进行各种名目的巡回演出活动，其中奉天协和剧团截至 1945 年 8 月伪满解体，"共演出美化、歌颂日本侵略者内容的《东宫大佐》《渤海国》等 30 多个反动剧目，为配合伪满'征兵'、

---

① 邢志.长春市志·文化艺术志[M].长春：长春出版社，2003：206.
② 大久保明男.伪满洲国的汉语作家和汉语文学[M].哈尔滨：北方文艺出版社，2017：121.
③ 对大同剧团的巡演剧目、地点及频次，有巡演活动的统计表格，限于篇幅，此处从略。

要'出荷'粮以及慰问日本关东军巡回演出，走遍东北各大城市和部分县城……"[1]而杂糅宣传"国策"和并非"国策宣传"的话剧作品的频繁巡回演出，是东亚殖民主义在东北的一种较为普遍的行为模式，其他门类的艺术如摄影、音乐、舞蹈、美术等，也都有较为频繁的艺术公演、会演、跨区域巡回演播和展示的活动，还形成较有影响的几大艺术活动，如新京的年度和新春音乐演出、哈尔滨的音乐剧团的演出，一直持续到伪满解体，这构成了伪满洲国文艺活动及其生产传播的重要方式。

此外还有来自上海和北京、汪伪政府派来的戏剧、话剧团体的来满演出，在伪满十四年期间，这种跨区域的艺术演出和交流活动也是较为频繁的，他们的动机和目的当然都是为背后支撑的帝国日本的战略和策略服务的，以显示被日本侵略或控制的地区和伪国家，并非日本殖民地而是"独立国家"，这些地区和伪国家都好像呈现出"欣欣向荣"和"东亚共荣"的气象，而话剧和艺术的交流演出就是企图证明这点。这种艺术活动的目的是罪恶和卑鄙的，但它们的交流演出和所谓艺术切磋，也的确构成了一种艺术和话剧、戏剧的生产和传播装置的一部分，也构成了伪满洲国境内相对比较丰富的文艺氛围，当然主旨是殖民化宣传和意识形态建构，交流演出成为东亚殖民主义文化总体战的工具，偏离和歪曲了话剧演出与交流的艺术功能和使命。

第五，是以话剧和放送剧的发表刊物的逐步建立，以及话剧和戏剧批评和理论的刊发与推送，助力伪满话剧的生长和传播，这既是一般的文艺生产的普遍现象和规律，也是伪满洲国特殊语境下话剧的殖民化生产机制和装置构建的应然环节。这些剧评和理论文章，一方面主要来自某些较大和较有影响的报刊，如《盛京时报》早在1918年就开设"神皋杂俎"专栏，发表有关旧剧与新剧的评论和其他文艺评论，来自京城的满族作家穆儒丐的《戏剧杂谈》就有16篇，而在沦陷时期继续刊发有关剧团、创作、演出和读者反映的报道和批评。从1938年到1942年，《盛京时报》为配合电影与戏剧在伪满境内日渐"繁荣"的局面和推进剧运，开设了《影海余沉》《电影》《影与剧》

---

[1] 沈阳市文化局文化志编纂委员会.沈阳市文化志[Z].沈阳：内部资料，1983：95.

等副刊，并在 1940 年末至 1942 年 6 月，开设并刊出了 50 期的《剧哨》副刊，也是伪满时期刊发戏剧和话剧作品与批评文章最多的副刊。从开设伊始，《剧哨》就多次发布"征稿启事"，举凡戏剧创作、剧团情况、舞台演出与放送广播、戏剧广告与各种照片图像、戏剧运动与演播导介绍与探讨，各色批评文章，都在征集范围，[①]1942 年还专门发布了征集"为我满洲戏剧史上供给一点资料"[②]剧评文章的启事。而从实际刊发的戏剧文章来看，可谓林林总总，一般戏剧理论及基本范畴的介绍，到戏剧创作和表演的知识与理论探讨的文章，再到舞台表演艺术的方方面面，以及各地剧团和剧运的历史、对戏剧家和作品的介绍、对国内外话剧大师剧作的"东北化"改编和伪满各个剧团的演出作品得失的评价，总计刊发的几百篇文章中，几乎囊括了戏剧与话剧从创作到演出到活动的各个方面，其中某些方面的戏剧理论、剧团历史演变和对于伪满洲国剧运历史等文章，都是连续性地多篇刊出，显示出戏剧副刊和专刊的专业性和集中性。此外，同样创刊于晚清、存在于民国和伪满时期的大报《泰东日报》，以及伪满"建国"前后较有影响的报纸副刊上，以及期刊上，如《麒麟》《大同文化》和《青年文化》等，[③]也都数量和程度不同地刊发了戏剧与话剧的剧评与话剧从创作到演出的各种理论文章，其中，《滨江日报》的副刊《剧风》也是专门的发表话剧和戏剧及理论批评的副刊，惜乎刊期少且散佚的过多，数量、质量和影响远不能与《剧哨》媲美。

另一方面，是来自伪满政府主办发行的政府公报，如伪满国务院的《满洲国现势》，伪满文艺年鉴编纂委员会编印的《文艺年鉴满洲》，以及日伪政府背景或直接和间接控制的《大同报》《新满洲》《康德新闻》《斯民》等报刊，或者发表话剧创作与演出的消息，或者统计编纂剧团发展年度状况数量，或者发表充满伪满"国策主旋律"色调的评论，或者刊载伪满的文化文艺政策或弘报处等官方人员的谈话与文章。当然，总体上这些剧评和理论文章，长短不一，角度各异，水平参差，缺失视野宏阔、理论深厚、见识卓绝和堪

---

① 征稿启事［N］.盛京时报，1941-04-29（剧哨专栏）.
② 何爽.伪满洲国戏剧研究［M］.长春：吉林人民出版社，2016：157.
③ 刊发戏剧、话剧作品的报纸及其副刊和期刊名称从略。

与关内戏剧大师的理论批评著述比肩之作。特别是很多立足于为"圣战""东亚共荣""五族协和"等殖民化"国策"服务的剧评与"灰色理论",政治和意识形态化的色彩过于显露,难以成为有历史和艺术价值的真正的理论与批评,只是配合沦陷时期日伪的殖民性话剧生产装置运转的工具和"传送带"而已。

中国现代文学史书写范式的若干问题[*]

一、中心与边缘

1949年至改革开放前，大陆的现代文学史结构序列里是没有香港、台湾和沦陷区文学的，20世纪80年代以后，沦陷区文学逐渐进入文学史，港台文学开始被写史者作为附录或章节纳入其中。现在，不少文学史已经把它们作为基本的文学史现象和述史结构的题中应有之义，予以轻重不同的史学描述。这是可取和可喜的。

但问题依然存在。就港台文学而言，在目前所见的中国现代文学史著述中，它们虽然进入视野成为其中一个组成部分，但总体上给人一种"两张皮"的印象，即它们是作为以大陆为核心的中国现代文学的"主皮"的"副皮"出现于文学史结构中，是现代文学史结构的补充部分，或为了使文学史结构的总体全面性和完整性而被召唤进来的"附录"性质的存在，是配角和配菜，甚至只是一种调味剂和调色剂。它们与作为主体的大陆文学之间，缺乏一种史学结构和叙述中的血肉相连和融合融入感，换言之，各种中国现代文学史的写作者和写本，在叙述大陆的文学事实和现象时，都基本具有自己的文学史观念和视野、由此而来的史学理论与写作模式和述史模式，并将整个文学史纳入自己的史学观念与理论体系中，形成了具有内在统一性和联系性的整

---

[*] 本文原载于《山东师范大学学报》2019年6期，收入本书时，略有改动。

体与结构。

　　相形之下,对港台文学安置和处理的"配角性"和"调剂性",使其显得外在于文学史,游离于文学史的内在统一性和整体性,没有成为文学史装置、结构和内容的有机组成部分,写作者的史学观念、理论和方法构成的装置没有把这一部分文学有机融合和纳入统一性和整体性的文学史中。这就使得几乎所有现代文学史中的港台文学显得尴尬:不纳入其中不妥,纳入其中又无法避免硬性嵌入和外挂的游离性乃至装饰性,如何解决内溶性、有机性成为难以跨越的门槛。

　　这的确具有挑战性和难度。而这种难度是由港台文学所处的特殊环境、生态及由此带来的文学面貌与维度决定的。

　　众所周知,在中国大陆的现代文学诞生和发展的时期,台湾几乎一直处于日本殖民统治之下(1894—1945)。长期的殖民统治、皇民化教育、殖民意识形态统制、汉语的边缘化和非主流化,使得1945年台湾光复后,台湾作家中能够流利使用中文写作者寥寥。殖民主义环境和压迫,使台湾与大陆在政治、文化上基本隔绝,成为一度脱离了母体的存在,因此中国的五四思想启蒙、新文化运动、30年代左翼文学和现代主义文学、40年多元政治区域内的文学,对台湾基本没有影响或影响甚微。虽然台湾也有现代文学的历史,20年代杨逵以日文写作的小说《送报夫》,是表达台湾人民生活困苦和精神屈辱的小说,30年代左翼作家胡风在他编辑出版的专门收录被压迫民族文学的小说集《山灵》中也收录了此篇小说,但是,这类文学有两个问题:第一,数量比较少乃至非常少,难以构成一种文学现象,并且与大陆中国文学缺乏精神的联系和沟通;第二,是以日文而非汉语写作的,尽管作者是身在台湾的中国人、小说写的是殖民地里中国人的屈辱生活。这就带来一个棘手的、难以处理的矛盾:这种非汉语写作的文学与中国新文学的主旨和主脉构不成内在与外在的联系,从大中国区域概念上,虽然可以将其纳入中国文学,但由于其语言表达形式的特异性,日本方面也可以将其纳入日本的海外殖民文学范畴。一种文学被两个国家特定时代的文学史接纳,即精神属于母体中国而形式和语言属于他国,又是在当时属于殖民与反殖民尖锐对立的两个国家,这种现象对整体化的中国现代文学史的写作和理论都带来挑战。

1945年台湾光复、彻底摆脱殖民统治后，才回到中国怀抱，但由于殖民统治的漫长和中文的荒疏，台湾作家需要经过一段母语文字的修习才能接续上文化与文学的血缘血脉，台湾现代文学自此肇始，但真正生根发芽尚需时日。而不久后开始的国共内战和国民党败退台湾，台湾与大陆又分属于严重政治、军事和文化对立的时期，台湾有汉语写作的现代文学在一种与大陆完全对峙的环境中独立成长和发展，除了以反共文学为代表的官方文学在意识形态诉求、政治化思维和表达方式与大陆此时的红色经典和革命历史叙事具有惊人的同一性外，其余文学文类则与大陆分道扬镳。这样的文学如何整合、纳入文学史，则是当代文学史需要解决的问题。

香港文学则是另一番情形和面貌。1841年被英国殖民统治后，港英当局虽然不像后来统治台湾和东北的日本殖民者那样制定完整的意识形态化的思想、新闻、文化、教育、文学的统制政策，或者说，作为工业革命和世界现代化肇始者之一的老牌殖民者，大英帝国在它占领的广大的殖民统治的地区和国家，虽然也在语言和教育上推行殖民化，但是没有实施系统的殖民思想的严密统制，殖民性和现代性兼而有之的特点[①]，使得港英殖民当局一方面通过教育和媒体加强和提升英语地位，使之成为官方和公共语言，培植依附殖民的意识，一方面允许文言和古代中国文化与文学、通俗报章和文学及民间的汉语与粤语使用和存在，相对宽容地允许思想言论和公共空间的自由存在。英语的教育和流行使西方的政治、思想和商业经济文化在香港占据主体，成为英帝国世界殖民化统治体系的一部分。文言和古代思想文化通过教育和传媒体系在香港的"中国文化正宗"地位，不只是如论者指出的殖民者将殖民意识和中国传统中的封建主义意识兼收并蓄、混合搅拌，以强化和达到对殖民统治的顺民和服从意识，为殖民统治及其意识形态建构提供本土资源，同时，文言和国学的存在、坚守与倡导，在更深的意义上，也是对抗殖民统治

---

① 马克思在他的一些文章，如《不列颠在印度的统治》《不列颠在印度统治及其未来结果》中，对此有论述。

和意识、保留中国性与本土性的有效方式，在整体的殖民化环境中保存固有文化和语言，在所有第三世界被殖民国家中都具有历史、文化和精神的重大价值和重要意义。但是，香港的文言和古代思想文化的坚守与在香港文化中的地位，在殖民统治环境中意义重大，却与现代中国的新文化和新文学的趋向呈现出悖逆，使得香港没有与接壤的内地新文化和新文学同步同风、共鸣共振。

当然，香港并不是没有新文学的因素与潜流。五四之风在香港没有引起阵风，却送去一缕清风。五四以后陆续有内地作家和文人到香港任教、讲演，新的报刊在香港的出现，特别是1937年抗战爆发后至香港在太平洋战争以前、1945年至1948年国共内战时期，有规模颇大的代表大陆新文学和革命文学主流的作家诗人、文化人士避难于香港，利用香港比较自由宽松的舆论和文化环境，办教育和刊物，从事创作与批评，开展各种文化活动，成为香港文学史重要的南来作家群，也使得战乱时代的香港一度成为中国文化与文学化外的中心。虽然南来作家与活动对香港文学史的影响和作用，是雨过地皮湿还是润物细无声，有不同认识和评价，但无论如何，既是被英帝国统治的环境又是相对自由的文化空间的特点，造就了香港文学史上的南来作家现象，而南来作家文人的整体文学活动及其创作，又难免不带有环境的因素。新文学、进步或革命文学与批评在香港的活动与成就，一方面不可能不对香港文学产生内在影响，尽管外族统治环境、商业环境和香港大众对新文化与文学存在隔膜，使新文学的影响在哪些方面、在多大程度上影响了香港文学，还需史料与理论的爬梳与建树，另一方面，恰恰是香港的自由与安稳的环境内在影响了南来作家的写作与活动，如萧红的传世之作《呼兰河传》写的是记忆中的童年和遥远的东北，那些风俗画般的场面和诗意记忆具有的宁静与温馨，与香港提供给萧红的暂时的安稳、不受干扰和宁静自由的环境存在内在的衔接和联系，放松和不受干扰的自由心态决定了小说的格调与情调；茅盾的《腐蚀》也是为摆脱环境和政治压抑的忧烦来到香港后，才得以自由地想象、抒发和批判。包括40年代后期以香港《大众文艺丛刊》为代表的代表中共文艺政策和思想的刊物作家、理论家和文化人集团，他们之对中共文艺思想的阐释和对沈从文、对自由主义文学的激烈乃至过火的批判,也是利用了香港这块融英国殖民统治之地与自由空间构筑的文学场,方可以尽呈党派批评之大观。一种对中国新文学的历史进行总结和清算、为新中国文学扬鞭开路奠定风向和走向的意识形态政治和文学批评,若在同时期的解放区则不可能如此张扬,一是1942年整风后解放区文学基本解决了文学的归属与功能的统一性问题,二是战争环境无暇意气风发地辩驳批判,三是解放区的政治环境若如此锋芒毕露地斥责批判解放区以外的文学,会有碍于统一战线和革命夺权大业的步履。若放在国统区也有不便和不能,因为内战后期中共及其媒体撤离国统区,没有发言的渠道和媒体,而国民党政府和地方政权的文化管制既可能会使激烈者丧性命(闻一多事件),也会限制或制止这类所谓"反动言论"。只有香港的环境才可以使他们自由畅快地党同伐异、指点中国文学的江山并预制共和国文学的走向、色调(红色)和品貌。而香港这块殖民化飞地和自由空间却是可以代表解放区文化文学对国统区文学进行批判指点的最佳文学场,其发言可以面对和传播到共产党与国民党统治的区域和整个中国内地,不受任何限制。从传播学角度看,传播者如若将自己的声音和思想传播出去达到传播效果,传播媒介(环境)和方法是非常重要的。中共文人集团通过批评和批判对新文学的臧否抑扬,本质上无师自通地利用和寻找到最佳的传播媒介与环境。利用香港殖民化环境提供的自由言说的文学场和传播环境,对党派化和非自由的文艺政策与思想进行自由宣扬,宣示党派化和不自由的文艺政策、思想和文学的历史性胜利及其必然性,同时自由地对自由主义、人性主义、非阶级斗争文学批判否定和宣判死刑,自由地宣判在自由场地之外政治与文学的乃至自由本身的反动与死刑,这是香港这块被殖民统治区域、自由港和文学场发生的最有意味的事件,而这样的环境与事件其实深在地辐射和影响到40年代中国文学和即将诞生的共和国文学。从这个角度看香港两次南来作家集团的活动,不仅于香港文学有内在影响和意义,于大陆现代文学亦有深远的影响,它不是大雁飞过不留痕迹,而是在两度降落的栖息地留下清晰的印痕并辐射和影响到外部的文学。那么,如何将香港文学、将南来作家的活动与中国现代文学史内在有机地衔接融会，同样是一个具有挑战性的课题。

　　类似的现象还存在于内地的沦陷区文学。1949 年到 1979 年，内地的现代文学史是不涉及沦陷区文学的。80 年代以后，随着思想禁区的打破，沦陷区文学的研究逐渐兴起并一度兴盛。其中，东北沦陷区文学的研究从资料收集、编排到研究，在 80 年代和 90 年代曾经取得不凡的成果。东北沦陷区文学不仅是"九一八"事变到 1945 年抗战胜利东北光复的八年，也包括 1905 年日俄战争后大连等"南满"地区沦陷后的时期，共有十四年。以北平为中心的华北地区、武汉、南京和上海等华中和华东地区，也都有沦陷被占的殖民统治时期。现在，随着思想解放的深入和研究的深入，人民一般不再简单指责沦陷区文学是汉奸文学，不用简单的政治善恶判断文学的是非。当然，在后起的、比老牌英欧殖民主义更穷凶极恶日本帝国主义占领的时期，他们已经不再具有现代性的文明性，而是以赤裸裸、急赤白脸的法西斯主义意识形态进行高压统治，出台《艺文指导要纲》等文艺政策和法令，建立以美化侵略为目的的各类大东亚作家和文艺团体并创办刊物、剧院、电影制片厂、新闻保障、广播电台等，严密控制思想、舆论和媒体，构制了文网森严的法西斯思想文化压迫空间，没有丝毫自由。在这样的殖民环境下，确实有落水文人和汉奸作家，有汉奸文学的存在并表面上居于主流。但是，沦陷区文化、文学、文人的构成是极其复杂的。有属于殖民者海外殖民地的日语文学，有中国人用汉语写作的文学，包括汉奸文学、附逆文学、表达曲折抵抗意识的文学、既不附逆也不反抗的文学、娱乐消遣为旨归的通俗文学。作家也是这样，有的堕落为汉奸文人，有的坚持民族立场，也有整体上抗拒附逆但在高压下一度表面拥戴所谓"大东亚文学国策"的，算是偶尔失足，如东北沦陷区的梁山丁。即便是沦落的汉奸作家，其作品也并非都宣扬"东亚共荣"和法西斯政策，如周作人。一些作家在政治上屈服于殖民者或在伪政府任职，如纪果庵、文载道等，但其文学写作却是地道的中国立场和中国文化血脉，其历史文化散文的成就是不低的，北平、南京和上海沦陷时期的散文写作的历史

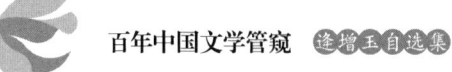

承传和文类创新,是有文学史价值的。还有,以往曾经以是否表达抵抗来区分沦陷区文学是否汉奸文学的价值域。其实随着沦陷日益严酷和时间后延,真正公开或曲折表达抵抗意识的文学区域缩减,而那些既非附逆也非反抗的、表达生老病死爱恨情仇和日常生活的文学,也自有其价值。这就涉及一个对沦陷区整体认识和评价的问题:是否承认沦陷区在压迫和抵抗的两极之外还存在日常生活?沦陷区人民在政治高压下的屈辱的日常生活是否也有表现的价值?是否可以跳出简单的善恶对立两极的视野和框架去认识和评价沦陷区生活与文学?沦陷区文学如何纳入中国现代文学史、纳入多少、如何解释和评价?作为因政治带来的边缘文学,它们与中心的关系该如何构建和省察?换言之,中国现代文学史的主流和中心如何处理与这种边缘文学的关系?如何进行有机整合?

一个真正中国概念和范畴的现代文学史,是应该包含港台和沦陷区文学的。可问题和难题是如何包含与整合。这些总体上属于殖民主义统治下的殖民环境中的文学,与总体上属于启蒙、救亡、革命、翻身、解放的文学,在取向和流向上存在不合流、不合拍的价值对立关系乃至矛盾关系。但是,既然在半殖民地半封建的现代中国,出现和存在过殖民环境中的文学、殖民主义控制和统治下的文学,那么,就应该把它们容纳进去,作为现代中国文学的组成部分。它们是半殖民地半封建中国环境中抵抗殖民与封建主义的启蒙、救亡、革命、翻身、解放文学主潮中,一度陷于殖民环境中的殖民文学现象,这种文学现象应该纳入世界范围内的殖民文学叙事中,而殖民文学叙事也应该是中国现代文学史的组成部分。为此,需要在文学史写作的框架、结构和文学史理论中,安置和处理好殖民文学的位置,找到一种装置进行解释和受纳。如果解释和处理好了,就会对中国现代文学史的史学视野、价值和理论做出贡献。

还有如何在文学史中接纳和收容通俗文学、少数民族文学、儿童文学、女性文学等边缘类现象。通俗文学现在越来越受到重视,已经被作为主要现象纳入文学史结构和序列,并被找到了入史的合理性与合法性:历史和文学的现代性进程必然滋生出启蒙主义、现实主义、现代主义和革命文学的主流——精英主义文学,也自然会派生出结合传统文化与市民大众的通俗文学,他们是现代性进程的两支流脉。但少数民族文学由于其语言、倾向、方法、接受面的特殊性,很难纳入汉语为媒介的文学史。一般的处理方法都是用汉语文学史的方式限定边界和范围,合理地将少数民族文学置于视野之外。不过,不论以往还是20世纪的中国都是包括少数民族的,历史上的元杂剧其实受到蒙古和北方少数民族文化文学的明显影响,中国古代文学与少数民族文化存在很密切的联系。一般所说的中国现代文学主要是以汉语写作的文学,我们所看到的是汉语文学在20世纪予少数民族文学以影响,还未看到少数民族文学对汉语文学的影响和反馈,与古代文学大为不同。这种关系如何科学地处理,是需要深入思考的。其余如儿童文学、女性文学,也存在文学史如何接纳和处置的问题。

二、价值论与历史观

类似的现象和问题还广泛地存在于现代文学史的写作和结构中,如果说港台文学入史是填补空缺、是应该入史但存在如何纳入其中融通无碍的问题,那么现代文学史还面对着对一些文学现象和存在可否入史、对入史的文学现象和作家作品如何评价与认识、如何正确地恒定其文学史价值的问题,这些问题涉及文学史结构、模式和坐标如何设立和确定的问题,又都在根本上涉及文学史的认识论和价值论的问题。

从50年代到改革开放前,大陆的现代文学史书写主要受政治价值的控制和主导,文学史价值论主要来自和受控于单一的政治价值论,即以新民主主义的政治理论确定和派生文学史价值,以此为标准来认识和评价现代文学从思潮流派到作家作品的所有问题,凡认为符合这种价值的就入史并受到重视和高度评价,反之则或舍弃遮蔽,或予以批判性的略写。所谓马克思主义的历史与美学理论和方法运用到文学史研究和写作,其中的历史主要由政治史、党史为标准，而美学及艺术则以此为准则。不过新中国成立初期王瑶先生的《中国新文学史稿》和60年代唐弢、严家炎主编的《中国现代文学史》，还难能可贵地尽量保留文学史的丰富性，而有些文学史则把现代文学史写成新民主主义文学史、革命文学史或左翼文学史，使得入选的文学现象和作家越来越少，以至于到"文革"时期出现离开所谓"鲁迅走在金光大道"上。不过改革开放前的几乎所有文学史都遮蔽了沈从文、张爱玲、无名氏、徐訏等作家和其他一些值得入史的文学现象。改革开放后随着思想的解放和对历史的反思，以一元政治价值论为旨归和准绳的文学史价值观受到冲击和逐渐摒弃，重写文学史口号的提出，20世纪中国文学史理念的倡导，现代文学大师座次和地位的重新认定与书写实践，民国文学史的提出和认识，现代性和新历史主义文学史观的讨论与写作实践，都导致了对文学史的重新发现和书写。在文学史价值变化带来的反思与书写中，一些以往被遮蔽不见的自由主义文学、现代主义文学、表现主义文学、浪漫主义文学等文学现象和文学史存在，都"浮出历史地表"，得到重新评价且评价越来越高。反之，过去作为主流的左翼文学，不论是茅盾这样的文学大师及其作品还是一般的革命文学与左翼文学和解放区文学，则在90年代出现了去魅化与边缘化态势。这是历史螺旋式发展的规律在文学史领域出现的又一有意味的现象。

不过，即使在思想解放和重写文学史的思潮中，中国现代文学史在如何面对历史及历史的真实、如何处理政治价值与历史价值的涉及文学史观的问题上，仍然落后于史学界的研究和认识。史学界对民国政府的政治、经济、军事、外交和文化政策的史料发掘和认识评价，越来越具有历史主义态度，比如对30年代至抗战爆发前国民政府的现代化实施的成效、国民党政府的抗战态度、准备和正面战场的抗战功绩等，都有影响重大的研究和成果。在史学研究的促动和影响下，90年代后现代文学界对30年代的右翼文学、国民党的文化文学政策、正面描写国民党抗战的文学，都陆续有研究成果出现，其中秦弓、张大明等学者在此方面用力甚多，成绩不凡。但是在总体上，此类研究还有待于深化，并凝聚于文学史。在这方面，有两个问题需要注意。一个是受左翼和鲁迅言论的影响，认为左翼文学是唯一有成绩的文学，是"他们"即政府和右翼文学所不及的，由此认为右翼文学、正面反映抗战的文学没有多少文学价值，故而不入法眼，不进视野，摒弃于史。二是没有根本摆脱政治化和意识形态化的文学史意识，在政治价值与文学史价值的恒定和取舍方面还存在惯性思维。记得过去有现代文学史把苏区的歌谣和宣传化的速成文学都纳入篇章，左联五烈士之一的冯铿的《红的日记》都入史进篇，现在讲左翼文学时蒋光慈的极其幼稚的作品还被高度肯定，这就是政治化文学史意识的流露，政治价值大于文学史价值的表现。

　　当然，在现代中国的语境中，政治、革命、抗战救亡、斗争解放是压倒一切的历史主潮，政治价值、党史模式本身也是历史价值的一部分，历史价值不能简单地摒弃政治价值，就像不能简单地以政治化的革命文学史遮蔽沈从文、张爱玲等自由主义作家一样，同样，也不能对在文学史中确实存在过的左翼的革命的文学现象完全颠倒过来、视而不见或刻意边缘化和漠视化。在这里，我们应该借鉴法国年鉴学派的多层次历史观和模式，建立开放而符合历史实际的多元价值观体系和视域。在这样的文学史价值体系中，首先，历史存在的合理性与合法性原则，凡是在历史上出现和发生过的、产生过影响的、由不同价值观生发和导控的思想与精神现象，都可以作为历史和文学史结构的一环进入视野和结构体系；其次，以历史真实性原则、以文学如何面对和反映历史真实，作为重要尺度衡量文学现象和作品的历史与美学价值，文学史是史学之一种，必须有史学的品格，必须坚持文学真实与历史真实统一和真善美统一的原则，没有历史之真和总体上受此影响的文学之真，没有在此基础上的善（价值）和美（艺术），就没有文学史价值。在这里，历史之真与善的价值观，必须坚持历史时期的短期、中期和长期结合的原则，一定历史时段的历史善恶和道德善恶与长时段、大历史观中善恶审视相结合的原则、历史认识与当代立场的结合原则；要有大历史观和由此而来的大道德观（大善）与审美观；第三，与此相关，具体语境中的政治、历史、阶级、党派立场及其美学原则与超越性的人类学原则、人道主义和人性的普遍价值及其美学原则，都应该纳入文学现象和作品的评价标准，并由此作为构建文学史价值论的基础之一，并适当引入世界文学史的参照体系和价值，以此更精准和全面地审视文学史视野与价值论。

从这样的文学史价值论出发来构建文学史体系，就会使文学史更具有全面性、科学性、客观性、包容性。例如，作为现代文学主潮之一的五四启蒙主义文化和文学，以及贯穿在整个现代文学史中的启蒙主义文学，具有自己的不能替代的文学史价值和意义；中共的政治革命和夺权的历史行为及其意识形态话语生成的革命文学、左翼文学、解放区文学，也是现代中国社会基础上必然滋生的文学现象，具有历史阶段的合理性和真实性，是历史和文学史重要的组成部分，在多层次的文学史中显然自有其不能抹杀和漠视的地位；同样，作为执政的国民党导控的政府文学（"右翼文学"？），表现国民党正面抗战的文学，也是一定时期和阶段的历史存在物，在长时段的大历史观中也有其合理性和必然性，也不应被遮蔽贬斥和淡出历史视野，当然更不消说现实主义、革命现实主义、政治现实主义之外的自由主义、浪漫主义、现代主义、现代性文学，各有其存在的价值和文学史意义。受丹麦批评家勃兰兑斯《十九世纪文学主潮》的影响，中国现代文学研究过去也有这种"主潮"或"主流"思维，容易制定或认定某种文学是主潮。其实主潮是由各种分潮流构成的，正像大江大河是由众多小河溪流、中河中流汇成的一样。在文学史的认识论、价值论和结构模式中，主潮思维一定要摆脱单一性，主潮主流是与分潮、多潮和支流共在共融的，或者说，一定是多层次、多渠道和包容性的。科学的态度是不论左翼、右翼还是中间状态的文学，不论主流还是支流、中心还是边缘的文学，只从历史的视野、文学的角度、文学史脉络和价值的角度作为选择恒定的标准。

同样，从这样的文学史价值论和层次论的角度，对以往进入文学史的作家作品及文学现象，其地位、价值的评价恐怕就要有所变化了。像茅盾这样的作家，以往在文学史上是列入专章，与鲁迅、郭沫若并列的，是中国新文学继鲁迅、郭沫若之后的又一面旗帜，但90年代后，在中国文学重排大师位次的反思性评价中，被若干论者贬抑为高级政治文件的文学对应者和反映者，其创作不过是高级的社会政治文件。其实若从包含多元政治与文化价值的多层次文学史观来看，茅盾是革命文学的终结者和左翼文学的开创者与集大成者，其以文学配合和反映政治及意识形态的社会分析式的写作，恰恰是左翼文学提倡和标榜的成功范例，连鲁迅都认为，茅盾的作品具有追求政治化写作的左翼文学的特点（并非优点），是左翼的政治化文学，也是对晚清梁启超呼吁的政治小说的遥远的呼应，也就是说，自晚清开始，中国社会的基本结构和矛盾导致变法图强、启蒙救亡、革命夺权成为主旋律的历史时代，中国文学必定在思潮呼吁、倡导实践之后出现这种政治化文学。茅盾创作的所有优缺点，都与自觉追求政治化文学写作有关。此其一。其二，茅盾小说的主流是政治化文学，但也并非都如此，他的《水藻行》《创造》《小巫》等小说，体现出非政治化的人性探索的取向。当然，就主体而言，茅盾小说开创了以配合和反映政治与意识形态为旨归的革命现实主义、革命政治化的文学，这种文学的土壤是百年来中国社会的政治文化和激变，也影响和启示了后来的当代文学，特别是"文革"时期的文学政治化倾向与类型，如红色经典和浩然等人的小说。从晚清到当代，政治化文学是一条发展存在的流脉。其三，这种政治化文学的思维方式、写作模式的正面与负面的价值，特别是对文学性和艺术性的削弱及由此带来的艺术魅力和价值的缺失，需要结合具体语境加以梳理和阐述，如实指出其得失。这样，从比较大的历史观和文学史视野看待茅盾，就会对其创作的积极与消极的意义和影响有更加符合历史真实的认识和评价。

  以作为文学史价值观构成要素之一的历史真实性原则与文学真实相统一的原则进入文学史、衡量文学现象和作家作品的价值和意义，会为文学史写作带来新的认识。比如东北作家萧军的名著《八月的乡村》，是最早反映东北在九一八事变后抗日义勇军反日抗敌的作品，1935年由鲁迅编为"奴隶丛书"之一种刊行。在东北沦陷至1937年抗战全面爆发前，能够及时正面描写中国人民在沦陷和强敌侵略下奋起抗战，满足时代和人民的心理需求，《八月的乡村》由此受到社会和文学界的广泛欢迎,一直被誉为抗战文学的先驱和反日反帝文学的重大收获,在文学史上占有重要地位。但是这部作品还描写了中共领导的义勇军在抗日同时还进行打土豪、灭地主、抢粮抢枪的类似于关内土地革命的内容,这样的内容一直没有受到关注和批评。其时,中共东北党组织已经在共产国际指示下改变了策略,不再执行既进行阶级战争又进行民族战争的路线,认为在压倒一切的民族解放战争形势下继续进行土地革命的内容是"左倾"错误,旗帜鲜明地提出了团结一切阶级、阶层共同进行反帝反日统一战线的方针,东北的各路抗日义勇军已经公开打出了统一战线的口号,并且有部分地主毁家纾难奋起抗日。当此之际,萧军由于过早逃离东北流亡关内而不知晓形势的变化,所以还以九一八事变后初期东北抗日义勇军的行为作为表现对象,表达反帝反封建的双重主题,致使小说出现与时代和形势错位的不合时宜的倾向。遗憾的是,作者由于过早流亡不知晓东北的变化使小说存在一定的不正确倾向,而当时和此后的批评者和研究者由于也未能进入历史、占有史料进行辨析,所以未能看出和指出萧军小说的此种现象。抗日民族统一战线乃至统一战线是中共的所谓革命夺权成功的三大法宝之一,此后的抗日战争就是民族统一战线的政策令中华民族取得近代以来最大的反帝反侵略战争的胜利,在中共和毛泽东思想中统一战线占有极其重要的地位。萧军的抗日小说对此的不正确的描写,影响了小说的价值和意义,这是需要史家引起注意、重新进行评价的问题。

  抗战文学中沙汀的暴露国统区黑暗的小说《在其香居茶馆里》,艾芜的《纺车复活的时候》《秋收》和曹禺的《蜕变》等作品,也都涉及文学如何面对历史、史家如何认识和评价的问题。沙汀的小说以讽刺笔法揭露了国统区在抗战时期抓壮丁的闹剧,"抓壮丁"也由此成为现当代文学和戏剧影视的一个不绝的题材。在一场伟大的民族解放和卫国战争中,作为执政的国民党政府在兵员问题上确实存在某些黑暗、腐败之现象,特别是地方政权和乡绅阶层,更是如此。刚刚脱离封建统治、进入民国不久的地方政权,又特别是四川这样一个袍哥和黑社会历史悠久之地,与中国传统封建社会有千丝万缕联系的地方政权和社会，存在大量腐朽阴暗现象，是极其常见的。沙汀全部小说的主题，重在揭露四川社会的黑暗王国性质，此篇小说也是这个系列中的一环。然而，由于左翼作家的政治倾向与选择，沙汀在抗战初期写解放区时是一片赞扬，如报告文学《记贺龙》，而对抗战爆发后四川人民为保家卫国、为打国仗而踊跃参军的事迹，甚至妻子送丈夫、老父送儿子的感人场面和事实，有意遮蔽和不见。四川人民在抗战中牺牲最大、贡献最多，正面战场抗敌和牺牲的四川籍将士达数百万之多，国民党的兵役制度、制度性腐败和对抗战保家卫国的教育宣传确实存在极其严重的问题，特别是在抗战中后期，由于战场伤亡人数巨大和达官贵人、权势乡绅阶层逃避兵役现象的普遍存在，人民大众厌战、逃避兵役的情绪和现象也确实在蔓延。但是，即便如此，还是有众多人民参军参战，那数百万四川籍抗战将士并非都是被迫的，在民族危亡和民族解放战争之际，曾经在内战中很烂污的川籍军人和军队脱胎换骨、洗心革面、勇敢参战并成为英雄和烈士的，大有人在。即便在抗战中后期的艰苦时刻，大后方也还有数十万热血青年、特别是学生踊跃参军成为勇敢的抗战军人。对于这种历史的主流存在，沙汀一类作家出于政治和意识形态目的而有意遮蔽和不见，反而故意选取兵役制度的黑暗面进行描写和讽刺，这一方面是必要的和有价值的，任何时候作家都有权利选取自己熟悉的题材和现象予以描写，文学可以是个别的和另类的，作为抗战时期暴露黑暗的讽刺小说，沙汀的此篇小说和此后的长篇小说都有价值和文学史意义；但另一方面，也需要以史家的眼光看到这类文学的有意的贬抑性和遮蔽性，看到这类文学背后的意识形态立场和面对更广大的历史真实时的片面性和局限性。就像不能由于今天在社会上和官员中存在严重腐败现象就否定整个制度和政党一样，沙汀的小说在某种程度上也带有以偏概全之弊，是用小说进行带有政治和意识形态性的宣传与历史书写——以文学反映和夸大局部真实，遮蔽大历史真实或伪造历史。由于文学的形象性和影响性，这类小说比党史和宣传教科书更具有被广大接受者误以为的"正史"性和真实性影响历史认识，这样的文学同"伪史"一样具有很大的伪造历史的历史欺骗性。同样，对艾芜小说《秋收》《纺车复活的时候》等表现抗战时期政府军队与人民关系的良好、对曹禺戏剧表现国统区医院和社会蜕变新生的描写，也应该予以非意识形态的、历史真实性的审视和评价，因为这些作品均反映了抗战初期真实的社会生活现实，具有历史真实的底子，摆脱了过去的单一政治意识形态化的文学史价值观对这类文学现象和作品的或漠视或负面评价。

此外，这样的视角还会对更加广大的抗战文学的认识评价，如民族战争的圣化、民族主义意识形态化、民族主义与爱国主义、民族主义与所谓国际主义的关系认识等问题及其文学表现，带来新的认识。

将人性论和人道主义价值引入多层次文学史观念和模式，也会给文学现象和作家作品的评价带来符合历史实际与文学审美价值的认识。即以40年代解放区的土地改革题材文学而论，过去几乎所有大陆出版的文学史都对其予以很高评价，现在，按照我们构建的文学史价值观和认识论，一方面应该如实对土地改革文学的文学史贡献做出符合实际的评价——它们提供了延安文艺整风后作家世界观与创作的变化、作家与生活结合表现历史运动的积极努力和实践，提供了新的历史画面和生活人物；另一方面，又要联系土地改革运动中过火过左的政策和行为一度给土改造成的干扰和过度使用暴力等历史实际，从扎实的史料研究和历史价值出发，如实指出周立波的《暴风骤雨》为符合政治正确，对农村真实阶级关系的颠倒、歪曲和伪造，以及对阶级斗争的非人性强调和对暴力与人身侮辱的赞扬，以及丁玲《太阳照在桑干河上》以阶级论和人性论混杂的方式对地主、地主老婆行为描写的真实性，指出丁玲在这个问题上既要努力以符合《讲话》要求的文艺观配合政治与政策的心态，又在写作实践中面对真实历史境况中非阶级斗争模式感到的困惑，小说实际上流露和表现出丁玲的这种矛盾和困惑心态，这导致小说的意图、主题、诉求和艺术呈现出有意味的纠结和复杂状态。解放区土改文学以及其他种类文学，并非像以往文学史描述的那样是纯粹的政治意识形态的文学图式化和坐实化，而是外表单纯中包含着复杂的历史与文学的矛盾和困惑。

而将同时段的世界文学的价值观、艺术成就作为参照标准引入文学史，也会给我们认识和评价中国现当代文学带来有益的视角，特别是对中国现当代文学的价值观和艺术性的缺失与不足，带来更清醒的认识。例如，作为中国现代文学肇始者之一的鲁迅，以及很多作家都认为俄国社会与中国相似，因而俄国文学是我们的朋友，俄罗斯文学及十月革命后的苏联文学予20世纪中国文学以极大影响，中国20年代末的革命文学、30年代的左翼文学和40年代的解放区文学、五六十年代的共和国文学，来自俄国和苏联的写实主义、现实主义、革命现实主义及社会主义现实主义等创作思潮和方法，都浸入中国现当代文学的发展血脉中。中国的新民主主义革命和社会主义革命，也都与作为历史资源和制度供给的苏联模式一度有很大关系。但是，相似的历史境遇和社会条件，既使得俄苏与中国的20世纪文学存在精神血缘的联系和相似，但又存在即显著的差距，在思想深度、人性探寻、宗教精神、艺术价值等方面，20世纪俄苏文学都产生了震惊世界的、跻身于世界一流的大师和文学，即便是呼号革命、讴歌理想、书写革命和社会主义英雄的文学，高尔基、马雅可夫斯基、法捷耶夫、肖洛霍夫的文学成就是同时代的中国文学难以企及的；即便是社会主义时代的文学，他们也有肖洛霍夫、帕斯捷尔纳克、索尔仁尼琴等获得诺贝尔文学奖的世界级作家；即便是歌颂十月革命的《静静的顿河》，在描写革命给顿河流域和俄罗斯大地带来巨大历史变迁的同时，也描写了革命对祖传的、美好的顿河人民生活方式、人性与道德的毁灭，表达了革命的天使与恶魔的双重面具。而同样反映革命的《日瓦戈医生》则表现出革命给俄罗斯历史、道德、人性与社会的破坏大于新生的毁灭性悲剧。不论是写内战的革命文学还是写二战的反法西斯战争文学，不论是白银时代的勃洛克、叶赛宁、普宁还是横跨两个时代的阿赫马托娃、茨维塔耶娃，不论是像屠格涅夫一样描写大自然的普里什文还是继承俄罗斯讽刺文学传统的布尔加科夫及其《大师与玛格丽特》，不论是小说、诗歌、戏剧还是文艺理论，20世纪俄苏文学都有影响世界的大师和成果，其文学表达的历史深度、人性深度、精神深度、宗教深度，是20世纪中国文学不能望其项背的。当然，中国现代文学诞生与发展的历史时间有限，两国的历史、社会、文化传统和背景有很大不同，成就的大小不宜简单比较，不过，却可以拿来作为参照，知道我们的革命文学、左翼文学、战争文学、社会主义时代的红色经典文学等在真正的文学性上存在哪些缺失，为什么没有跻身于世界一流。

用人性的、普遍主义价值的和世界性眼光反思和探寻，会对现代文学史的很多现象和问题产生新的发现和认识，包括对五四时期的启蒙主义文化文学思潮。而用如上所述的大时段、多层次的文学史价值观去考察文学史，把顶层（中心）、中层（中流）、下层（边缘），或者是三者各为圆心互相重叠、套叠、交叉的三重圆式的文学现象和历史予以合理的建构，成为多层次、多元价值、多时段交叉融合的文学史，相信会使文学史写作及其结构模式更加开放、动态、包容和符合历史的原生态。

三、历史与逻辑

文学史写作同所有的历史写作一样，在深层次里存在着若干矛盾和困惑，几乎同人类认识中的二律背反一样，是先天就存在又需要解决、却又无法彻底解决的，是人类认识和思想史上的斯芬克斯之谜。历史不太长的中国现代文学史，同样存在这些必须正视和处理的矛盾和问题。

矛盾之一，是主流与支流、大家与小家（过程）、经典与非经典的关系。因为现代文学史的时间只有短短三十年，又没有取得超越古今中外的世界一流成就，所以随着时间的流逝，现代文学史难免出现越写越薄的问题。一些被认为不太重要、经典、主流的文学现象和作品越来越被边缘和遮蔽于历史地表，文学史有越来越经典化的趋势。但是，一本经典化、主流化、大家化的文学史，是否还能被称之为历史，换言之是否还具有历史品格，是值得商榷和怀疑的。在总体上难免越来越薄、经典作家越来越少的现代文学史，如何处理好主流与支流、大家与小家（过程）、经典与非经典的关系，是文学史写作面临的重大挑战之一。光有主流、大家和经典的文学史是只有树干没有枝叶的树木，难以显现树木和森林的生机勃勃的面貌，可枝叶太多又会遮蔽了主干的躯体，故而必须适当削减、剪伐枝叶。问题是如何修剪、剪伐多少才适度和合理，比例和篇幅问题都是需要考虑和处理的。同样，经典可以代表非经典表现文学的主潮和面貌，可又不能完全代表，主流、经典和支流非经典的关系，既可能在历史的原生态中是一种好辨认或不易辨认的状貌，又涉及写史者的历史眼光和史才——认识论、价值论、方法论、写作论等。

之二，是与上述问题关联的现象和本质、规律和非规律、历史与逻辑的矛盾。文学史认识和写作的一个永恒的困惑是：文学写作和作品、文学现象是感性和随机性的，作家灵感和情感、形象思维的运行是无规律的，历史的原生态也是繁复、多样、偶然与必然交互掺杂的，但是文学史写作又必须对林林总总的文学史现象、对情感化和形象思维演绎出的文学作品进行必要的抽象、取舍和剪伐，以找出或建构文学史产生与发展的内在性、规律性和逻辑性，对情感与形象的、基本无规律的文学现象进行本质化、规律化和逻辑化的取舍组合和建构规律，是对历史也是对智力的巨大挑战，同时，这也是文学史和历史写作的永恒动力——这种现象的存在才会导致文学史不断地需要重写，导致江山代有写史者、各领风骚若干年却没有永恒不变的文学史和终极文学史。对情感化、随机性和动态性的现象和作品抽象与逻辑化不管如何科学和"客观"，其实很大程度上还是主观化和叙事化的，文学是叙事，文学史和历史也是一种叙事，所谓历史的规律归根到底还是主体对客体的认识和认识的总结。当然，这样说并非认为历史就是一堆杂乱无章的碎片和历史是虚无的，面对历史只能束手无策和虚无主义化，而是意在说明本质和现象、历史和逻辑并非总是一致的，甚至文学未必是有本质的，文学史写作和历史写作一样需要处理好历史与逻辑的关系，既要对历史的原生态和丰富性予以尊重，又不可能将历史的原生态完全无误地呈现，只能根据主体的价值观和立场进行必要的逻辑建构、规律发现和组合，文学史和历史只能是历史原生态基础上的次生态形态。这就提醒我们，需要从认识论解决文学史与历史写作的矛盾性存在，需要处理和解决好现象、历史与本质、规律和逻辑的关系问题，在尊重历史的基础上合理地、阶段有效性地进行规律和逻辑的发现、

总结与建构,做到历史与逻辑的统一;需要认识到规律与逻辑的建构性与叙事性,即每种对历史规律与逻辑的抽象与总结,都带有很强的主体性、主观性和当代性,任何历史都是当代史,都是历史认识与当代评价的统一。因为是当代的和主观的,所以可能是相对客观和科学的,而非完全是历史的原貌和完全的客观,也不是终极认识,未来一定会被扬弃和超越。任何文学史和历史写作只能完成阶段的当代的任务。

历史与逻辑的统一说起来容易做起来难,文学史写作历史与逻辑不一致之处应该是不少的。遇到这样的现象和时候,我认为应该尽量呈现现象的多样性与丰富性,尊重历史,少些人为的"本质"发现和逻辑抽象。历史是永远存在的,而逻辑和认识是不断发展变化的,不能从逻辑和抽象出发任意宰割历史、让历史服从逻辑。过于本质化、理论化和逻辑化的文学史,既有违于历史又很快会被历史扬弃。

之三,与历史和逻辑的辩证关系相连,文学史写作还面临着一个突出的问题:如何处理个体作家与整体历史的发展进化关系?就单个成功作家的创作而言,大致是有一个进化或进步或成长过程,有起点(初期和起步期)、高峰(中期和成熟期)和衰落(低谷期和后期),呈现出动态的、进化论式的创作发展过程,这一过程在大多数作家身上是存在的。当然也有例外,有的作家出手即成熟,处女作就是代表作和巅峰之作,此后的写作呈现水平递减和下降的过程,一生的写作都未能超过处女作和代表作,如苏联的肖洛霍夫,二十几岁开始写作《静静的顿河》,此后写作的《被开垦的处女地》和《一个人的遭遇》等,都未能超过年轻时代的巨作。还有的作家,在初期写作之后,看似不断进化发展直至达到高峰,但当时被认为的高峰实际上是"假高峰"或非高峰,或当时认为是高峰而后人不予承认,或后人有人承认有人不承认,比如茅盾的《子夜》。此外,曾经在现代文学史写作中一度盛行的现代作家政治进步、革命后创作水平下降、艺术审美下降、民主革命时代创作达到高峰而 1949 年后普遍下降的现象,该如何认识、评价和解释?樊骏先生生前对"何其芳现象"曾有不同于时论的认识,在 2007 年我去拜访时,他还问我对这一问题的看法。他自己是不同意对何其芳和现代作家这种"前高后低"现象的命名和评价的，不认为是一种规律和普遍现象，反而可能是一种认识和视角的偏颇造成的"伪现象""伪规律"和以偏概全的"宏论"。总之，个体作家的创作个性、水平和历程差异很大，文学本来就是个性的个体的，但就大致而言，多数作家还是存在由低到高的发展进化的过程的。在认识和评价作家创作时，不宜完全否认这一规律性现象。

同时，按诸现代文学史，比如有些文类如小说，特别是长篇小说，五四及20年代整体上确实不如30年代，从现代到当代中国长篇小说从创作方法到内容和形式确实在进步发展。就中国现代文学而言，由于基本上是在悖逆传统、吸取外来资源基础上创制的、从文类、内容、语言、形式都属于创新的新文学，所以缺失存在诞生、发展、进步、成熟的过程。这一点也是客观事实和不容否认的。

但是，在文学史写作中，完全用进化论的时间观和历史观作为基本理论和架构，也是存在很大问题的。从晚清开始，近现代中国出于救亡救国、启蒙革命等历史目的和宏大任务，在唯西学是尚的社会大潮中，把进化论作为历史和道德之善、作为工具和目的引入中国，并成为一种影响深远而普泛的世界观与方法论。进化论那种价值与时间轴线和历史目的同步、不断发展进步的思想观念，曾经在中国现代文学史写作中成为理论与方法，发展进步观与价值后延观成为认识历史与评价作家作品和文类的不二法门。80年代后，人们认识到这种与政治和意识形态、与时间同质的线性发展和进步理念，在文学史写作和应用中的局限和弊端，开始逐步舍弃进化论的价值观和历史观。90年代以后的各种中国现代文学史，很少再用此种观念和方法作为尺度与标准。

问题与矛盾又随之出现：舍弃整体的进化论文学史观与模式，是必要的，可具体作家创作和具体文类又实际存在进步发展的趋势，存在与时间和政治同质的现象，这种现象和矛盾对于当下的文学史写作，又是一个要解决和处理好的"二律背反"式的难题。进化论价值观与历史观确实给以往的文学史

写作带来塞不进历史、难以对位、强行宰制切割的舛错和局限,但进化论又存在合理内核、存在于历史和文学对应的一面。进化论与文学史写作的关系,是中国现当代文学史面临的重要挑战和必须妥善解决的价值理论和方法论的"艰难的选择"。而这个矛盾处理解决的得失,将影响到文学史的基本面貌、格局和水平,影响到历史认识、建构的合理性与科学性。

多媒体时代的文学形态与文化价值担当[*]

进入后工业时代以后,全球范围内一度流行"文学死亡"论。的确,从现象上看,后工业时代文化与文学的商品化、娱乐化、消费化和多媒体与新媒体的不断花样翻新,对传统的文学书写和出版造成极大冲击乃至将文学边缘化。但是,从人类文学史、文化史和精神史与当今世界的文化和文学发展趋势看,说文学消亡不过是制造耸人听闻的噱头。其实,早在工业革命带来摄影技术的大发展使电影风靡全球之时,就有过担心文学和戏剧被电影驱赶到边缘的担忧。从更早更大的范围内看,人类每一次物质文明的提升都带来对传统文化与文学的冲击与改造,造纸和印刷的出现对人类早期口头文学和民族史诗都带来巨大冲击。但是,纵观人类历史,任何一次物质文明的大发展固然冲击过去或古老的文学样式,但都没有造成文学消亡,而是带来一定形式的文学的边缘或退场,带来文学内在的、新的形式与审美的出现。比如,随着古希腊社会的消亡,希腊的史诗和戏剧作为被马克思称赞的人类童年时代、正常时代的辉煌精神产品,已经不可能存在和复制,但是古希腊开创的戏剧却在后世推陈出新,不断随着时代的发展、文明的进步而变化出众多的戏剧样式和类型。现在世界科技革命的快速和巨大发展可能是人类有史以来罕见的,其带来的生产方式、物质与精神的生活方式及消费模式是人类此前所有世纪加在一起都不能比肩的,曾经为人类文明进步作出巨大贡献的印刷和纸媒遭到新媒体带来的商业文化、文学生产与消费模式的巨大冲击,而且

---

[*] 本文原载于《现代传播(中国传媒大学学报)》2013 年第 4 期,收入本书时,略有改动。

这种改变和冲击还在时刻发生着,并且将带来怎样的未来变化几乎不可预测,但是文学依然不会消亡,依然将是文明发展的组成部分、思想文化的组成部分、精神生活和核心价值的组成部分。这道理,就存在于人类思想精神、文化文学发展的内在规律中。

当然,当代人类历史上空前的全球化和科技大发展带来的文学的写作方式、出版发表方式、接受方式、评价方式和意义生成方式,都定然会带来文学发展的新样态和新模式。

首先,一般性的大众文化和文学与精英经典文学,像长江黄河一样,将会长期并存、各自发展。在中外文学史上,文学的主流性与边缘性的变化是迭代皆有的。现在娱乐至死的通俗文化、狂欢文化,在每个时代都存在,中国文学中的通俗文学自古至今自成流脉源远流长,不过在古代受到文以载道观念的压抑不能登大雅之堂,但是对民间的文化消费和精神结构一直具有很大影响。五四以后所谓启蒙救国的精英文学和消遣为主的通俗文学一直双流并在,由于时代造成的新都市市民阶层的出现和广大农村对新文学的隔膜,其实通俗文学的印刷出版数量、市场占有率是远超雅文学的,连鲁迅母亲都不看鲁迅的小说,而鲁迅自己要邮购张恨水的小说给母亲看。就如同古代文学中以诗词歌赋为主体的主流文学,与以说唱文学、民间文学、志怪传奇、小说戏剧为主的通俗文学,二者并存一样,五四后的中国文学其实也是如此格局。但是在以往文学史写作和架构中,由于受政治与文学观念的制约,一度把文学史写成主流精英文学史而压抑了通俗文学的历史存在。现在中国现当代文学研究已经打破了这种局限,现当代通俗文学的存在也进入研究的视野和文学史架构中。当今市场化和网络化时代,以休闲娱乐、排解竞争和生存压力带来的日常生活焦虑为目的大众和通俗文学,仍将是文化与文学消费市场的主体,它们已经构成了日常生活的精神消费和审美化的重要组成部分。甚至由于网络、手机、各种层出不穷日新月异的新媒体的出现,它们的"创造需求"的功能,将必然性带来消费、休闲、娱乐、放松、刺激等精神需要的扩大,将使伴随它们的大众消费文学——广义的通俗文学依然具有广大的受众与市场,在统计学上甚至是文学的主体。但是,即便在这种情况下,也不意味着文学的消亡和高端文学的边缘化。因为,市场化时代是以消费和快餐文化为主体的时代,也是越来越分殊化、价值多元化的时代,对生活、工作、娱乐和精神追求的方式与层次,也出现分殊化、个人化、多元化的现象,而且社会及其文明程度越是发展,这种现象就越来越凸显。高等教育的普及、收入和生活水平提高、中产阶级的扩大,使审美化进入日常生活,也使得追求高品位文化文学产品而非单纯娱乐的读者受众越来越多。根据率先进入现代化、后工业化的发达国家的经验和统计,需要高端文化产品的人群呈现两个特点:基本固定化和在扩大与缩小之间动态化。消费决定生产。这种社会中产化时代的受众读者群体的存在,使精英主义的、高端的文化文学的存在和发展具有自己的空间。西方和日本等发达国家著名作家的作品依然有巨大的发行量,经典作家和作品成为中产阶级书房的标志,当代中国著名作家如莫言、陈忠实、余华等人的小说拥有广大的读者群,都说明了高端精英文学存在的社会基础和文化基础。而且,历史经验表明,在一个国家从现代化启动到高速发展时期,固然会出现通俗消费文化成为市场文化主体的现象,不过随着物质的富裕和中产阶级人口的扩大,同样会出现向精英文化消费回归的现象。比如电影,80年代,人们曾经认为电影将没落,但中国改革开放的成功、城市的发展和城市人口的剧增、中产阶级的扩大,使欣赏电影成为广大城市中产白领阶层的一种文化消费主流模式。电影如此,其他文化文艺产品也如此,不仅中国如此,世界范围内也如此。比如在全球化和趋同化时代,世界各国对文化遗产的态度发生了从初始的不重视乃至视为"落后",到越来越珍视和视为民族文化瑰宝,视为物质趋同化而精神文化价值多元化的资源,对物质与精神文化遗产保护范围的不断扩大与保护措施的加大,都说明人类对自己精神优秀文化产品的认识越来越深刻,对古典与经典保护与开发的认同度越来越高。80年代,在中国,文学曾经作为思想解放的尖兵和重镇而成为民族精神生活的必需品,90年代后的市场化大潮曾经一度使作家下海、文人经商、文学边缘,王朔的"现在谁来请作家吃饭"的调侃是这种现象的症候之一。但是历经经商下海的大潮和市场化的沉淀,新世纪以来当代文学已经出现了悄悄的回归,文学在参与思想解放、参与当代中国精神建构、政治

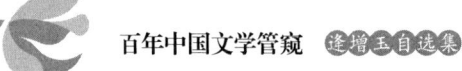

意识形态建构和市场意识形态建构之后,其自身的价值也越来越得到认同。莫言获得诺贝尔文学奖,既是世界对中国当代文学价值的认同,也是中国当代文学自身价值在中国和世界的体现,而且这种价值随着莫言的获奖、随着当代中国达到或具有同等水平的作家在今后的陆续获奖,文学在中国社会生活和精神生活的价值与意义将愈发得到认同和凸显。两种甚至多种文学样式并行,是中国当代文学发展的共相,但文学的价值不以受众多少和市场占有率来确定,而是以文学对民族文化、思想精神价值、国民精神生活的参与和贡献来决定的。

其次,在未来的时期内,中国当代文学将呈现"大文学"样态,将随着与戏剧、影视和其他新媒体方式的融合,改变着文学的概念与面貌。当代文学将参与当代中国文艺的建设并起到积极作用。比如,从80年代开始至今,莫言、刘震云、铁凝、陈忠实等作家的小说纷纷被改编成电影,这不仅是集大众与精英文化品格的电影对文学的选择和器重,也是文学对当代电影和中国文化、审美心理的塑造。作家的"触电"给小说和文学带来了新的视野、角度和写作模式的变化。科技革命带来的电脑、网络、手机、多媒体融合等新的载体的变化,随之出现了网络文学和手机文学等新的文学样式。这种新的载体上出现的新的文学,是对传统文学畛域的突破,它们既带来了传统文学的欣赏方式和传授方式的变化,也定然带来了文学写作方式和接受方式的变化,就像清末报纸出现后连载小说的形式带来了小说结构模式的变化一样,依托新媒体的文学的写作模式和结构模式也自然会产生文学的新变化。80后和90后以及将来的新一代、几代人,都是在电视、电脑和手机前长大的一代,是看图和读图时代的一代,这也一定会带来他们世界观、价值观和审美观的改变,电子媒体时代已经塑造了新人类,他们形成的心理结构、文学接受结构即总体的认知结构一定不同于以往,就像皮亚杰在《发生认识论》里证明儿童生下来也不是白板,也有先在的心理认知结构一样,电媒时代的阅读者也已经形成了他们的认知结构和习惯模式。这也必然要求文学的写作、发表(出版)和审美结构的相应变化,比如以小说论,纸媒小说可以有大段的风景和心理描写,而电子媒体小说由于其容量、屏幕和网络的局限,必然减弱心理描写的内容。类似的问题还有很多，这就必然造成电媒小说的独特的由媒体和受众制约的结构描写方式的变化。不同媒体的文学写作和接受模式自然会造成文学的歧异和分殊，传统的将文学分为高雅文学与通俗文学的做法将难以面对和阐释网络手机等新媒体文学，因为这种文学自身将雅与俗难以分离地打包捆绑在一起，它们独特的写作方式、语言方式、审美方式和读者对它们的解读享受，使得它们成为新的文类和一种新媒体时代的新文学。但这种文学与纸媒文学一样，都属于当代中国文学，改变着中国当代文学的概念、样式和形态，中国当代文学也将是开放的体系，这种体系及其发展的空间和走向的无限可能性，就是中国当代文学发展的大趋势。

最后，中国当代文学在中国现代化、工业化和后工业化时代的整个过程中，既会出现多元化与分殊化，也会出现经典化与世界化，而文学的经典化和世界化，与文化和文学传统的支援和创造息息相关。所谓经典化，是指作为精神产品的当代文学，其现实价值是对中国社会、中国人的精神世界产生影响——一部《平凡的世界》对多少当代中国青年的思想和人生产生重大影响，几乎是无法统计的，正像五四以来的现当代文学对几代中国人走向革命、正义、建设之路起到重要影响一样，当代文学成为当代中国主流价值、核心价值、精神生产的重要组成部分。经典化的另一个方面，是它的历史意义，即它对中国思想文化的继承与拓展，对中国文化价值所作的贡献。五四以后鲁迅等人代表的新文学已经成为中国思想文化、精神价值的组成部分，成为影响中国人精神世界、精神生活的重要文化资源。正像诗经楚辞、唐诗宋词等古典文学不仅仅是中国的传统文学，它们也是中国文化传统、国粹和中国文化的代表、组成部分与符号。中国五四后的新文学在文化的意义上，已经与古典文学一样，成为中国文化和精神价值的有机组成部分，学者王富仁称之为"新国学"。苏联时代流亡外国的哲学家别尔嘉耶夫在《俄罗斯思想》里指出，俄罗斯的伟大作家如陀思妥耶夫斯基和托尔斯泰等人的思想和作品，是俄罗斯思想最重要的组成部分和伟大遗产。他们的思想作品甚至比哲学家更能代表俄罗斯思想。其实不只俄罗斯独然，中国的古典文学也是中国思想文化的重要组成部分，白居易的诗歌里就包含着唐代社会的生活和政治制度、

社会风俗的宝贵信息，所以历史学家陈寅恪从其诗歌里可以研究唐代社会和政治。中国五四后鲁迅代表的新文学也具有重要的思想文化意义，仅仅鲁迅一个人的思想作品，就构成现代中国文学、哲学、社会思想里最深邃最有价值的遗产，成为中国思想文化的宝贵资源，既是文学又超越了文学，进入了思想文化、中国价值的范畴。正因为如此，所以日本的中国文学研究者如伊藤虎丸、丸山昇等皆认为鲁迅不仅是中国的，也是20世纪亚洲在传统走向现代过程中的代表性思想家，鲁迅的思想与文学代表了亚洲的世纪思考。这就启示我们，中国当代文学必须有高视点下的文化担当意识，即把文学写作与文学行为作为中国文化的题中应有之义，从中国传统文化、现代文化发展的流脉中汲取文化精粹和血缘，从中国当代发展和崛起的社会历史进程中提炼中国精神和意识，将伟大的传统和丰富的现实都作为创作的文化资源和支撑，形成来自深厚文化的支援意识，并将这一切资源和支撑凝聚到当代文学中，使得当代文学既是中国文学长河的组成部分和中国文学的表征，也是深厚博大的中国文化的组成部分和文化表征，既是继承文学传统的当代文学写作，也是赓续文化传统的当代中国文化的创造。只有这样的文学，才会成为中国文学经典的组成部分，成为当代和后代需要不断阅读的体现中国精神和价值的文学传统，并以这样的传统滋润和培育未来的中国精神与价值的创造。

同时，也只有这样的文学才会不断代表着中国、中国文学和中国文化走向世界，成为全人类的思想精神和文化产品的组成部分，成为具有中国内容、风格和特色的世界性文化资源与遗产。自五四开始，鲁迅、老舍、沈从文、林语堂等一大批中国作家的文学作品已经走向世界，产生了世界性的影响。世界从他们的作品中既了解了中国现代的文学，也了解了现代中国的文化，了解了具有悠久强大文学传统的现代中国在面对外来冲击和压力、在西方文学的浸润参照下如何用文学言说自己、如何转型再生创造的新的文学的样态。他们的作品具有代表中国文学和文化的双重意义，是现代中国的好声音。文学与文化的交流从来都是双向的，在百年来世界文学不断走向中国的过程中，中国文学及其凝聚于其中的文化价值也在不断走向世界，自鲁迅到莫言，中国现当代文学数度问鼎诺贝尔文学奖，其价值并非仅仅是获奖，而是显示出现代文学在压力下诞生不久就纳入世界文学的实力和这实力的不断增强，莫言之最终获得诺贝尔文学奖这一世界文学最高荣誉，实质是这一过程的必然结果。同样，鲁迅、老舍、沈从文、林语堂和莫言等人的小说，既被世界认为是中国文学的实绩和理解中国现当代文学的经典，也被视为了解现当代中国历史、现实、文化和国情的窗口与桥梁，是中国文学的代表也是中国历史和文化的表征，而在被接受和认同之际，这些作品及其所代表的文学与文化，必然走向世界，成为世界性的文学经典和思想文化资源。这就启示我们，随着中国的崛起，随着中国文化不断走向世界，随着中国不断融入世界与世界融入中国，中国现当代文学的经典化与世界化，必然要承担文学与文化的双重功能，文学的审美价值与文化价值是密切融合的。具有了这样的文化意识、使命和担当，将会使当代作家的视野更为宏阔，抱负更为远大，从而创作出具有中国文学与中华文化血脉的更多、更好的作品，为中国文学经典和世界文学宝库贡献更多的、既有文学价值也具有中华文化价值的佳构。具有文学与文化担当和品格的文学，是多媒体时代中国当代文学存在的不变的价值和意义。

后 记

中国传媒大学出版"中传学者文库",我有幸纳入其中,深荷感铭。

自1985年硕士研究生毕业后到高校任教,就在教书同时进行学术研究,迄今发表论文200多篇,出版了个人著作7部及若干合著,还有为数不少的主编或参编的教材和社会读物,在熟悉的同行与友人中不算高产,顶多算个"中产"。接到学校通知后,我把平生写过和发表的200多篇论文汇编通览后,初步计划是精选出最有代表性的十几篇论文,自己初步定下的标准是:第一,跨越八九十年代和新世纪后的二十年;第二,发表于国家级别和学科权威的刊物;第三,发表后被重要转载和索引刊物转载;第四,发表后赢得学术界评价;第五,个人自认为的代表作。

初选完成后,又发现不妥,主要是以前写作发表的论文大多已经收录在多部个人著作中,再收录在这里,一是有炒冷饭之嫌,二是担心有著作权或版权的麻烦,所以为慎重起见,就把上述想法和初稿放弃,重新遴选已发表但没有收录在任何著作中的论文,汇编成册。由于有篇幅字数限制,尚有若干已发表且自认为有些价值、但字数偏多或后期由于工作关系撰写的有关中国文化国际传播方面的论文,未能收录于此。

所收论文都发表于CSSCI来源期刊,有的被《新华文摘》全载和"论点摘编",有的被中国人民大学书报资料中心的《中国现代、当代文学研究》《舞台艺术(戏曲、戏剧)》等专刊全载,有的被《高等学校文科学术文摘》全载。也有一些没有任何转载,大多收录在中国知网里,有的下载和转载率还挺高。不能说都是代表作,但确实是自己在学术研究中的一得之见,力争

后　记

在史料、视角、观点等方面有所创新；也不能说水平有多高，但一直铭记鲁迅先生的告诫：不一定都能做高楼大厦，只要做一砖一石，也就够了。

若干论文当初发表时，自以为不错，但随着时间流逝，重新检视，自会感到在视角、方法、理论运用与内容观点上，尚存不足。学术研究和创作一样，难得完美，更好的永远在未来。不过也像鲁迅所言，婴儿咬手指头的"窘态"人所难免，大可不必难为情和"悔少作"，"立此存照"，真实记录自己走过的学术研究之路，给自己的治学历史留下一点印记，倘能如此，复何他求。

作者
2024 年 1 月 31 日于遥远的北国